KB193437

지은이 : 김민지 외 22명
펴낸이 : 김영경
펴낸 곳 : 쏠딴스북
표지 디자인 : 이민지
편집 기획 : 김경은, 이수진
표지 그림 : 최숙
출판등록 : 제2021-000088호(2021년 6월 22일)
주소 : 경기도 파주시 탄현면 헤이리마을길

ISBN : 979-11-94047-09-4 03810

땅에 내린 별,
내란을 넘다

우리는 역사의 일부가 아니라,
역사를 만드는 존재다.

– 넬슨 만델라 –

차례

3. 휘청이는 일상

4. 다 함께 살아갈 세상

여는 글

김종찬
한국외국어대학교 민주동문회 회장

2024년 12월 3일 밤, 비상계엄 발표! 그날 밤의 이 경악스러운 사건은 한국 현대사에서 씻을 수 없는 오욕의 역사로 영원히 기록될 것입니다.

내란 수괴 윤석열과 사전에 모의한 한 줌도 안 되는 내란 주도 세력들에게는 '한겨울 밤의 꿈'으로 끝난 이 날 밤, TV를 통해 뜬눈으로 생생하게 지켜본 모든 국민은 약 6시간 동안 처음에는 '이거 뭐지?' '미친 것 아냐?' '어찌 이럴 수가?' 하면서 의구심을 가졌다가, 무장한 군인들이 국회에 난입하는 것을 보고 공포감이 들었을 것이고, 이후 국회에서 계엄 해제 결의안이 통과되고 마침내 계엄 해제 선포가 된 것을 보고 비로소 안도했을 것입니다.

1980년에 대학 1학년이던 나에게 44년 만에 겪은 이 날의 비상계엄은 남다른 충격으로 다가왔습니다. 당시 5월 17일 자정을 기점으로 비상계엄 전국 확대에 따라 모든 대학에 휴교령이 떨어졌고, 학교 정문에 장갑차가 등장했습니다. 함께 동고동락했던 선배들이 하나둘씩 사라지고 마침내 전국 수배 명단에 올라 이른바 '도바리'가 되었다가 나중에 체포가 되어 영어(囹圄)의 몸들이 되었습니다. 내가 몸담았던 써클(갈무리 학회)도 끝내 해체되고 말았습니다. 또한 모든 언론이 통제되어 알게 모르게 소문으로만 들었던 광주에서는 결국 참혹한 유혈 사태가 벌어졌습니다. 수많은 시민이 희생되었고, 나라는 전두환 군사 독재 정권의 공포 속으로 빠져들고야 말았습니다. 그 당시의 끔찍했던 기억들이 다시금 생생하게 머릿속에 스쳐갔습니다.

한편으로는 외민동 회장으로서 그날 밤 몇몇 선배 및 후배들이 여의도 국회 앞으로 나갔다는 사실을 알고 나서는 마음속에 걱정과 우려가 많이 생겼습니다. 그리고 12월 6일 예정되었던 외민동 총회 및 송년회도 계속 추진해야 할지 아니면 취소해야 할지에 대해 많은 고민을 했습니다. 바로 다음 날 후배들과의 논의를 거쳐 예정된 행사를 강행하기로 해서 약 130명 가까운 회원들이 참석한 가운데 '총회 참석자 시국 결의문'도 발표하며 성공적으로 행사를 마칠 수 있었습니다. 그 뒤로 내란수괴 윤석열의 국회 탄핵소추 통과를 위한 여의도 국회 앞 집회를 시작으로, 윤석열 체포 촉구까지의 한남동 집회, 헌법재판소 파면까지의 광화문 집회 등 수많은 집회 현장에 우리 회원들과 빠짐없이 참여하게 되었습니다.

12월 3일 계엄날 밤에 커다란 용기를 내어 달려 나갔던 10여 명의 동문, 12월 21일 밤 농민들의 트랙터 시위 이른바 '남태령 대첩' 때 함께 했던 동문들, 1월 4일 밤 폭설이 쏟아진 가운데도 밤을 꼬박 새우며 은박 담요를 덮고 혹한의 날씨를 이겨낸 '키세스 시위대'의 동문들 등 계엄 이후 약 100여 일 동안에 있었던 모든 시위 현장에 저희 한국외대 민주동문들이 있었습니다.

이 책은 위와 같은 역사적 현장에서 있었던 22명의 외민동 회원들이 12.3 계엄 이후부터 내란 수괴 윤석열의 파면에 이르기까지 각자 겪었던 체험들과 소회를 날 것 그대로 담담하면서도 생생하게 기록한 것들을 모아 놓은 것입니다.

필진은 70년대 말 학번부터 2020년대 재학생까지 다양한 연령대에 걸쳐 있으며, 현재 종사하는 분야 또한 각기 다른 직군들로 구성되어 있습니다.

역사를 정의하는 말들 중에 '기억 투쟁의 과정이다'라는 말처럼 그 당시 사람들의 기억이 하나하나 모여 기록이 되고, 이 기록들이 쌓여 결국 후대의 역사가 될 것입니다. 물론 이 책의 필진이 한 개의 대학 출신으로 구성되어 이 시대를 기록하는 대표성에까지는 이르지는 못할지라도, 몇몇 내란범에 의해 이 땅의 민주주의가 완전히 무너지고 역사가 몇십 년 후퇴하는 것을 저지하겠다고 함께 싸웠던 기억들을 모았다는 의미에서 나름 소중한 기록물이 될 것이라고 생각합니다. 이 책 이후에도 계속해서 수많은 기록물이 이어져 우리 민주주의 발전에 기여할 수 있기를 진심으로 바랍니다.

이 책이 출간되기까지 후반 작업을 제외한 모든 제작 과정이 우리 외민동 회원들의 재능 기부로 이루어졌다는 점에서 커다란 자부심을 느낍니다. 자발적으로 참여해준 필자들은 물론, 표지 및 내지 디자인 작업을 맡아준 이민지 동문, 교정 및 편집 작업을 해준 김경은, 이수진 동문, 콘셉트에 맞는 그림을 그려준 최숙 동문, 사진 작업을 해준 최인숙 동문, 그리고 출간 기념회를 준비하고 진행해준 김복남, 함칠성 동문 등 모두에게 진심으로 감사를 드립니다.

그리고 무엇보다도 이 책자가 나오기까지 이 출판 프로젝트를 처음으로 제안하고 원활한 진행을 해준 쏠딴스북 대표의 노고에 특별한 고마움을 표하고 싶습니다.

1

그날 밤 여의도에
별이 내렸다

그림 1. 그날의 기억

함께, 찌그덩 찌그덩 어여차

임창수

"창수야 계엄 한단다." 태종이가 황급한 목소리로 부른다.

"뭐시라고?" 서둘러 TV를 켰다. 특유의 이죽거리는 표정, 벌게진 얼굴로 뭐라 지껄인다. 시선을 어지럽히는 도리도리, 사람들이 별로 무서워하지도 않건만 눈을 부라리는 모양을 보노라면 저절로 밥맛이 사라진다. "반국가세력을 일거에 척결하고" 운운하며 윤석열이 비상계엄을 선포하고 있다.

술을 마셨나? 꿈인가? 뭐지? 뭘 어찌해야지?

국회로 가야 하는 것 아닌가? 아니면 광화문으로? 어디든지 구심점을 만들어서 모여야 할 텐데! 이 밤이 그냥 지나버리면 끝일 텐데! 이전처럼 무기력하게 홀로 이리저리 헤매다 결국 주저앉을 수는 없다. 한번 당했으면 됐다. 죽기밖에 더 하겠어? 외민동 단톡방에 "국회로 가야 한다"고 날려본다. 호응이 없다. 당연하다. 처음 당해 모두 어이없을 상황이다.

뉴스에서 이재명 대표의 라이브 방송이 나온다. 국민에게 국회로 모여 달라고 한다. 더 이상 기다릴 수 없다. 가자! 국회로!!! "국회로 가겠다"는 문자를 외민동 단톡방에 날리고 태종이와 함께 집을 나선다. 어떻게 가지? 차로 가야 한다. 여의도 근처에 이르러서 어떤 변수를 만나더라도 계엄군과의 대치 상황이 발생하면 기동력 면에서 차가 크게 쓸모 있을 것이다. 낙성대에서 여의도까지 이 시간에는 30분이면 간다. 우리 두 사람은 황급히 차를 몰고 여의도로 향한다.

옆자리의 태종이는 유튜브를 본다. 나는 운전하면서 어떤 구호를 외쳐야 할지 궁리한다. 과거가 현재를 소환한다. 현 상황을 간결하게 설명하고 방향을 제시해야겠지. 가장 먼저 떠오른 것은 당연히 '계엄철폐'다. 그리고 '독재타도'다. 맞다! 우리는 87년 6월 항쟁에서 독재를 타도하지 못하여 결국 오늘을 맞이했다. 그때의 구호 중 '호헌철폐'는 이루었으나 독재를 타도하지 못하고 직선제에 멈춘 역사가 부메랑이 되어 군사파쇼 대신에 검찰파쇼의 길을 열어주었다.

대방역에서 국회의사당으로 향하는 큰길로 좌회전한다. 의사당의 돔 지붕이 어둠 속에서 검푸른 형태를 드러낸다. 정문에서 200미터 떨어진 곳에 주차하고 국회로 뛰어간다. 이미 사람들이 많이 와 있다. 다행이다. 이 정도면 충분히 해볼 수 있다. 계엄군이 정문을 봉쇄하고 그 앞에 탱크가 있을 줄 알았는데 경찰뿐이다. 그 경찰의 모습도 살기등등하지 않다.

정문과 그 옆문 앞에 사람들이 모여서 구호를 외치고 있다. 이게 어찌 된 일이냐? 구호가 한결같다. '계엄철폐' '독재타도'다. 모든 일은 그 시작에 얼마나 많은 에너지가 집중하느냐가 결과를 판가름하게 한다. 착각일까? 객기일까? 우선 경찰 정도면 한번 해볼 만하다. 저들의 표정에서 전투력을 찾아보기 힘들다. 마지못해 서 있는 모습이다. 시민들에 둘러싸여 조금은 겁먹은 표정이라 오히려 강력하게 항의하는 시민들을 말려야 할 정도다.

오늘 여기서 우리는 이긴다. 시키지도 배우지도 않았지만 사람들의 구호부터 현장을 대하는 태도가 우리 쪽이 훨씬 신속하면서도 여유롭고 정당하다. 밀어붙이지 않고 당당함을 지키고 기다리며 상대방을 설득하여 부끄럽게 만든다. 사방에서 터지는 카메라 플래시들은 계엄 밤하늘의 별이 되어 내려온다. 그 찬란한 빛들이 어둠의 폭력성과 익명성으로 빠져들려는 유혹에서 폭력이 스스로를 무장해제하고 자신을 바라볼 수 있게 한다.

  더 힘차게 같은 구호를 외치며 서강대교와 영등포 방면의 계엄군이 진입할 곳을 살핀다. 이때 헬리콥터 소리가 머리 위로 들린다. 정문을 붙들고 있는 여성이 걱정스런 눈으로 저곳에 계엄군이 탑승해 있다고 한다. 이미 두어 대는 국회 안으로 날아갔다고 한다. 긴박한 상황이다. 어떻게 해야지? 월담을 해서 안으로 들어갈까? 어둠을 가르는 공포스러운 헬리콥터 소리가 간격을 두고 세 번이나 들린다. 사람들은 왜 월담해서 들어가지 않을까? 월담하려는 동작을 해도 경찰은 적극 막지 않고 뒤에서 바라만 본다. 혼자서라도 월담을 할까? 그때 어떤 사람이 국회 안에 이미 들어간 사람이 많다고 말한다. 그래! 좀 더 지켜보자. 사람들은 여전히 모여든다. 9호선 막차가 끊긴다. 마침 칠성이가 도착했다. 헬리콥터 소리는 멈춘 듯하다.

  이제 월담은 늦은 듯싶다. 그렇게 국회 안으로 진입해 보아야 본관으로 들어가지 못 하고 건물 밖에 묶이면 그 넓은 벌판에서 할 일이 없다. 차라리 거리에서 시민들 속에서 저들과 대치하면서 상황에 따라 행동하는 것이 현명하다. 더욱더 팔뚝을 힘차게 치켜들고 구호를 외치며 시민들과 함께 정문과 옆문을 오가며 대치했다.

  한참을 지났다. 40대로 보이는 간부급 경찰이 "상황 끝났어요. 국회에서 계엄해제 결의했어요" 반색하면서 말한다. 거의 동시에 시민들이 같은 말을 반복한다. "와" 하는 환호가 여의도의 빌딩에 내려 앉은 어둠을 뚫고 거리로 터져 나온다. 수많은 불빛이 함성과 함께 춤을 춘다. 그러자 한 무리의 시민이 "저놈들을 믿을 수 없다. 완전 히 철수할 때까지, 계엄이 해제될 때까지 국회를 떠나면 안 된다"고 말한다.

갑자기 와 하는 소리와 함께 사람들이 몰려든다. 국회 밖으로 나 오는 군인들에게 달려든다. 다른 한 무리의 시민들이 시민들을 말린 다. 퇴로를 열어주자고 호소한다. 곧이어 군인들이 빠져나가도록 길 을 만들어 준다. 군인들도 미안한 표정과 군중들의 위세에, 다소 겁 먹은 몸짓으로 등을 보이며 퇴각한다.

우리가 해냈다. 우리가 맨몸으로 계엄을 막아냈다. 사람들은 스스 로를 믿지 못하는 표정이다. 이 자랑스러운 현장에 있다는 사실에 벅차오르는 감격, 승리의 에너지가 온몸을 타고 흘러내린다. 어느 사람이 말한다. "저들이 완전히 철수하지 않고 둔치에 대기하고 있 다." 하지만 이미 대세는 기울었다. 어떤 추상같은 명령이 떨어지더 라도 저들은 다시 올 수 없다. 이미 저들은 잘못된 명령에 따라 자신 들이 얼마나 엄청난 일을 저질렀는지 느끼고 있다.

대부분의 시민은 거리에 버티고 서서 계엄 해제가 정식으로 선언 될 때까지 해산하지 않을 태세였다. 둔치에 있는 계엄군이 완전히 철수했다는 소식이 날아들었다. 어찌할 것인가? 아직 윤석열은 계 엄을 해제하지 않았다. 이대로 날이 샐 때까지 자리를 지켜 출근하 는 사람들과 지난밤의 긴장과 환희를 나눌까? 마음은 넘쳤지만 생 업을 위하여 그곳을 떠나기로 한다. 귀가 후 계엄이 완전히 해제되 었다는 뉴스를 보고서야 잠을 청해본다. 새벽에 자리에 누워서도 잠 들지 못한 채 아침을 맞이한다.

"일어나, 일어나" 창수는 급히 학교 근처 자취방에 거의 포개어 자는 사람들을 다급하고도 나지막한 목소리로 흔들어 깨웠다. 1980년 5월 18일 새벽, 그는 학교 앞을 살피기 위하여 학교로 향했다. 이대에 모인 학생회장단을 급습했다는 소식을 전날 밤 들었다. 학교 도서관에서 며칠째 이어가던 철야농성을 그길로 멈췄다. 10여 명의 학우와 잠시 피신한 학교 근처 자취방을 혼자 빠져나왔다. 밤사이 쉴 새 없이 들리는 탱크 소리에 잠을 못 잤고 날이 밝기가 무섭게 나온 것이다.

옷을 다 갖춰 입지 않았고 신발도 슬리퍼 차림이었다. 근처에 사는 하숙생인 양 위장하고 되도록 눈에 띄지 않는 걸음으로 몸을 벽에 붙인 채 학교 정문 근처까지 다가갔다. 순간 숨이 멈췄다. 탱크가 정문 앞에 떡 버티고 있었고 옆 출입구에는 베레모를 쓴 군인 둘이 있었다. 그들은 거총한 부동자세로 거리를 응시했다. 재빨리 벽에 몸을 더 밀어붙이고 좀 더 자세히 살폈다.

더 볼 것도 없었다. 밤사이 들렸던 탱크 소리는 '제발'이라는 바람을 묵살하고 '혹시'하는 기대를 '역시'라는 긴장으로 바꾸었다. 계엄군이 학교를 장악했다. '여기 있으면 모두 위험하다', '학우들에게 알려야 한다' 다시 학우들이 잠들어 있는 집으로 바람처럼 달려갔다.

모두가 졸린 눈을 비비며 일어났다. 어떻게 할 것인가? 가장 먼저 이곳을 벗어나야 한다. 만약 지금 이곳을 덮치면 굴비 엮이듯 수십 명이 붙들릴 것은 자명하다. 아직까지 이곳을 덮치지 않은 것이 가장 위험한 신호다. 1980년 5월 투쟁의 과정에서 도서관 철야농성을 하며 "만약 계엄이 선포되어 학교가 폐쇄되면 1차 집결지 청량리역 앞 광장, 2차 집결지 동대문운동장(현 서울운동장) 광장, 그리고 마지막 집결지인 서울역 광장에 모여 시위하기"로 결의했었다. 우선 청량리역 광장에서 오전 10시에 만날 것을 약속하고 다들 그곳을 쑤욱 빠져나왔다.

그는 청량리역 근처 다방에서 역 광장이 잘 보이는 창가에 자리를 잡았다. 다방 TV에서 쉴 새 없이 뉴스가 흘러나왔다. 5월 17일 자정을 기하여 전국 확대 비상계엄이 선포되었고 김대중 등 야당 인사 체포, 정치활동 금지 따위의 소식이 자막으로 생성되었고 아나운서의 흥분된 목소리가 전파를 타며 실내를 긴장시켰다.

그는 한 친구와 함께 청량리역 광장을 계속 응시하였다. 이 두려운 긴장의 어둠을 밝힐 함성을 기다렸다. 광장을 여기저기 살폈다. 방금 헤어진 학우들이 있는지? 아니면 타 대학 학생으로 보이는 사람들이 있는지? 어찌 된 일일까? 잘못 본 것일까? 아무도 보이지 않는다. 그는 이미 청량리 경찰서에 신원이 완전 노출되었다. 지척이 청량리 경찰서였으므로 동행한 친구와 광장을 서성거리는 것은 섣부른 행위였다. 역 근처에 깔렸을 저들의 먹잇감만 될 뿐이다.

함성만 터지기를 기다리고 기다렸으나 아무런 일도 일어나지 않았다. 광장은 여전히 북적거리는 사람들로 시끄러웠지만 그에게는 들리지 않았다. 갑자기 모든 움직임이 멈추고 소리까지 사라진 적막이 온통 그를 향해 쏟아져 내리는 듯하였다. 군중에 섞이지 않고 시위를 결행하기에는 너무도 위험 부담이 컸다. 같이할 만한 사람이라도 좀 모여 있어야 뭐라도 해볼 텐데 모두가 돌아앉은 사람 같았다. 한 시간 넘게 기다리다 친구와 동대문운동장으로 향했다. 동대문운동장은 청량리에서 멀리 떨어져 있으면서도 시내로 가는 길목이기도 해서 다음 행선지로 이동하기도 유리했다.

서울운동장에 도착하여 서성거리며 동태를 살폈다. 행인들만 분주히 움직일 뿐 만나기로 한 사람들은 보이지 않았다. 초조해지면서 무기력이 엄습해왔다. 허탕이었다. 마지막 집결지는 서울역 앞이었다. 서울역에서는 소규모 시위 시도가 있었으나 이내 진압되었다는 소식만 들었을 뿐이다. 경찰이 더 많은 것 같았다. 사흘 전인 5월 15일, 수십만 명의 학생들이 서울역 앞 광장에 집결하여 연좌농성을 벌였다. 그중 수만 명의 인원이 남대문을 돌파하고 광화문으로 진격하려 했다. 다른 인원은 서대문 쪽으로 우회하여 광화문 사거리 새문안교회 앞 육교에서 경찰과 대치하며 밤까지 그와 함께 일진일퇴의 공방전을 벌였다. 그 많던 학우들이 오늘 계엄의 첫날 5월 18일에는 신기루처럼 사라졌다. 그날 서울의 거리는 봄 햇살이 밝게 거리를 비췄고 사람들의 분주한 발걸음은 일상적이었다. 다만 계엄을 막으려는 사람들은 일상에서 불거져 나왔고 뿔뿔이 흩어져 숨어 들어갔다.

불과 사흘 전 서울역 광장을 계엄철폐의 구호로 흔들던 함성과 진군의 북소리는 홀연히 사라지고 그 자리에 아무도 없었다. 차라리 그 흔한 계엄군의 탱크와 착검한 군인들의 모습이라도 보였으면 덜 무기력할 텐데 경찰만 조금 있을 뿐이었다. 5월 15일 그 많던 우리가 5월 18일에는 사라져 무심한 개인의 일상만이 서울역 광장을 채웠을 뿐이다.

더 열심히 찾으려 하지 않아서였을까? 평소 같으면 보였을 것들을 두려움이 앞선 나머지 못 본 것일까? 아니면 안전지대로 서둘러 피하려는 욕망이 약속이라는 책임감을 앞질러 나를 무장해제 시켰을까? 종일 거리를 배회하다 어둠 속에서 봉원사 근처 주택가로 스며들어 갔다. 지인에게 그날 처음 소개받은 선배의 하숙집이었다.

어찌 된 일일까? 1978년 6월 그 폭압적인 유신정권에서도 광화문 일대와 종로에서 시위대 숫자보다 훨씬 많은 '짭새'(경찰을 이르는 속어)들을 뚫고 모였다 흩어지면서 시위했는데 서울 동부지역 대학교가 모이기로 한 청량리역 앞, 서울운동장 광장은 그렇다 치더라도 마지막 집결지인 서울역 광장에 아무도 없다니! 불과 사흘 전에는 30만의 시위대가 모이지 않았나. 속수무책으로 아무런 일을 하지 못하고 계엄 첫날밤이 흘러갔다.

1980년 5월 4일 광천동 시민아파트, 윤상원이 거주하는 방에 손님들이 찾아왔다. 서울에서 창수가 어린이날 연휴를 끼고 온 것이다. 여느 때와는 다른 방문이었다. 짙은 어둠 속에서 보이지 않는 음모가 진행되는 것 같은 정국에서 가장 중요한 두 축은 광주와 서울이었다. 그런데 창수가 광주에 온 것이다.

그날 저녁 광주의 한 아파트에서 유쾌하고도 비장한 잔치가 벌어졌다. 버스 종점 모퉁이를 돌아가는 길에는 공장지대 특유의 어둠이 짙게 깔려 있었다. 겨우 갈 길만을 알려주는 드문드문한 상가 거리를 따라 십여 분 걸어가면 광천동 천주교회가 나오고 그 모퉁이 골목에 있는 광천동 시민아파트였다.

여느 때처럼 사람들이 모였다. 윤상원, 김영철 형과 그 형수, 형과 형수의 하숙생 겸 의동생인 박용준, 신영일, 기억이 가물한 몇 사람과 서울 손님인 임창수, 박윤형이었다. 창수는 광천동 '들불야학'이 설립된 1978년부터 늘상 이곳을 드나들던 터라 새삼스러울 것 없지만 서울 손님도 데려왔고 시국이 시국인지라 어느 때보다 많이 모였다. 다만 관현이 형이 일 때문에 그날 만찬에 못 온 것이 아쉬웠다. 오늘 나눌 얘기와 결론에 그는 중요한 위치에 있었기 때문이다.

그날 그들은 강력한 투쟁을 시작해야 한다고 의견을 모았다. 어둠에서 진행되는 유신반동을 저지하려면 각자의 위치에서 즉각 학내 시위를 주동하여 학생 대중의 투쟁 에너지를 모아야 했다. 나아가 시민들과의 연대를 위해 가두시위도 필요하다는 결론에 이르렀다. 다음 날 만날 관현이 형에게 이 내용을 전달할 예정이었다. 마무리로 각자의 결의를 밝히는 시간에 상원이 형은 "역사가 우리를 무죄케 하리라" 말했다. 훗날 당신의 운명을 예감하는 듯한 발언이었다.

결의를 다지는 여흥의 시간이 이어졌다. 형수가 노래했다. 청실홍실 엮어서 무늬도 곱게…… 가녀리고 다소곳한 목소리가 비좁은 방을 휘감아 돌았다. 이 노래를 받아 서울 손님 박윤형의 "별을 보고 점을 치는 페르샤 왕자" 하는 가사가 울려 퍼졌다. 중성적인 목소리가 천장에 부딪혀 바닥으로 내려올 때 그는 실눈을 떴다. 노래에 취해 머리를 잘게 흔드는 그의 모습은 몽환적인 분위기를 만든다.

이러한 몽환을 일거에 깨버릴 노래로는 관현이 형의 "어느 시인의 안주가 되어도 좋다"는 <명태>가 제격인데 오늘은 그가 없다. 영일이가 무슨 노래인가를 불렀던 것 같다. "친구 사랑하는 친구 들불이 되어"였던가? 마침내 상원이 형 차례였다. 끝맺음은 역시 상원이 형이다. "어얼쑤, 서울 장안에 얼마 전부터 이상야릇한 소리 하나가 자꾸만 들어와 그 소리만 들으면 사시같이 떨어대며 식은땀을 줄줄 흘려쌌는 사람들이 있는디 해괴한 일이다" 창작판소리 <소리의 내력>이 그의 목청에서 터져 나올 때면 "떼그르르", "어얼쑤" 등의 추임새가 여기저기서 들렸다. 그 소리에 한참을 빠져들면 방안에는 여전히 취기의 여흥이 흐르고 각자의 내면은 결연한 의지와 긴장으로 채워진다.

그날이 최후의 만찬이었다. 모두는 그날의 결의대로 돌아가서 7

일부터 학내시위를 시작하였다. 상원이 형은 그가 말한 그대로 27일 밤 세상을 떠났다. "우리는 비록 오늘 여기서 패배하지만 내일의 역사는 우리를 승리자로 기억할 것이다"라는 소리의 내력을 남기고 갔다. 영철이 형은 상원 형의 죽음을 눈앞에서 보고 의분을 이기지 못해 자살을 시도했다. 상무대의 영창에서 "우리는 폭도가 아니다", "우리는 간첩이 아니다" 외치며 머리를 벽에 박은 것이다. 그 후유증에 시달리다 결국 그렇게 정신병원에서 갔다.

용준이는 상원이 형이 쓴 <투사회보>를 필경하고 그 자신도 <투사회보[1]>를 썼다. 그리고는 그날 밤 YWCA에서 "이 총은 내 것이다"며 총을 놓지 않고 갔다. 영일이는 1988년 5월 민주화 투쟁의 과로로 상원이 형 곁으로 갔다. 그날 최후의 만찬에서는 이 시국에 무슨 연애 감정이냐고 상원이 형에게 따져서 결국 항복을 받아내더니 저는 두 아들을 남겨 놓은 채 떠난 것이다. 관현이 형도 82년 감옥에서 영일이와 단식투쟁을 같이 하다가 일찍 가버렸다.

그 만찬에 참석하지 않은 태종이는 5월 18일 밤부터 공수부대의 만행을 알리는 소식지를 발간하고 나중에는 상원이 형과 함께 투사회보를 발간했다. 특유의 자유로운 영혼이 이끄는 대로 5월 18일 태종이가 창단한 극단 광대의 공연 준비를 위해 YWCA에 갔던 게 계기였다. 인간을 복날 개보다 더 악랄하게 취급하는 계엄군의 시위진압 행태에 '인간으로서의 모멸감'을 참을 수 없었다.

계엄군이 물러나고 금남로 거리에 30만 명이 운집한 5월 23일부터 그는 '민주수호 범시민궐기대회' 진행자로 나서며 격무에 시달렸다. 그러다 보니 5월 27일 자정쯤 피곤한 몸을 이끌고 YWCA 근

---

1   5·18 민주화 운동 당시 윤상원과 들불야학이 중심이 되어 만든 저항언론이자 대안언론이다

처에서 깊이 잠들어버렸다. 그날 계엄군의 침탈은 피했으나 가슴 한 켠에 빚을 간직하고 살아야 했다. 창수와 태종, 이 둘은 운명처럼 엮여서 45년이 지난 2024년 12월 3일 주저 없이 그날의 도청을 향해 국회로 달려간다.

80년 5월 18일 서울은 너무도 넓고 광활했다. 우리는 거리에 홀로 버려졌다. 아니 우리는 거리에서 벗어나 골방에 숨어들었다. 서울역 광장을 가득 메운 학생들은 연기처럼 사라졌다. 서울은 계엄 첫날 이처럼 무력하게 무너졌다. 그러나 광주는 처음부터 살아 있었다. 학생들은 약속된 장소에 모였고 곧바로 해산되었지만 포기하지 않고 다음의 집결지인 금남로로 향하였고 곧바로 시민들 품 안으로 들어갔다.

금남로에서 시민들은 목격했다. 누가 정의이고 누가 불의인지를, 폭도가 누구인지를. 그리고 온몸으로 기억했다. "시민 여러분 도청으로 모여 주십시오"라고 귓전을 후벼 팠던 5월 27일 밤의 목소리를. 그 목소리는 그들의 가슴에 늘 살아 있었다. 이 기억은 문화 유전자를 우리에게 남겼다. "그렇다! 앞으로는 도청에 우리 모두 즉각 모여야만 한다."

45년의 세월이 지나 우리는 다시 거리에 선다. 그때의 기억을 온전하게 지니고 더욱 넓어지고 강해진 모습으로. 한 단계 더 진화한 민주 유전자가 12.3 계엄의 첫날 밤을 아무 일이 없게 만들었다. 45년 전과는 전혀 달랐다. 아니 아무 일도 일어나지 않은 것은 아니었다. 저들은 예전보다 과감해져 전쟁까지 일으키려 했다. 월등한 화력을 집중시켰고 고도로 훈련된 정예병을 투입했으며, 국회를 사전 답사하는 등 오랜 시간 치밀하게 계획했음에도 간단히 진압된 것이다.

시민은 국회에 계엄군보다 먼저 모여들었다. 생각에 앞서 유전인자가 시키는 대로 본능적으로, 단호하고도 유연하게 폭력을 무장해제시켜 끝내버린 것이다. 아무 일도 일어날 틈을 주지 않고 단시간에 내란을 진압했다. 본시 폭력은 두려움을 먹고 자란다. 그런데 이들 앞에 두려움을 모르고 옆집 아저씨, 아주머니, 삼촌, 이모, 동생, 형, 누나 들이 너나 할 것 없이 득달같이 맨몸으로 달려왔다.

비폭력의 용기 앞에서 폭력은 무너지고 부끄러운 자기 모습을 보였다. 내란 일당이 움켜쥔 채 휘두르며 취해 있던 권력, 무력, 충성 따위랑 달그림자가 되어버렸다. 주력군이 무너진 뒤 내란의 잔불을 찾아 모여든 부나방들은 남은 몫이 없느냐며 아귀다툼을 벌이고 있다. 이것도 달빛이 바래고 여명이 퍼지면 흔적도 없이 사라질 것이다.

오늘의 거리는 형형색색 깃발과 빛으로 일렁인다. 이 연대는 우금치 마루에서 막혀 멈췄던 동학농민군의 선홍빛 한을 풀어준다. 트랙터를 끄는 농민들이 남태령 고개에서 막혀 고립되었을 때, 시민들은 찾아가 연대했다. '농민군'은 혹한의 겨울밤을 꼬박 새우고 이튿날 오후 남태령을 넘었으며 한강을 건너 서울 장안으로 131년 만에 마침내 입성한다. 거리의 우리는 포대기 하나에 의지하면서 눈보라가 날릴 때 '키세스 눈부처'가 되었고, 한남동에서 노동자와 연대하면서 내란수괴 윤석열을 체포하여 구속시켰다.

이러한 승리의 기록들이 쌓여갈수록 반동의 반탄력 또한 더욱 거세지고 과격해지고 있다. 그래서 우리는 거리를 떠날 수 없다. 떠나서는 안 된다. 청산할 것을 청산 못 한 역사 생태계는 얼마나 피폐해지고 오염되는지 기억하자. 친일 매국 세력을 청산 못 하고 전두환 내란세력을 조기에 사면 복권시킨 결과가 오늘의 내란을 초래했다.

윤석열 일당의 발호를 사전에 차단하지 못한 것을 반성할 생각 없이 틈만 나면 숟가락 얹으려는 세력들이 우리가 떠난 거리에 나타나 주인행세를 다시 하게 할 수는 없다.

국가보안법이 살아 있는 한 전쟁을 핑계로 언제든 우리는 분단세력에 의해 다시 거리에서 내쫓기고 그들을 위한 그들만의 약속의 땅으로 돌아가버릴 수 있다. 검찰이 그 특권을 버리지 않는 한 언제든지 그들은 우리를 가둘 수 있다. 군이, 언론이 제자리를 찾지 않는 한 계엄을 빙자한 내란, 그들의 내란을 엄호하는 부역 기자들의 여론조작과 가짜뉴스가 우리를 거리에서 고립시킬 수 있다.

우리 사회 곳곳에 적체되어 관행이라는 탈을 쓰고 자리 잡은 비정상적인 제도와 상식적이지 않은 사람들, 기득권에게만 관대한 법과 제도. 이를 집행하는 인간들을 거리에서 낱낱이 밝히고 그들을 거리로 끌어내어 벌거숭이가 될 때까지 우리는 거리를 떠나서는 안 된다. 직접 우리가 심판하고 개선해 나갈 수 있는 장치들을 만들어야 한다.

물론 어려운 일이다. 하지만 포기하지 말아야 한다. 어떻게 다시선 이 거리를 우리가 일상화할 수 있을까, 고민해야 한다. 박근혜 탄핵으로부터 불과 5년 만에 우리는 스스로 윤석열을 불러왔다. 길은 지금 열렸다. 사회 대개혁의 물결이 밀려오고 있다. 당장은 중구난방으로 힘들고 성과가 빨리 나지 않는다고 포기해서는 안 된다. 이를 대리인에게 맡기고 지켜보자는 사람이 있다면 그가 바로 X맨이다. 미래의 윤석열을 다시 만들 원흉이다.

한 번도 통렬한 반성을 하지 않는 세력들을 경계해야 한다. 너희는 가만히 있으라. 우리가 거리에 다시 섰고 이곳을 떠나지 않고 비난과 땀을 마다하지 않을 터이니 너희들이 이번에는 시원한 그늘에서 수박이나 먹으며 기다려라. 물이 들어오고 있다. 가자! 가자! 민주화의 세계로 나아가는 이들이여, 힘든 노를 흥에 맞춰 함께 저어가자. 찌그덩 찌그덩 어여차!!!

| **임창수**

2025년 12월 3일, 계엄의 밤을 빛과 함께 맞이했다. 1980년 5월 27일, 어둠의 고막을 찢으며 "도청으로 모여 달라"던 목소리는 유전자에 각인되었고 몸이 알아서 국회로 향했다. 그 후 지금까지 거리에 서 있다. 그 거리에서 먼저 간 그리운 벗들을 만났고, 시작은 어색하고 낯설었지만 싱그러운 세대를 벗으로 맞아 가슴에 담는다.

나에게 묻다

함칠성

며칠 전부터 애매한 곳에 종기가 생겼다. 내외가 없는 아내에게 짜달라고 하기에도 망측한 곳에 있었다. 묘한 자세로 짜내려 했지만 아직 고름이 생기기 전인지 통증만 있을 뿐이었다. 이러지도 저러지도 못하고 있는데 선배에게 전화가 왔다. 비상계엄이란다. 믿기지 않은 마음으로 YTN을 켜니 계엄발표 중이다. 외민동 단톡에 이러저러한 추측과 예단으로 의견들이 오갈 때 몸이 먼저 반응했다. 여의도로 가겠다는 내게 아내와 아들은 뭐라고 대답을 준비할 새도 없었다.

늦은 시각 여의도로 향하는 9호선 지하철은 붐볐다. 위로받고 싶었을까? 그들도 국회로 가는 거라고 생각한다. 칸칸이 만원인 내부는 조용하다. 보기에 따라 비장함, 두려움이 섞인 표정이었지만 그들이 국회를 향하는지는 알 수 없다. 잠시 생각을 정리한다. 우리 세대에게 계엄은 '발포 명령' '유혈진압' 그리고 '죽음의 공포' 등으로 기억된다. 몸이 반응한 출발이지만 집과 멀어진 만큼 두려움이 커진다.

젊은 시절 수많은 투쟁의 변곡점에서 절망을 반복하며 품었던 고민이 떠오른다. 87년 6월항쟁에 승리하기까지 얼마나 많은 좌절 속에서 스스로 위안하느라 애썼나? 절망의 끝은 영화처럼 희망적이지는 않았다. 절망이 절망을 꼬리 물고 이어지던 그 시절, 그렇게라도 하지 않으면 견딜 재간이 없었다. 지금 이 시간 전철 안에서 나는 위안이 필요하다. 두려움의 복판으로 걸어가는 나에게 묻는다.

"정말 지금의 나는 나인가?"

동작역에서 한 장애인 여성이 전동 휠체어를 타고 열차 안으로 들어온다.

"시민 여러분 지금 계엄군이 국회를 침탈하고 있습니다. 국회로 가 주세요." 떨리면서 촉촉한 목소리다.

어디선가 들었던 익숙한 외침이다. 광주항쟁 당시 가두방송으로 시민에게 호소했던 19세 소녀 차명숙 님 목소리. 애절함이 같고 호소력 있는 까랑까랑한 울림이 같다.

"저 국회로 가요"라고 소리치지만 입 밖으로 나오질 않는다. 침묵의 공포인가, 두려움의 발로인가? 여인이 되돌아오며 똑같은 절규를 한다. 그 순간 "국회로 가고 있습니다", "저도 갑니다", "저도요". 여기저기서 합세한 소리들이 전철 안에 퍼진다. 완행 전동차가 급행처럼 여의도역을 지나친다.

시민의 힘

일군의 청년들이 국회의사당 6번 출구 에스컬레이터에서 웃으며 장난치고 있다. 정신 나간 놈들, 늦은 밤까지 술 처먹는 녀석들이군, 계엄이 오면 너희들이 먼저 불편할 터. 습관처럼 젊은이를 탓하던 중얼거림이다. 오랜 외국 생활을 마치고 귀국한 나는 젊은 세대와 단절을 느꼈다. 우리 세대보다 철없다고 지적하던 순간들을 떠올리며 원망으로 두려움을 밀어낸다. 에스컬레이터를 나오자 벌써 수백 명의 군중이 보인다.

잠시 숨 고를 새도 없이 어디선가 "계엄군이다"라는 외침이 들려온다. 순식간에 달려오는 차를 막아섰다. 큰 무전기 안테나가 달린 지휘부 차량을 수십 명의 사람이 둘러쌌다. 나도 어느새 그들과 함께하고 있었다. 중년의 여성들도 여럿 보인다. 순식간에 벌어진 일이라 생각할 틈이 없었다. 정신없이 차량을 막고 있는데 중년 남성이 야구방망이를 들고 나타났다. 차의 유리창을 부수고 안에 있는 계엄군들을 끌어내리려는 의도였다. 현명한 시민들은 이를 방관하지 않았다. 방망이 중년은 어느새 번쩍 들려 골목으로 팽개쳐졌다.

중년여성이 "저 사람 폭력 사태를 유발하려 합니다. 우리는 어떠한 경우에라도 비폭력으로 맞서야 해요"라고 말한다.

"다다다다" 국회 상공을 헬기들이 오간다. 살아 있음을 알려주는 내 심장 소리 같다.

이미 내겐 두려움이란 없었다. 그것은 군중이 주는 힘이라는 것을 안다. 두려움은 고립된 외로움에서 오는 법이다. 시간이 지날수록 군중의 숫자는 불어났고 여유가 생겼다. 잠시 국회 내 상황을 알아보려 무리에서 떨어져 카카오톡 메시지를 살폈다. 국회의원 보좌관으로 있는 친구가 보낸 메시지가 떴다. "국회로 들어오지 말고 외곽을 지켜 달라"는 내용이었다.

다시 지휘부 차량으로 왔을 때 사람들이, 안에 있는 군인 중 한 명이 별 하나 장군이라 했다. 자세히 살피니 정말 원스타 장군이다. 뒤에 안 사실이지만 그 사람은 여단장으로 현장 지휘부 중 최고 계급이었다.

얼마나 시간이 흘렀을까? 2~30명의 완전무장 군인들이 차량 주위로 접근한다. 여단장을 구출하러 온 병력인 듯하다. 하지만 이미 승세를 굳힌 군중은 물러서지 않았다. "와~~!!" 하는 소리와 함께 수백 명의 군중이 그들에게 달려든다. 그들이 모두 손을 머리 위로 쳐든다. 충돌하지 않겠다는 뜻이다. 이 장면에서 나는 처음으로 "아, 우리가 이길 수 있구나", "이제 난 안전하겠구나" 하는 생각에 안도했다.

국회 안에서 표결이 진행된다는 연락이 왔다. 우리는 차를 에워싼 사람끼리 팔짱을 끼고 한결 높아진 기세로 지휘부 차량을 막고 기다렸다. 순간순간 "영등포 쪽에서 계엄군이 온다", "국회 안에서 사람이 다쳤다"라는 루머가 돌았지만 죽음의 공포가 사라진 이상 현장을 지키는 데 어려움은 없었다.

시간이 흐를수록 군중은 기하급수적으로 늘어나 국회 앞을 가득 메웠다. "계엄철폐, 독재타도!" 거대한 함성이 여의도를 삼킬 기세다. 여유가 생기니 지하철을 타고 오며 공포의 시간을 보냈던 몇 시간 전이 부끄러웠다. 무엇 때문에 21세기에 계엄을 선포했는지는 모르지만, 시대를 역행한 그들의 꿈이 무너지는 현장에 있다.

학생운동 시작 이후 이리도 빠른 순간에 승기를 잡은 투쟁은 처음이다. 물론 이후에 벌어진 가혹한 긴장의 순간을 눈치챌 수 없던 시점이긴 하지만. 계엄해제 결의안이 과반을 넘어 가결되었다는 소식이 국회에서 건너왔다. 사람들이 환호성을 질러댔고 누군가의 선창으로 〈임을 위한 행진곡〉을 불렀다. 울컥한다. 그제야 주위를 둘러보며 외민동 선후배들을 만났다.

찜찜한 새벽

새벽 4시다. 야만의 밤을 집어삼킨 함성을 뒤로하고 귀가한다. 외민동 임창수 선배의 차에 올라 잠실로 돌아오는데 무언가 찜찜하다. 계엄이, 그것도 병력을 동원한 현직 대통령의 친위 쿠데타가 이리 쉽게 끝났다는 것이 찜찜하다. 선배를 배웅하고 집으로 들어갔더니 아내는 잠을 이루지 못하고 있었다. 말릴 새도 없던 나의 여의도행이 불안했던 모양이다.

잠든 아내를 확인하고 집 앞 24시 해장국집으로 갔다. 해장국과 소주 한 병을 주문하여 혼술을 하며 지나간 몇 시간을 반추해 본다. 계엄 이전의 하루는 전혀 기억나지 않는 블랙홀이 되었다. 농담으로도 언급하지 않던 계엄이 일어나 국회로 달려가던 두려운 순간들만 기억에 자리할 뿐 찜찜한 새벽은 동녘 햇살 속으로 휩쓸려 들어간다. 손쉽게 얻어진 승리에 전혀 익숙하지 않은 과거가 뭐라도 하라고 부추기는 아침이다. 해야 할 일이 많을 거라는 예감이 본능처럼 꿈틀거린다. 잠을 청해 보지만 그놈의 종기가 자꾸만 통증을 유발하여 좀처럼 잠들 수 없다. 이제 어느 정도 고름이 찼나 보다.

땅에 내린 별

법이 그러하단다. 아프리카도 남미도 아닌 21세기 문화 선진국인 대한민국에서 불법이 자명한 내란의 수괴를 끌어내리는 데 국회 재적의원 3분의 2가 동의해야 탄핵할 수 있단다. 또다시 여의도행 9호선 전철을 탄다. 그때와는 다른 분위기, 추운 날씨를 대비해 두툼한 외투를 입은 전철 안 시민들이 한눈에 들어온다. 지방에 있는 외민동 선후배들, 고향 친구들이 상경 소식을 알려온다.

내란수괴와 그 일당들도 분주히 움직이지만 자명한 범죄행위를 국민의 열의가 이겨낼 수 있다는 확신이 든다. 인산인해를 이룬 여의도를 바라보며 87년 6월항쟁을 느낀다. 지척의 거리도 수십 분이 걸려야 갈 수 있을 만큼 발 디딜 틈이 없다. 그때까지도 대다수 구성원이 2~30대 젊은 여성이라는 사실을 몰랐다.

K-POP이 울려 퍼지고 응원봉을 바라보며 자각했다. 형형색색 응원봉은 모두 다르지만 한길로 가고 있다. 폭풍 감동이다. 눈물이 흐른다. 생각 없는 청년들이라 힐난했던 부끄러운 기억이 무너지고 있다. 이들은 지치지도 않고 물러날 기색도 없는 은밀한 전사들이다. 1차 탄핵이 부결되어도 끊임없이 응원봉을 흔들어대며 절망의 기색조차 없다. 하늘에서 땅으로 내려온 별들이다. 원래부터 존재하든 인간이 쏘아 올렸든 신이 우리 힘없는 기성세대에게 준 선물이다.

어디에서 이런 긍정 에너지가 솟는 걸까? 별이 된 이 아름다운 전사들은 소녀시대의 <다시 만난 세계>를 부른다. <민족 해방가>, <동지가>보다 울림이 크다. 오랜 시간 그들을 바라본다. 과잉이래도 어쩔 수 없다. 하염없이 눈물이 흐르며 그들이 토해내는, 우주로 향하는 우아한 절규를 흠뻑 느껴본다. 춤과 노래로 저항을 표현하는, 여의도를 무대로 펼쳐진 한편의 오페라를 보고 있다.

아! 아름다운 혁명 선언이여!

그들의 외침

60줄을 바라보는 나이에는 눈물이 헤퍼진다. 그들이 고맙고 대견하다. 그들은 극구 사양하지만 그래도 고맙고 대견하다. 땅에 내린 별들에게 심하게 중독되어 갈 즈음 그들의 외침이 들리기 시작한다. 인종, 학벌, 종교, 성적 취향에 따른 소수자 차별을 말한다. 사회에 만연한 편견에 안주하던 나에게 신선한 충격이다. 그저 자연스러워 보이는 사회질서를 따라가며 무의식적으로 차별에 가담한 내게 경종을 울리고 있다.

내란을 넘어 만들 세상이 어떤 세상인지 분명한 메시지를 전하고 있다. 뒤늦게 화답한 사회 대개혁 아젠다를 이미 제시한 것이다. "나는 그렇지 않아", "차별하지 않는데?" 말하더라도 알고 보면 선량한 차별주의자일 때가 많다. "버스를 타는 것이 특권인 줄 모른다. 장애인을 위해 저상으로 설계된 버스를 만나기 전까지", "결혼이 특권인 줄 모른다. 성소수자가 나타날 때까지는"(김지혜, 『선량한 차별주의자』). 누군가에게는 불편해서 누군가에게는 험난한 여정이어서 회피한 문제들을 응원봉과 함께 외치고 있다. 그것도 굴하지 않고 반복적으로.

열광의 여의도

어느덧 종기에 고름이 찬 듯 통증이 심하다. 2주차 여의도로 향하기 전 엉거주춤 요상한 자세로 짜냈다. 아주 후련하게 짜냈다. 제법 상쾌해진 여의도행, 만만치 않은 칼바람이 불어온다. 강으로 둘러싸인 여의도의 바람이 체감온도를 더 낮춘다. 그렇지만 요지부동인 국민의 열기를 어찌 막으랴!

탄핵이 가결되었다. 여의도에 울려 퍼진 함성을 가감 없이 가슴으로 들이켰다. 헌재의 결정이 남아 있긴 하지만 우리는 승리했다. 수십 명의 외민동 회원들과 소주를 마셨다. 얼큰한 취기와 함께 귀가하려는데 별들의 축제는 밤을 지새울 기세다. 내란범 일당, 반동의 움직임이 거세지고 있다. 내 몸에서 빠져나간 고름 덩어리들이 스멀스멀 다시 몸으로 들어오는 느낌이다.

하얀 영웅들

낮에도 빛나는 별을 보았다, 남태령에서. 밤을 지새운 농민들, 그들과 함께한 많은 시민과 젊은이 들이 걱정되어 그곳으로 향했다. 많은 차들이 '난방차'란 이름으로 즐비하다. 김밥이 남아돈다. 커피며 생수가 지천이다. 국민은 영웅들을 알아보았다. 전봉준 투쟁이라 명명한 농민들의 투쟁, 이들과 밤을 새운 젊은이들 그리고 국민들의 후원, 그야말로 동학농민혁명 유무상자(有無相資, 가진 자와 못 가진 자가 서로 나누는 세상)의 실천 현장이다. 선약이 있어 사당역까지 행진하고 이탈하는데 한남동으로 향하는 총총 발걸음을 보며 또 하나의 영웅서사를 예감한다. 하얀 이를 드러내며 웃는 그들은 화염병 배낭을 메고 긴장감으로 가두시위를 나가던 우리와는 사뭇 달랐다.

한남동에 눈이 내린다. 밤 10시가 넘어 추적거리는 아스팔트를 떠났고 언 몸을 녹일 요량으로 소주 한잔을 하고 귀가했다. 일상이 되어버린 거리 투쟁의 연속, 여전히 자리를 지키는 젊은이들을 남기고 떠나는 마음은 미안했다. 눈은 아침까지 이어지고 있다. 한남동의 그들이 걱정되어 카톡을 살핀다. 그들은 빈자리를 메운 눈에 동화되어 석고상처럼 버티고 있다. "미안하다, 너무 미안하다." 또 눈물이 흐른다. 박종철 열사가 죽어간 그날도, 최루탄을 맞아 후배가 실명하던 그날도 움직이지 않는 대중을 원망하며 고독했던 시절이 오버랩된다. 다시 그들은 하얀 영웅이 되어 있었다.

내란을 넘다

양복바지에 운동화를 신고 있으면 십중팔구 형사다. 수배 시절 선배가 알려준 검거를 피하는 비책 중 하나다. 광화문을 향하는 지금, 검은색 점퍼에 운동화를 착용한 젊은 여성은 집회를 가는 사람이다. 착각일지 모른다. 내 눈에는 그렇게 보인다. 아스팔트에 테이프를 붙이고 질서를 위한 구획을 만든다. 음악에 맞춰 리듬을 타며 깃발을 흔든다.

여기저기에 음료며 간이 음식이 줄을 잇는다. 집회가 마무리되면 젊은이들이 쓰레기를 수거한다. 행진이 시작되면 중간중간에서 유도 차량이 선도한다. 신해철의 <그대에게>, 로제의 <아파트>에 응원봉을 흔들어댄다. 어눌한 시민의 발언에도 언제나 열띤 박수를 보낸다. 길고 지루한 집회에도 항상 미소를 짓는다.

비루한 욕지거리, 법원 습격, 재판관 테러 위협 같은 방식으로는 이들을 이길 수 없다. 내란이 '계몽령'이란 해괴한 논리로는 이들을 이길 수 없다. 온갖 회유와 협박으로 내란 종사자들이 말을 바꿔도 진실을 덮을 수는 없다. 국민을 편 가르며 아무 일도 일어나지 않았다고 말하는 수괴의 변명은 감옥에서 남은 인생을 살아가는 회한으로 대체될 것이다. 야만의 반대편에는 민주주의가 있다. 어둠은 빛을, 별을 이길 수 없다. 수많은 사람의 희생으로 지켜온 민주주의가 위기에 빠졌을 때 "이제는 우리 차례입니다"라고 외치며 나타난 응원봉 세대들을 보며 대한민국의 미래가 어느 때보다 희망이 있음을 느낀다. 이렇게 땅에 내린 별들이 내란을 넘고 있다.

| 함칠성

답답하고 뭐 하나 후련하게 바뀌지 않는 세상을 바라보며, 그래서 혁명을 꿈
꾸던 시절이 그리운 사람. 술, 혁명, 사랑과 시의 오묘한 조합을 아직도 우매
하게 찾는다.

12월 3일 밤, 우리가 민주주의였다

김문성

집으로 돌아가는 지하철 안이었다. 전날 밤샘 야근에 이어 그날도 야근을 했다. 다행히 맨 끝자리가 비어 기둥에 기대며 단잠이 들었다. 어느 순간 잠에서 깨어 시간을 확인할 때였다. 단체방에 "윤석열이 계엄을 선포했답니다." 하는 문자가 올라와 있는 것이 눈에 들어왔다.

안 그래도 수상한 기운을 가을 내내 느껴 온 터였다. 여름부터 꽤 구체적인 계엄 음모 소문이 돌았고, 군은 평양 무인기 소동을 자기 소행으로 인정하지 않았다. 우크라이나 전쟁에 공개적인 군사 지원을 하려고 북한군 파병설을 요란하게 떠든 것도 어떤 꿍꿍이일까, 의심스러웠다.

무엇보다 계엄 선포 직전, 천주교 대주교가 참여한 시국선언에서 윤석열을 짐승이라고 불렀을 때, 윤석열에게 남은 수단은 강압적 수단밖에 없지 않나, 생각했더랬다. 정의구현사제단 신부님도 아닌 대주교가 참여한 시국선언에서 현직 대통령을 짐승이라니! 정부와 대중 사이의 완충지대인 시민사회가 이런 시각이라면, 현 정부에 어떤 기대를 걸 여지도 없다는 말 아닌가.

그러나 그 문자가 현실적으로 느껴지지 않았다. 잠이 덜 깼을까? 나 역시 안일한 생각을 마음 한구석에 품고 있었나 보다. 지금이 어느 땐데 계엄인가 하는 생각을 한 것이다. 나는 뉴스를 검색해 봤다.

네이버 뉴스에도 계엄 선포 뉴스가 뜨지 않아서 연합뉴스, YTN에 들어가려는데 접속이 되질 않았다. 오보를 봤나 하면서도 X(구 트위터)에 들어가 보고서야 계엄 선포가 실제 상황임을 알게 됐다. 집으로 가는 마을버스를 기다리던 중이었다. 지금 국회 앞으로 달려가야 한다고 본능적으로 생각했다. 바로 편의점에 들어가 휴대용 배터리부터 찾았다. 귀갓길이라 배터리는 많이 닳아 있어 비상 상황을 대비해야 했으니 말이다.

마을버스를 타고 나서야 머리가 돌아가기 시작했다. 몇몇 동료와 연락해 일부와는 국회 앞에서 만나기로 했다. 유튜브와 트위터를 확인하니 이재명 민주당 대표 등이 국회로 모여달라고 호소를 한 상태였고, 사람들이 국회로 달려가고 있었다. 그랬다. 아직 쿠데타 성공을 막을 기회는 있었고, 그 기회는 지금 국회 앞에 있었다. 수많은 장삼이사가 그 생각을 퇴근길에, 집에서 떠올리며 재빠르게 움직이기 시작했다. 나도 집에 도착하자마자 두툼한 방한복과 이런저런 비상 물품을 챙겨 나올 참이었다. 잠 못 이루며 뉴스를 보던 어머니와 마주쳤고 실랑이를 벌일 수밖에 없었다.

금남로에서 여의도로

어머니와 나는 1980년 5월 19일 낮 광주 전남도청 앞 금남로에 함께 있었다. 전날 일요일 그 난리가 났는데도 많은 노동자가 정상 출근을 했다. 어린 나조차 금남로 피바다, 청바지 입은 대학생은 모두 잡아간다는 등의 말들을 파편적으로 들어 알고 있었다.

출근하는 아버지의 당부가 있었지만 나는 유치원에 갔다. 같은 유치원에 다니는 친구 아버지 차를 타고 갔다. 공기업 과장이고 나이도 우리 부모님보다 많은 친구 아버지는 별일 없을 거라고 장담했다. 내가 다니던 유치원은 YMCA 건물에 있었고 YMCA에서 운영했다. YMCA는 지역에서 유서 깊은 단체였으며 전일빌딩 맞은편에 있었다. 원래대로라면 정오에 끝나야 하는데, 그날은 우리를 돌려보내지 않았다. 밥도 주지 않으면서 선생님들은 율동과 체육만 줄창 시켰다. 아마도 집에 왜 안 보내주냐는 질문을 못 하게 하려는 의도였을 것이다.

우리는 배가 고파서 이런저런 불평을 했다. 얼핏얼핏 지금 금남로에 나갈 수 없다, 애들 밥도 구해 올 수 없다고 선생님들끼리 나누는 말을 들었다. 그게 뭘 의미하는지 우리로선 알 수 없었다. 선생님들은 원생들 집으로 전화해 부모님이 와서 데려가야 한다고 말했다.

오후 3시에야 어머니가 나와 내 친구를 데리러 왔다. 아버지 사무실은 전일빌딩 뒤에 있는 동부경찰서 옆이었다. 동부경찰서에는 아버지와 아는 형사가 근무했다. 어머니는 그 형사의 보호를 받으며 계엄군이 장악한 금남로로 왔다. 지금은 없어진 듯하지만, YMCA 건물 앞에는 금남로를 가로질러 전일빌딩으로 가는 횡단보도가 있었다. 당시 20대였을 선생님들은, 젊은 사람은 다 잡아간다는 흉흉한 소문에 문도 못 열고 우리를 배웅했다.

횡단보도 양옆으로 공수부대 계엄군이 서 있었고, 철없는 내 입에선 한마디가 툭 튀어나왔다. "와, 국군 아저씨다!" 군인들이 뭐라고 답했는지는 전혀 기억나지 않는다. 태어나서 느껴보지 못한 살기에 그저 겁을 먹고 울던 기억밖에는 없다. 우리를 호위하던 형사도 땀을 삘삘 흘렸다. 금남로를 벗어나 골목 안으로 들어와서야 긴장을 풀던 모습이 기억난다.

택시를 잡으려고 개미 한 마리 보이지 않는 골목골목을 돌았고 조선대 앞에서야 택시를 탈 수 있었다. 그것이 그 열흘 금남로의 마지막이었다. 나중에 사료를 살펴보니, 내가 유치원에서 나온 시간은 오전에 시위하던 시민들이 막 밀려났을 때였다. 퇴근한 노동자들이 합류하고 전열을 재정비한 시위대가 다시 금남로로 진격 시위를 벌였으니 아마 때를 놓쳤으면 나는 금남로에 하루 더 머물러야 했을지도 모르겠다.

그 뒤로 우리 집과 동네 어른들의 공포는 본격적으로 시작됐다. 그 와중에도 시민군이 지프를 타고 와 동네 사람들이 준비한 밥과 반찬을 싣고 돌아간 기억이 난다. 우리는 그들이 사라질 때까지 손을 흔들었다. 어머니는 밤마다 서울에 사는 외갓집이나 이모들에게 시외전화를 걸었다. 간첩의 폭동 어쩌고 하는 미디어의 가짜뉴스를 하소연할 곳이 없었기 때문이다. 그렇게라도 공포를 풀어야 했으니. 아버지는 유탄에 맞아 죽는 게 제일 재수 없는 일이라며, 창문마다 솜이불을 쳤다. 진압 임박 소식이 들릴 무렵 시외전화도 두절됐다.

어른들 사이에선 그 유명한 소문, '경상도 군인들이 광주 사람 씨를 말리려 한다'는 말이 자주 입에 올랐다. 몇몇 친한 이웃과 우리 부모님은 야밤에 뒷산을 거쳐 화순 방향으로 도망갈 계획을 짰고 오늘 밤만 지켜보자던 날, 계엄군이 도청을 장악했다는 뉴스를 봤다. 위대한 광주항쟁은 도청과 상무관에서의 저항을 마지막으로 진압됐다. 그러나 그 항쟁은 거듭거듭 살아나 우리의 심장이 돼 주었다. 12월 3일 그날도.

나는 어머니를 설득했다. 오늘 집에 있을 예정인 동료 전화번호를 비상 연락처로 적어드렸다. 얘는 안전할 거라는 말과 함께. 어머니는 아셨을 것이다. 어차피 나를 막을 수 없다는 걸.

밤길을 달려 택시를 잡아탔고 여의도로 향했다. 여의도로 가자는 말에 기사님은 교통 통제는 아직 없다는 짤막한 답변 말고는 아무런 얘기를 하지 않았다.

사실 윤석열이 집무실을 용산 국방부 영지로 옮길 때부터 나와 내가 일하는 단체는 그게 무슨 뜻인지 해석했다. 만일의 경우 박근혜처럼 무기력하게 당하지 않겠다는 의지의 표시라고.

그러나 그것은 거대한 정권 퇴진 운동이 벌어진 박근혜 정권 당시를 염두에 둔 예상이었다. 10월 말, 윤석열은 집권 후 최대 위기를 맞았고, 11월 내내 경복궁에서 정권반대 집회가 벌어졌지만, 매주 10만 명을 넘어서지 못하고 있었다. 운동이 커지고 난 뒤 더 강하게 치고 나갈 때를 놓치면 반격을 당하게 마련이다.

나중에 보니, 윤석열의 계엄 기획은 박근혜 탄핵 때의 방첩사 기획과 달랐다. 당시 계엄은 병력 배치의 1순위가 100만여 명이 매주 집결하던 광화문이었다. 국회 봉쇄는 기본이고 말이다. 이번에는 국회와 선거관리위원회였다. 윤석열 반대운동 내부의 분열과 온건함이 윤석열에게 어떤 틈을 보여준 것이라 생각한다. 그런데 사실 그런 약점은 쿠데타 미수 이후의 퇴진운동 과정에서도 거듭거듭 나타났다.

서강대교가 막힐지도 몰라서 국회 의원회관 방향을 거쳐 여의도에 진입했다. 너무 황당한 소식에 이게 무슨 일이냐고 서로서로 전화로, 문자로 묻던 사람들이 이미 모이고 있었다. 곳곳에서 대치하는 상황에서 나는 일단 국회의사당 정문으로 향했다.

쿠데타를 막아내다

실로 위험천만한 순간에 계엄군과 경찰을 막아 나선 것은 보통 사람들이었다. 내가 정문에서 목격한 것은 그저 장삼이사들이 경찰과 대치하고 한쪽에선 탄약을 실은 계엄군 차량을 막고, 한쪽에선 계엄군이 탄 듯한 미니버스를 막고 있는 모습이었다. 정문은 이미 봉쇄돼 있었다. 나는 도서관과 헌정기념관 쪽으로도 이동해 보고 싶었지만, 동료들과 만나기로 한 장소에서 함부로 이동할 수 없었다. 일단 계엄군 차량에서 사람들을 밀어내려는 경찰과 대치하면서 전체 상황을 파악하려고 애썼다.

그곳에서 만난 사람들은 종일 고된 일과를 마치고 퇴근하던 사람들이었고, 막 일하러 나오던 대리운전 기사들이었고, 한참 바쁘던 배달 라이더 청년 노동자들이었다. 그리고 집에서 TV로 이 광경을 지켜보던 중·노년의 주부들이었다. 시간이 지날수록 어린 학생들이 늘었다. 나중에 자유발언 때 들으니 지방에서 수십만 원 택시비를 내고 국회로 달려 온 청년들도 있었다. 무장한 계엄군이 국회를 둘러싸기 시작했다는 소식이 뉴스와 SNS로 퍼지는데도 사람들이 대중교통과 택시를 이용해 속속 모여들었다. 국회 앞에 도착한 사람들은 먼저 와 있던 사람들에 합류하면서 대중교통이 끊기기 전, 계엄을 선포한 윤석열이 멍청하다고 웃으면서도 가슴을 쓸어내렸다.

머리 위로 무장헬기들이 지나가며 속속 국회로 들어가는데, 아직 국회의원이 130명밖에 안 된다는 소식을 들었을 때는 정말 살이 떨렸다. 아마 그때가 가장 긴장이 고조된 순간이었을 것이다.

우리는 여기서 무엇을 더 할 수 있을까? 총격을 받을지도 모르는 상황에서 사람들을 선동해 우리도 담을 넘고 국회의사당 본관을 보호하러 뛰어가야 하나? 아니면 여기서 계속 계엄군 후속 부대가 오지 못하도록 저항하면서 계속 국회로 모이도록 독려해야 하나. 국회 안 전투는 그곳에 있는 사람들에게 맡겨둔 상황이었지만 정문에 모인 사람들도 본관까지 가야 하지 않나 싶게 위급해 보였다.

다행히 일군의 청년들이 앞장서 구호를 외치기 시작했고, 직접 차량을 막고 있는 사람들과 담에 늘어서 국회의원들을 돕는 사람들 빼고는, 국회 문 앞에 모여 구호를 외치기 시작했다. "계엄 철폐," "계엄 해제".

선발대가 된 사람들은 친구들이나 소속 노조, 단체, 모임의 회원들에게 지금 국회로 모여야 한다고 연락을 돌렸다. 나도 국회 상황을 짧게 영상으로 찍어 보냈다. 아직 기회가 있고, 상황이 악화하기 전에 빨리 국회 앞으로 모두 모여야 한다고 말하며 내게 현장 상황을 문의하던 많은 동지가 출발했다는 소식을 속속 전해왔다.

무장 계엄군이 국회 유리창을 깨고 본회의장에 들어가고 있다는 소식이 전해지자 사람들의 구호도 더 격렬해졌다. 국회의원들이 의결 정족수를 채우도록 야당 보좌관들이 바리케이드를 치고 시간을 벌고 있다는 소식에는 응원의 함성과 구호도 나왔다.

불어난 대열은 국회 정문 앞으로 모여서 현대차 판매 비정규직 천막 농성 동지들이 제공한 앰프로 구호를 더 크게 외쳤다. 이젠 단체들 깃발도 꽤 늘어나고 있었다. 그렇게 사람들은 총칼을 앞세운 윤석열의 자유민주주의가 아니라 노동자와 서민의 민주주의를 위해 모이고 움직이고 소리치고 있었다. 마치 오늘을 위해 단련돼 온 사람들처럼 영하의 강바람이 몰아치는 국회 앞 인도와 차도를 채우며.

국회에서 계엄 해제 결의가 참석자 만장일치로 통과됐다는 소식에 우리 모두는 안도의 한숨과 환호를 동시에 내뱉었다. 우리가 막 아냈어! 하지만 누구도 흩어지지 않았다. 사회자가 계엄이 해제됐다고 말했지만 이내 곳곳에서 윤석열이 계엄을 해제해 군을 철수할 때까지 흩어지면 안 된다는 대화들이 오갔다. 국회 정문 앞 차도는 택시를 타고 밤길을 달려온 사람들로 꽉 찼다.

그 후로도 4시간이 다 돼서야 윤석열은 마뜩찮은 표정으로 국회의 계엄 해제 결의를 수용한다고 발표했다. 그때의 환호와 기쁨이란, 이루 말할 수 없는 것이었다.

새벽 내내 이어진 집회와 자유발언은 다양한 시민들이 받은 충격, 국회로 달려오면서 한 생각들로 자연스럽게 채워졌다. 하나의 공통점이 있다면, 모두를 위해 내가 나서야 한다는 생각들이었다. 그런 사람들이 많아질수록 민주주의는 강해진다.

지금도 그날 밤은 초현실처럼 느껴진다. 각자는 작았지만 모여서 너무 큰일을 해냈기 때문에 누가 묻기 전에 먼저 얘기를 꺼내진 않았다. 내가 뭘 한 게 있다고! 아마 다들 비슷했던 듯하다. 뒤늦게야 그날 국회로 향했던 사람들이 입을 열기 시작하는 걸 보면 말이다. 각자 경험이 모여 다음 길을 내는 사람들에게 작은 반딧불이가 되길 소망한다.

다음 날이 국회 본회의라 야당 의원들 대부분 상경해 국회 근처에 있었다는 점, 이재명 등 야당 정치인들이 신속히 국회 집결을 호소한 점 등이 그날의 쿠데타를 미수에 그치게 만든 데 유리하게 작용했을 것이다. 그러나 윤석열의 치밀한 계엄 작전에 야당의 신속한 반발이 계산에 없었을까? 새롭게 나온 정보들을 보면, 윤석열은 오히려 그것을 역이용해 야당 정치인들을 한방에 제거하려고 했던 것 아닌가 하는 의심도 든다.

분명한 것은 쿠데타 세력의 계산에 기관총과 탱크를 만날지도 모르는 곳으로 신속하고 결연하게 달려간 장삼이사의 신념과 용기는 없었다는 점이다. 국회에 육로로 진입한 제1공수여단과 수방사 경비단을 막아선 것도, 국회의사당 건물에서 707 특임대를 막아선 것도, 국회 앞에서 더 이상의 군 투입을 포기하게 만든 것도 모두 특권층이 아닌 보통 사람들이었다.

국회에 투입된 부대들은 적군 정예 요원이나 훈련된 테러리스트들을 가차 없이 사살하는 기술로 단련된 정예 요원들이다. 그들에게는, 확고한 정치적·도덕적 대의명분을 가지고 총구 앞에서도 눈 똑바로 뜨고 물러서지 않는 비무장 민간인들이 훨씬 더 당황스럽고 어려운 상대였을 것이다.

바로 이것이 계엄군 사기를 떨어뜨린 결정타였다. 수방사 제1경비단장 조성현의 증언에서 그 당혹감의 실체가 드러난다. "저희가 보호해야 할 시민들이 저희 행위를 막는 모습을 보면서 상당히 의아해하고 있던 상황, 저희가 훈련받고, 해왔던 그런 상황과 다른 상황이었다."

윤석열의 치밀한 계산에는 기술만 있고 정치가 없었던 것이고, 그의 허술함이 실패를 부른 게 아니라, 우리가 쿠데타 기도를 좌절시킨 것이다.

진짜 민주주의를 묻는다

계엄은 특정한 지역에서 군대가 사법권과 행정권을 관할해 일반 국민을 무력으로 강압 통치하는 것이다. 계엄은 전시에 실행될 때조차도 적군이 아니라 자국민 대중을 통제 대상이자 잠재적 적으로 삼는 것이다. 윤석열 일당이 주장하는바, 계엄은 대통령의 합법적 권한이며, 고도의 통치행위라는 주장을 결코 인정해서는 안 되는 이유다. 윤석열은 계엄을 선포하는 과정에서 위헌·위법을 저질러서가 아니라 계엄을 선포한 것 자체로 죽을죄를 지었다.

지금 민주주의를 지키려는 수많은 사람이 윤석열 탄핵심판 결과를 기다리고 있다. 이토록 많은 사람의 절절한 염원이 8명이나 9명의 결단에 의존해야 하는지 의문을 던져 본다. 적어도 12월 14일에 윤석열은 끝장나야 하지 않았을까? 그런데 그 덜 민주적인 헌법재판소 심판조차 방해하고 쿠데타 세력 수사를 비호하는 권한대행 내각과 검찰·경찰 등 기관들을 보면서, 우리가 직접 정권을 끌어내는 것으로 나가야 하지 않았을까 하는 물음도 던져 본다. 헌정 수호를 넘어서는 진짜 민주주의에 대한 물음들이다.

윤석열의 쿠데타 기도는 끝없는 정치 위기 속에서 더는 설득과 동의의 수단으로 강경한 신자유주의, 미국 주도의 서방 제국주의 지원 노선을 수행하기 어렵다는 자백이었다. 그런데 정권이 바뀌면 이런 노선에 획기적 전환이 올까?

윤석열은 두 가지 독을 한국 사회에 풀어 놓았다. 계엄과 쿠데타를 다시 현실의 사건으로 만든 것, 민주주의를 파괴하려는 극우 폭력 세력의 부상을 이끈 것이 그것이다.

이제 우리는 겪어 보지 못한 격동의 시대로 접어들었다. 그러나 극악한 반동의 꿈을 우리가 막아냈다. 윤석열의 기습 쿠데타 기도는 수백만 명에게 충격을 줬지만 동시에 이를 격퇴한 우리의 용기가 다시 우리를 고무하고 있다. 한국에서 대통령의 계엄 선포가 실패한 사례가 딱 두 번 있다. 1960년 4월 19일 거센 정권 타도 시위에 직면해 이승만이 선포한 계엄이 첫째고, 윤석열의 지난해 12월 3일 쿠데타가 그 둘째다. 두 사건 모두 헌법과 법률, 사법제도가 아니라 노동자 등 서민 대중이 민주주의를 구했다. 우리가 민주주의다. 우리야말로 민주주의다!

| 김문성

사람들이 어울려 떠들썩하게 웃고 얘기 나누는 것을 압제자들이 싫어할 거라는 '음모론'과 인간이 만든 사회 인간이 못 바꿀 이유 없고, 그 일을 평범한 노동계급 사람들이 할 수 있다는 신념, 두 기둥으로 살고 있다

탄핵이 답이다

12월 3일은 화요일이었습니다. 매주 화요일 밤 8시에 백자TV <화요민중가요> 코너를 운영하는데 그날도 이 방송을 마무리하고 이것저것 정리하던 참이었습니다. 텔레그램에 속보로 계엄 소식이 올라오더군요. 순간 이것이 정말인가, 가짜뉴스 아닌가 하는 생각이 들더군요. 그러다가 이내 분노가 치밀었습니다. 다들 국회로 모이자는 분위기였습니다.

아내와 아들과 차례로 통화했습니다. 집에는 못 들어갈 거 같다, 국회로 가겠다, 혹시 국회로 나오면 거기서 만나자고 하고 저도 국회로 갈 채비를 했습니다. 그런데 그냥 나가기가 섭섭하더군요. 어쩌면 이게 마지막일 수도 있는데 노래라도 하나 올려야 하지 않겠나 싶었습니다. 부랴부랴 가사를 쓰고 작곡하고 녹음한 후 영상편집을 해서 유튜브에 올리고 11시 반쯤 작업실을 나섰습니다.

[분노쏭] 계엄철폐 윤석열 타도!

백자 글/곡

1. 21세기에 계엄이 웬 말
미쳐버린 윤석열을 타도합시다
김건희를 지키자고 계엄이 웬 말

모두 모여 윤석열을 타도합시다

(후렴)
계엄철폐 윤석열 타도
민주쟁취 국민이 이긴다
계엄철폐 윤석열 타도
민주쟁취 국민이 이긴다

2. 경찰들은 계엄을 거부하라,
국민들과 민주주의 함께 지키자
군인들도 계엄을 거부하라
국민들과 민주주의 함께 지키자

(후렴)

3. 일본놈들 몰아낸 우리 국민들이다
이승만을 몰아낸 우리 국민들이다
군사독재 끝장낸 우리 국민들이다
윤석열을 타도할 우리 국민들이다

(후렴)

(노래 듣기 https://youtu.be/K5zy27KHHAw?si=003sLq1lMeckSOy5)

택시를 탔는데 서강대교 중간쯤에서 더 가질 못하더군요. 결국 내려서 서강대교를 건넜습니다. 가다 보니 서강대교 차선의 대부분을 경찰차로 막았더군요. 서강대교를 건너니 국회로 가는 시민들을 만날 수 있었습니다. 벌써 "계엄철폐!"를 외치시더군요. 국회 정문 앞에 도착해보니 경찰차로 국회 문을 봉쇄했더군요.

많은 시민이 경찰들에게 허튼짓하지 말라고 큰소리를 쳤습니다. 어떤 여자분은 너희들도 어머니가 있지 않느냐, 정신 똑바로 차리고 계엄군의 편에 서면 안 된다고 호소했습니다. 그 후에 계엄이 해제되고 그중 한 경찰이 시민들을 향해 꾸벅 절을 하고 가더군요. 수없이 많은 시민과 수없이 많은 깃발, 그리고 수없이 많은 함성과 열기가 국회 앞 도로를 가득 채웠습니다. 유튜브로 생중계를 하고 싶었는데 송출이 자꾸 중단됐습니다. 사람이 갑자기 늘어서인지, 일부러 방해전파를 쏘는 바람에 인터넷이 잘 안 된 것인지는 알 수 없었습니다.

결국 민주주의의 거대한 파도로 계엄을 진압하고 해제시킨 순간, 국회 앞은 그야말로 해방구였습니다. 그러나 언제 또 무슨 일이 있을지 모른다며 국회를 떠나지 않고 함성과 구호를 이어갔습니다. 실제 골목 쪽엔 장갑차들이 아직 안 빠지고 있었습니다.

다음날 밤. 국회 본청 앞에서 촛불집회가 열렸습니다. 저는 당일 급하게 공연을 제안받았습니다. 뭘 부를까 하다가 크리스마스도 다가오고 하니 <펠리스 나비다(Feliz Navidad)>를 개사한 <탄핵이 답이다>와 <남행열차>를 개사한 <탄핵열차>를 불렀습니다. 이 노래들은 2년 동안 진행된 시청 앞 촛불에서 워낙 많이 부르던 노래들이었습니다.

<탄핵이 답이다>만 해도 윤석열 정권 첫해에 <퇴진이 답이다>라는 제목으로 불렀다가 그다음 해에 <탄핵이 답이다>로 바꿔 불렀고 이번 겨울엔 이날 12월 4일이 첫 공연인 셈이었습니다. 그런데 그날 공연을 마치고 누가 X(구 트위터)에 현장 실황을 올렸는데 조회 수가 엄청나게 오르더군요. 그날만 60만 이상이었고, 1주일 새에 800만을 찍었습니다. 이게 유튜브로 퍼져나가고 틱톡을 통해서도 퍼져나가면서 결국 뉴욕타임스와 인터뷰까지 하게 됐습니다. 그리고 저는 '캐럴 아저씨'로 불리게 됐습니다.

파면이 눈앞에 다가온 지금, 이 노래 가사에서 언급한 것처럼 윤석열 파면을 넘어 김건희 구속과 국민의힘 당 해체까지 다 이루고 올 겨울에는 정말 '메리 크리스마스' 했으면 좋겠습니다.

탄핵이 답이다
(원곡 펠리스 나비다)

탄핵이 답이다
탄핵이 답이다
탄핵이 답이다
이러다간 나라 망한다

탄핵이 답이다
탄핵이 답이다
탄핵이 답이다
우리 살길 탄핵이 답이다

윤석열 꺼져줘야 메리 크리스마스
김건희 벌 받아야 메리 크리스마스

국짐당 해체해야 메리 크리스마스
지금 당장 탄핵해

(노래듣기 https://youtu.be/SSKCW-WocQA?si=W46LZqQfntnaSJqw)

탄핵열차
(원곡 남행열차)

비 내리는 용산역 윤석열차에
흔들리는 차창 너머로
건희가 나대고 한동훈이 설치고
건진 천공 명태균이 깝치네

못 참겠다 정말
너무나 쪽팔린다
촛불 들고 나가자
너도나도 나가자
탄핵열차 출발합니다

윤석열 김건희 너무나 쪽팔려
탄핵열차 출발합니다

(노래듣기 https://youtu.be/Co5ooVLc7n0?si=By0y4Hw3pLDlUoxY)

이날 이후 엄청나게 많은 국민이 거리로 쏟아져 나왔습니다. 특히 젊은 층이 응원봉을 들고 거리로 나왔습니다. 남태령의 승리와 한남동의 '키세스 우주전사' 모습은 너무나 감동이었습니다. 불과 얼마 전까지만 하더라도 청년들의 정치 무관심을 논하던 일은 머나먼 과거가 되고 말았습니다. 그 모습이 너무 감동적이어서 응원봉을 찬양하는 <촛불찬가>라는 노래를 만들었습니다. 정말이지 우리 민족의 피에는 '항쟁 DNA'가 심겨 있는 것이 아닌가 하는 생각이 듭니다. 전 세계에 이런 국민이 있을까 싶습니다. 마지막으로 <촛불찬가>를 소개하며 글을 마치겠습니다.

촛불찬가
(백자 글/곡)

1. 답답한 마음 안고 거리로 나왔지요
그대도 그랬나요?
소중한 불빛 안고 거리로 나왔지요
그대도 그랬나요?

(후렴)
하나둘셋넷 켜지는 불빛 거리엔 어느새 빛의 바다
하나둘셋넷 박자에 맞춰 어깨춤 추면 춤의 바다
사랑해요 그대의 밝은 그 불빛 사랑해요
사랑해요 그대의 맑은 그 눈빛 사랑해요

2. "윤석열 파면하라!" 외치고 외쳤지요
그대도 그랬나요?
"김건희 구속하라!" 외치고 외쳤지요
그대도 그랬나요?

(후렴)

3. 아침이 올 때까지 멈추지 않을래요
그대도 그런가요?
새날이 올 때까지 멈추지 않을래요
그대도 그런가요?

(후렴)

(노래듣기 https://youtu.be/pfeLIIt2Ircs?si=7SaxQ8WFvyUZ-8z3)

| 백자

중2때 서울에 처음 올라올 때 기차에서 본 무수히 많은 빨간 십자가들의 의미를 아직 찾고 있다. 공동묘지 표시인줄 알았다가 나중에야 교회라는 걸 알았다. 구원 받아야할 영혼이 그렇게도 많은가? 고교시절엔 시에 빠져 그 해답을 찾다가 스무살에 기타를 만나 껴안고 씨름하며 무엇이 사람을 구원할 수 있는지 30년째 숙제중이다.

두렵지만, 오늘도 우리는

조세연

학생 활동가의 삶은 학교와 싸우는 일의 연속이다. 아이러니하게도 대학생의 가장 큰 활동 기반이자 때로는 맞서야 할 대상이 바로 대학 본부나 재단이기 때문이다. 지난해 말, 우리는 어렵게 쟁취한 총장직선제를 간선제로 전환하려는 시도에 직면했다. 2025년에 예정된 총장 선거를 앞두고 이러한 변화를 용납할 수는 없었다. 우리는 '더 나은 한국외대 총장직선제 만들기 프로젝트 – 홉스피커'를 조직하여 적극적으로 대응에 나섰다.

학교와의 싸움을 시작하기에 앞서, 학생들에게 총장직선제의 의미와 그 세부 조항의 부당함을 알리는 것부터 시작해야 했다. 솔직히 말하면, 그 시작이 가장 막막했다. 나 자신도 그 내용들을 잘 몰랐기 때문이다. 학우들에게 현재 총장직선제의 문제점을 설명하려면 내가 먼저 깊이 공부해야 했다. 공부하다 보니 점점 더 어려운 내용들이 눈에 띄었다. 학생 투표권이 5%밖에 반영되지 않는다는 사실은 이해했는데, 그래서 총장후보추천위원회가 정확히 무엇인가? 학칙부터 법인 정관까지 하나하나 살펴보며 문제점을 찾아내는 일은 쉽지 않았다. 만약 나를 도와주고 함께 머리를 맞대어 고민해준 동료들이 없었다면, 아무것도 모르는 상태에서 시작하는 것조차 엄두를 내지 못했을 것이다.

공부 끝에 알게 된 것은, 현 총장직선제가 반쪽짜리라는 것이었다.

57

총장후보추천위원회 내에서 교수들의 영향력이 너무 컸고, 투표 반영 비율에서도 교수들의 입김이 너무 셌다. 최종 후보 두 명을 뽑고 나면, 그중 한 명을 총장으로 확정하는 것은 법인이었기에, 사실상 총장직선제가 아니라 간선제나 마찬가지였다. 그런데 법인은 이를 완전한 간선제로 바꾸려 하고 있었다.

문제는 나를 포함한 대부분의 학생이 이 사실을 몰랐다는 것이다. 이제는 알려야 했다. 총장직선제를 설명하는 카드뉴스를 만들고, 관련 피켓을 들고 학교를 돌았다. 강의실을 찾아가서 마이크를 잡고 학생들에게 현 총장직선제의 문제와 대응 필요성을 설명하기도 했다. 동시에, 총장직선제 개혁의 필요성에 공감하는 이들의 서명을 모았다. 투박한 설명이었지만 학우들은 귀담아 들어주었다. 우리가 붙인 대자보를 한참이나 읽고 가던 분들, 고생이 많다며 기꺼이 서명에 함께해주던 분들의 모습이 여전히 눈에 선하다. 총장직선제라는 의제 자체가 멀게 느껴지진 않을까 걱정하기도 했는데, 전부 기우였다. 이러한 활동 과정에서 학우들이 준 믿음 덕분에 앞으로의 학내 활동을 힘차게 결심할 수 있었던 것 같다.

그런 소중한 마음이 모여, 또 함께했던 사람들의 진심과 노력이 모여 홉스피커 기자회견 현수막 위에는 '더 나은 외대 총장직선제 만들기 위한 500인 외대생 연서명'이라는 문구가 자랑스럽게 새겨질 수 있었다. 학우 500인의 마음은 연서명 성명문과 요구안으로 구체화되어, 총장직선제의 3주체인 양 캠퍼스 총학생회, 교수협의회, 직원노조에 무사히 전달되었다.

홉스피커 기자회견을 진행한 11월 22일로부터 사흘 뒤, 고려대학교에는 시국선언을 제안하는 대자보가 붙었다. 지난 2년간 누군가 다치거나 목숨을 잃거나 부당한 일을 당하거나 중요한 예산이 삭감되는 광경을 함께 목도했음에도 대학가는 이상하리만치 조용하다며, 그 침묵을 함께 깨어 나가자는 내용의 대자보였다. 이에 화답하고 싶었다. 침묵을 깨자고 용기 내어 제안한 이가 혼자 싸우도록 두고 싶지 않았다. 한 사람의 용기가 열 사람의 행동으로 이어지는 순간에 세상은 움직인다는 것을 모르지 않았기에, 무섭도록 조용하던 시대에 물결을 일으켜 준 그의 의지를 함께 이어가고 싶었다.

이에 11월 26일, 한국외대 학생 시국선언을 제안했다. 모두의 삶이 점점 어려워지는 것을 보았기 때문이고, 시국선언 제안 날짜로부터 약 일 년 전 또래 150여 명이 길 위에서 목숨을 잃는 것을 보았기 때문이다. 이토록 어려운 삶이 이어지고 때로 이어지지 못하는데, 정치권은 "왜 청년들은 아이를 낳지 않냐", "요즘 청년들은 실업급여 받아서 해외여행이나 간다"라며 청년을 타박하기 바빴다. 믿을 수 없는 현실이었다. 청년의 목소리로, 청년의 삶을 등한시하는 현 정치를 바꾸어 나가야겠다는 생각이 들었다.

시국선언 제안문 대자보를 붙인 뒤로는 매일 캠퍼스를 달리며 시국선언 연서명을 받았다. 탄핵 국면이 제대로 펼쳐지지 않은 시점에서 현 정치에 반대하는 목소리를 내는 것이 결코 쉬운 일은 아니기에, 서명이 잘 모일지 걱정이 컸다. 게다가 온라인 커뮤니티의 여론이 썩 긍정적인 편은 아니었으므로 함께 서명을 모으던 사람들이 위축되지는 않을지 우려되기도 했다. 하지만 그런 걱정이 무색하게 백 명 가까운 이들의 목소리가 모였다. 12월 3일, 계엄이 선포되기 직전까지.

'잡혀간다.' 계엄이 선포되자마자 든 생각이었다. 시국선언을 준비 중이었고, 사흘 후에는 기자회견을 할 예정이었으니 그럴 만도 했다. 즐거워야 할 뒤풀이 자리가 악몽으로 변해갔다. 상식을 벗어난 일이 일어났다는 생각에 멍하기만 했다. 누군가의 거짓말이길 바랐지만, 주변의 분위기가 점점 가라앉는 것을 보며 현실임을 깨달았다. 뒤풀이는 어영부영 정리되었으나 집에 가고 싶지 않았다. 혼자 있기에는 너무 불안했다.

휴대전화를 켜고선 연락처 목록을 한참 들여다보며, 친구들과 지인들에게 하루만 재워 달라고 부탁할지 수십 번 고민했다. 친구한테 재워달라고 할까? 하지만 가장 큰 버팀목이었던 친구는 한국에 없었다. 주변 언니들한테 부탁해볼까? 그러나 누구는 너무 바빴고, 누구는 본가에 살았고 누구는 아팠다. 본가에 내려갈까? 하지만 내 본가는 너무 멀었기에 그럴 수 없었다. 결단을 내리지 못한 채 지하철역에서 한참을 서성였다. 친구 몇몇은 집으로 돌아가고, 지하철역엔 한두 명만 남았다.

그때 휴대전화 알림이 울렸다. 여건이 되는 이들은 모두 국회 앞으로 모여 달라는 내용이었다. 집에 가서 혼자 불안에 떨고 싶지 않았기에, 함께하는 것이 낫겠다고 생각했다. 마침 지하철역에 있던 동아리 친구가 국회로 간다기에 나도 함께 가기로 했다. 급히 택시를 타고 국회로 향했고, 예상보다 일찍 도착해 다른 친구들과도 금방 만날 수 있었다. 지하철역 입구에 옹기종기 모여 앉은 우리는 다른 동료들이 얼른 도착하길 기다렸다.

아는 얼굴들이 속속 도착한 후, 한 선배가 깃대에 목도리를 묶었다. 합류하는 이들이 쉽게 찾을 수 있도록 하기 위함이었다. 그렇게 다른 동료들을 기다리고 있는데, 한 어르신이 우리에게 다가와 말했다. "목도리 내려라. 깃발 든 사람들이 가장 먼저 잡혀간다. 우리는 잡혀가지 말고 싸워야 하지 않겠냐. 빨리 내려라⋯⋯." 동료들이 서로를 잘 찾을 수 있도록 결국 깃발을 내리지는 않았지만, 어르신의 말씀은 오랫동안 머리에 남았다. 그건 계엄이 무엇인지 아는 사람의 트라우마였을 것이다. 내 눈앞의 사람들이, 내가 알던 이들이 잡혀가고 사라지는 것을, 그럼에도 아무것도 설명하거나 책임지거나 사죄하지 않는 나라를 본 사람의 공포였으리라. 그 순간에도 우리 머리 위에는 헬기가 떠 있었다.

국회 밖에서 얻을 수 있는 정보는 한정적이었다. 사람들은 계엄 해제를 요구하는 구호를 끊임없이 외쳤고, 국회 안 상황을 전해들은 이들이 이따금 큰 소리로 현 상황을 알려주었다. 상황은 좋지 않았다. 계엄군이 국회 안으로 들어가려고 한다는 소식부터 도심 한복판에 장갑차가 등장했다는 소식까지, 좋은 소식이라곤 없었다. 불안은 더욱 커졌다. 한두 대로 시작한 헬기 행렬은 점점 늘어났고 헬기 소리가 귀를 울렸다. 국회 내부 상황을 제대로 알지 못한 채, 계엄이 해제될지 아닐지 확신하지 못한 채로 구호만을 외쳤다. 그렇게 하면 헬기 소리를 이길 수 있을 것처럼.

암담한 소식들 앞에서 우리는 〈임을 위한 행진곡〉을 불렀다. 사랑도 명예도 이름도 남김없이…… 비장한 구호로 시작해서 어딘가 서글픈 가사와 곡조로 이어지는 그 노래를 또박또박 부르던 목소리들이 기억난다. 잊을 수 없는 40여 년 전의 역사가 눈앞에 되풀이되고 있었다. 헬기가 날아들고, 계엄군이 국회에 진입하려 한다는 속보가 쏟아지던 그 순간에 우리 모두는 광주를 떠올렸다. 피로 민주주의를 지켜낸 이들이 과거에 있었고, 그 민주주의를 파괴하려는 이들이 현재에 존재했다. 그 분노를 동력으로 우리는 소리 높여 노래했다.

곧 국회의원들이 담을 넘어 본회의장에 들어갔다는 소식과 함께, 계엄군이 국회 창을 깨려 한다는 긴박한 소식이 들려왔다. 우리는 간절히 바랐다. 개회가 이루어져 계엄이 무사히 해제되기를. 그 전환기의 미묘한 긴장감은 아직도 생생하게 기억에 남아 있다. 초조한 가운데, 사람들은 임시로 마련한 마이크를 쥐고 발언을 이어갔다. 반드시 싸워서 이기자는 의지를 다졌고, 불안에 떠는 서로를 다독였다. 발언하던 이들과 그에 힘차게 호응하며 구호를 외치던 시민들의 단결된 힘이 없었다면, 그날 국회 앞에서 누구도 버틸 수 없었을 것이다. 따라서 그날 밤 계엄이 성공적으로 해제된 것은, 서로의 힘을 믿으며 함께 싸워나갔던 시민들이 만들어 낸 결과이기도 했다.

계엄이 완전히 해제된 이후에는 시민들의 규탄 발언이 이어졌다. 시국선언을 준비하고 있던 나도 발언 줄에 섰는데, 한참을 기다린 후에야 발언대에 오를 수 있었다. 기다리는 일은 싫지 않았다. 모두의 분노가 만들어 낸 길고 긴 줄이라는 걸 모르지 않았기 때문이었다. 발언대에 선 이들은 청소년부터 노년층까지 다양했고, 그 모든 이들이 한마음으로 자신의 이야기를 쏟아냈다. 진심으로 분노하고 열정으로 싸웠던 이들의 목소리가 이어졌다. 그에 호응하며 구호를 함께 외치는 이들의 힘찬 목소리도 뒤따랐다. 국민을 '선량한 이들'과 '반국가세력'으로 철저히 갈라치려던 시도인 계엄은 역설적으로 우리를 하나로 묶어 주었다.

해가 뜨기 전, 버스를 타고 귀가하기 위해 행렬을 빠져나왔다. 우리 힘으로 계엄을 막아냈기에 혼자 집에 가는 것이 더는 두렵지 않았다. 계엄이 무사히 해제된 만큼 다음 날 시국선언 서명을 계속 모아야 했다. 집에 가는 길에는 계엄 직후 학내 익명 커뮤니티에 올렸던 '결국 비상계엄이 선포되었다. 시국선언에 연명해 달라'는 글을 다시 확인했다. 댓글 여론은 이전과 달리 긍정적으로 변해 있었다. 여전히 비난하는 이들도 있었지만, '계엄이 선포되는 것을 보니 현 정권의 심각성을 느낀다. 시국선언에 연명하겠다'는 이들이 많았다. 계엄을 계기로 시국선언 연명자가 급증하는 것을 보며, 기뻐해야 할지 말아야 할지 혼란스러웠던 기억이 난다.

그렇게 12월 6일 정오, 우리는 146명의 서명을 모아 시국선언을 진행할 수 있었다. 계엄 직후였지만, 많은 이들이 기꺼이 시국선언 선포에 함께하겠다고 말해 주었다. 그들의 응원과 지지 덕분에 시국선언은 잘 마무리되었고, 146명의 마음이 담긴 시국선언문을 학내에 선포할 수 있었다. 시국선언단과 함께 대자보를 붙인 후, 야외계시판 앞에 모여 현 정치에 대해 토로하던 그날 낮이 아직도 기억난다. 한참을 이야기하던 우리는 여의도 앞 집회에서 다시 만나기로 결의한 후 각자의 자리로 돌아갔다.

그 이후로도 우리는 매주 한국외대 참가단을 조직해 집회에 참여했다. 집회에서 새롭게 인연을 맺은 이들도 있었고, 외대 깃발을 보고 찾아와 간식을 건네주던 이들도 있었다. 외민동에 가입을 결심한 것도 동문 선배들을 만난 탄핵 광장이었다. 계엄이라는 만행은, 우리를 결코 떨어뜨려 놓지 못했다. 우리는 '나라가 나에게 이래서는 안 된다'는 공통된 인식을 공유하며 서로를 만나고 연결되었다. 따라서 민주주의를 파괴하려는 계엄의 시도는 역설적으로 우리가 피로 쌓아올린 민주주의를 더욱 굳건하게 만들었음을, 그리고 어떤 시련도 그것을 깨뜨릴 수 없음을 증명했다.

이후 교내에서 탄핵소추안 가결이 실제 탄핵으로 이어질 수 있도록 탄핵 요구를 명확히 하면서 학생총회 발의를 위한 연서명을 모았다. 총회 소집을 기획한 것은 탄핵소추안 가결 이전이었는데, 당시에는 14일에 가결될 것으로 예상하면서도 이탈표가 얼마나 나올지 몰라 불안해하던 시기였다. 총회를 준비하는 동안 탄핵소추안은 가결되었지만 안심할 수 없었다. 헌법재판소에서 파면 판결을 내지 않으면 탄핵은 무효가 될 수도 있었기 때문이다. 따라서 윤석열 탄핵은 가결만으로 끝나는 일이 아님을 알았고, 외대 구성원들이 함께 탄핵을 강력히 요구해야겠다고 생각했다.

총회를 열기 위해서는 전체 재학생의 10분의 1 이상의 동의 연서명이 필요했다. 천 명 가까운 인원을 모아야 했고, 기말고사와 종강을 앞둔 시점이었기에 더 이상 미룰 수 없다고 생각했다. 이에 이틀 내내 캠퍼스를 돌아다니며 서명을 모은 결과, 무려 1,005명의 마음을 모을 수 있었다. 단 이틀 만에 천 명이라는 학우들의 마음을 모은 사실이 믿기지 않았다. 이만큼의 결과를 낼 수 있었던 것은 총회가 꼭 열려야 한다며 눈을 반짝이던 학우들의 의지와 연대 덕분이었다. 바쁘게 가던 길을 되돌아와 '뉴스를 보니 서명을 꼭 해야겠다는 생각이 들었다'며 이름을 남겨주고 간 분, 손에 간식을 쥐어주고 떠난 분의 따뜻한 지지를 여전히 잊지 못한다.

이러한 지지에도 불구하고 학생총회는 소집되지 않았다. 총학생회에서 '개의 희망일이 학칙에 맞지 않는다'는 이유로 연서를 검토할 수 없다고 판단했기 때문이다. 1,000명의 마음이 모였다는 사실을 인정받지 못해 아쉬움이 남았지만 1,005명의 학우들과 함께 연서를 완성하는 과정은 우리 힘으로 총회를 요구할 수 있다는 가능성과, 그 힘이 외대와 대학사회, 나아가 사회를 변화시키는 원동력이 될 수 있음을 깨닫게 해 주었다.

이 책이 출간될 즈음에는 아마도 대통령 파면이 선고되었을 것이다. 우리는 이제 탄핵 이후의 사회 개혁을 꿈꿀 수 있게 되었다. 탄핵은 결코 쉬운 일이 아니었고, 다시는 반복되어선 안 될 일이었다. 그러므로 탄핵 이후의 세상은 분명 지금과는 달라야 한다. 이제 우리 사회의 소수자가 차별받지 않는 세상, 장애인도 자유롭게 이동할 수 있는 세상, 과거사 문제가 해결되는 세상, 기후 위기가 극복되는 세상, 이민자 차별이 사라지는 세상, 그리고 누구도 자신의 정체성을 이유로 박해받지 않는 세상을 꿈꿔야 한다. 이러한 사회 개혁을 이루어내는 힘은 탄핵을 이끌어낸 힘과 다르지 않을 것이다.

하나로 뭉친 우리의 힘만이 세상을 바꿀 수 있다. 하지만 하나로 뭉치는 것만큼이나 우리는 앞으로의 세상을 깊이 고민하고 토론해야 한다. 누구도 혐오의 대상이 되지 않는 사회, 모두가 안전한 사회, 차별 없는 사회는 그렇게 만들어진다. 이제는 내가 누군가를 차별하고 있지 않은지, 내가 만들고자 하는 사회는 누구를 포함하고 누구를 배제하고 있는지 세심하게 돌아볼 때이다. 이러한 고민과 사회 대개혁을 이루고자 하는 뜨거운 의지로 '다시 만난 세계'를 마주할 수 있기를 바란다. 윤석열 탄핵은 끝이 아니라 새로운 시작이다. 우리를 새로운 곳으로 이끌어줄, 그 너머의 세상을 상상하게 해 줄 시작. 차별 없는 세상에서 모두 다시 만나기를, 그 과정에서 함께할 수 있기를 간절히 바란다.

| 조세연

수상할 정도로 학생자치와 권리 의제에 관심이 많은 사람입니다. 겁이 많고 자주 울지만, 나는 눈물로 나아가는 사람이라고 믿고 있습니다. 학생의 힘으로 더 나은 세상을 만들기를 꿈꿉니다.

서강대교

나는 촌놈이다. 지금도 한강을 건널 때면 가슴이 두근거린다. 1995년 봄, 무궁화호를 타고 네 시간을 달려 처음으로 건넜던 한강 철교, 그 철컹철컹 소리보다 시원한 두드림을 아직 모르겠다. 1996년 늦가을 깜깜한 밤, 신병들을 태운 수송 열차가 논산훈련소 연무대역을 출발했다. 반팔티를 입고 입대하였는데, 창밖 사람들은 두꺼운 옷을 걸치고 있었다. 남으로 가는지 북으로 가는지 불안한 마음이었지만 고단했던 몸은 곧 잠이 들었다. 철컹철컹 소리에 눈을 떴다. 눈앞에 커다란 63빌딩이 나타났다. 아, 한강! 전방으로 간다는 두려움과 동시에 묘한 안도감이 들었다.

2024년 12월 3일 저녁, 신사역 메가박스에서 <퍼스트 레이디>를 보았다. <퍼스트 레이디>는 인터넷 언론 <서울의 소리>가 제작한 다큐 영화이다. 11월 국회 시사회는 무산되었는지라 12월 3일이 대중에게 처음 공개되는 날이었다. 집으로 가는 전철이 한강을 건넌다. 한강을 건너는데, 이날은 아주 기분이 나빴다. 이 영화에는 참 희한한 자가 나오는데 그 이름을 쓰기도 싫어서 그냥 '그자'라고 하겠다.

영화를 보니 그자가 도대체 왜 그러는지 조금은 알 수 있었지만 그만큼 더 나쁜 기분이었다. 그때, 단톡방이 울렸다. "이 미친 돼지 새끼~~ 비상계엄령을 선포했네요." 10시 31분이었다. 어? 하는 사이 텔레그램방도 부르르 떨었다. "윤 비상계엄을 선포ㅜㅜ". 여러 단톡방이 계속 울렸다. 전철 안 사람들을 둘러보았다. 한 칸에 서 있는 사람이 나 포함 서너 명 정도로 한산하였는데, 모두 나와 같은 카카오톡 메시지를 받거나 기사를 찾아보는 것 같았다. 별다른 움직임은 없었다. 없는 것 같았다.

2호선으로 갈아타려고 내렸을 때도, 사람들은 평소처럼 걸어갔다. 그러는 것 같았다. 홍대입구역에 내렸다. 집까지는 10분 정도 걷는다. 3번 출구 경의선숲길은 늘 사람들로 붐빈다. 사람들 얼굴을 피해 전화기만 보고 걸었다. 아이들에게 길가면서 제발 스마트폰 보지 말라고 하는데 그럴 수가 없었다.

10시 53분, "국민 여러분 신속히 국회로 와 달라"는 이재명 대표의 속보가 떴다. 국민, 내가 그 국민인가? 내가 가서 무엇을 할 수 있을까? 도움이 될까? 국회 앞까지 갈 수는 있을까? 그냥 집으로 가려고 나를 막 설득하고 있었다. 10시 57분, 방송국에서 일하는 친구가 전화했다.

"어디니? 뉴스 봤니? 2024년에 이게 뭔 일이니? 나 회사 앞인데, 국회의원들은 아직 체포되지 않은 것 같아⋯⋯."

갈 마음이 없었음에도 친구에게 물어봤다.
"지금 국회 가도 될까?" 친구는 아무래도 위험하니 가지 않는 게 좋을 것 같다고 했다. 친구 말에 면죄부를 얻어 곧장 집으로 갔다. 평소라면 편의점에 들러 맥주를 몇 병 담았겠지만, 맨정신이어야겠다고 다짐했다.

아이들은 떨고 있었다. 초등학교 5학년 둘째는 집회 이제 못 나가냐고, 잡혀가냐고 물었고 중3 첫째는 <서울의 봄>이냐고 했다. 첫째는 나와 한 번, 친구들이랑 한 번 그 영화를 두 번 봤다. 둘째는 영화를 볼 나이는 아니었지만 유튜브로 웬만한 장면은 다 보았을 것이다.

김오랑 중령! 이분의 이름을 2015년에 처음 들었다. 운이 좋게도 『역사의 하늘에 뜬 별 김오랑』(김준철, 책으로 보는 세상, 2012)의 저자가 준 책을 읽었다. 특전사 출신 친구에게 한 권 선물하기도 했다. 영화에서 김오랑 중령이 나오는 장면이 더 마음 아팠다.

2024년 1월, 아이들과 동작동 현충원 김오랑 중령 묘지를 찾았다. 사병 묘역 정선엽 병장과 박윤관 상병의 묘지도 참배하였다. 같은 날 저항군과 반란군으로 희생되어, 약 20미터 거리를 두고 대각선으로 잠들어 있는 두 병사를 추모하는 분위기는 지금도 사뭇 다르다고 한다. 불의에 맞선 김오랑 중령과 정선엽 병장은 2022년 '순직자'에서 '전사자'로 예우가 달라졌다고 아이들에게 알려주었다. 아이들에게 이 계엄령은 영화 속 이야기만은 아니었다.

"호서야, 호준아, 너희들이 계엄이라는 말을 듣게 해서, 아빠 엄마가 참 미안하다." 아이들에게 깊이 사과했다. 우리 가족 넷은 한 방에서 같이 잔다. 아내가 아이들과 먼저 들어갔다. 방문이 안에서 닫히고, 짧은 순간, 아이들과 한동안 못 볼 수도 있겠구나, 생각했다. 아주 짧은 순간은, 사실 더 한 생각도 들었다.

아이들 컴퓨터 방으로 가서 가만히 앉았다. 11시 27분, "1. 국회와 지방의회, 정당의 활동과 정치적 결사, 집회, 시위 등 일체의 정치활동을 금한다. 2. 자유민주주의 체제를 부정하거나⋯⋯ 반국가세력 등⋯⋯ 이상의 포고령 위반자에 대해서는 대한민국 계엄법 제9조에 의하여 영장 없이 체포, 구금, 압수수색을 할 수 있으며 계엄법 제14조에 의하여 처단한다"는 포고령이 단톡방에 올라왔다.

일신의 안위만을 위해 살아왔던 소심한 내가 반국가세력인가. 11시 32분, 가족 단톡방에서 처남이 물었다. "국회 가서 길 뚫어줘야 하는 거 아니에요?" 내 몫 숫자 하나가 지워졌지만 대답하지 못했다.

11시 45분, 고향에 있는 형이 전화했다. "어디고?" "집이다." 형의 처남은 서울경찰청 기동대 소속 경찰관이다. 집회 나가면 가끔 만나는 사이다. 처남은 벌써 출동했단다. "니는, 조심히 다녀라. 영장도 없이 잡아간다잖아." 형은 나가지 말라고는 하지 않았다. 경찰관 처남이 있어서 그런가. 평소 자기 말 듣지 않는 동생이라 반대로 얘기했을지도. 형과 통화하는 소리에 아이들이 깰까 봐 조용히 집을 나와서 집 바로 아래 사무실로 쓰는 반지하 공간으로 가서 TV를 켰다. TV에 군인들이 나왔다. 11시 52분, 동창들 단톡방에 전차 사진이 올라왔다. 시흥IC에서 찍은 사진이라고 했다. "이 사진은 예전 훈련 사진이라 합니다" 다른 이의 댓글이 바로 달렸다. 우리 집은 버스정류장 바로 뒤다. 조용한 밤이면 더 커지는 버스 정차 소리가 전차 소리 같았다. 나가 보았다. 전차는 보이지 않았다. 바로 들어가지 못하고 마당을 서성였다. 12시가 넘었다. 12시 01분, 방송국 친구에게 전화를 했다. 현장 취재 중이라고 했다. 다시 물었다. "국회 가봐도 될까?" 군인들이 지금보다 더 많아지면, 안전을 장담하기 어려울 것 같다고 가지 말라 했다. 알겠다고 했다.

12시 10분, 고향 친구가 전화했다. "니 지금 어디고?" "집이다." 내가 김오랑 중령 책을 주었던 특전사 출신 친구다. 친구는 직업군인 아니고 나보다 일주일 뒤 논산훈련소를 떠난 사병인데, 특전사로 자대배치 받아서 천리행군도 두 번이나 하는 등 고되게 군생활을 했다(이번에 군인답게 행동한 몇 안 되는 군인, 1공수특전여단장과 같은 부대에서 근무했었다고 한다).

친구는 TV에 나오는 군인들 군복이 예전 자기 것과 같다고 했다. "지금이라도 국회로 갈까?" 이 친구에게도 물었다. 가지 않는 게 좋을 것 같다고 대답했다.

12시 13분, 국회로 가보자고 했던 처남에게 카카오톡 메시지를 남겼다. "오늘은 집에 있자." '앞으로 나갈 일 많을 거다'라는 말은 하려다 말았다. 고향 가족 단톡방에다 조카의 안부를 물었다. 누나의 둘째 아들이 가평에 있다. 1월에 제대하는데.

다시 TV를 켰다. 그런데, 군인들이 적극적이지 않았다. 시민들과 되도록 충돌하지 않으려는 게 보였다. 국회의원들이 다 끌려가든, 151명이 얼른 비상계엄령 해제 요구안을 가결시키든 나 같은 민간인이 다칠 일은 없을 것 같았다.

가방을 쌌다. 음료수와 간식을 챙기고 두루마리 휴지도 새것을 넣었다. 그리 춥지는 않아서 셔츠랑 두껍지 않은 등산복만 걸쳤다. 혹시나 해서, 조카가 보내준 '플리스형 스웨터'를 그 안에 껴입었다. 이 방한 스웨터는 병사들에게 깔깔이(방한복 상의 내피)보다 더 인기가 많다고 한다. 반지하 사무실을 나서다가 멈췄다. 플리스형 스웨터는 완전 국방색인데 혹시 몸싸움하다가 등산복이 벗겨져 시민들에게 군인으로 오해받을 수도 있다는 생각 때문이었다. 벗었다. 가방에 단 '윤석열 퇴진 OUT' 배지도 뗐다. 군인들이 뒤에서 잡아챌지도 모른다.

택시를 타고 국회로 가자고 했다. 신촌로터리를 지나 광흥창역까지 길은 막히지 않았다. 택시가 서강대교로 쭉 올랐다. 서강대교는 우리 집에서 국회로 가는 가장 가까운 다리다. 반쯤 갔을까, 길이 막혔다. 내려서 뛰었다. 투투투투투 헬기 소리가 들렸다. 돌아보니 석 대가 국회로 가고 있었다. 국회와 그 헬기들을 한 프레임에 담아 찍었다.

두다다, 사진 찍는 나를 질러 여럿이 국회로 뛰어갔다. 한 분은 여성이었는데 엄청 빨랐다. 서강대교 남단, 순복음교회 쪽에서도 시민들이 몰려왔다. 여러 방향에서 모이는 사람들과 막힌 차들을 정리하는 경찰관들의 표정이 그리 어둡지 않았다. 국회 정문으로 가려고 했으나 다리 끝에서 100미터 거리 국회 옆문에도 사람들이 많았다.

헬기 사진을 찍은 시간이 12시 53분이었으니, 이 시민들 무리에 낀 건 1시 직전이었던 듯하다. 재석 의원 190명 전부가 비상계엄령 해제 요구안을 통과시킨 게 1시 3분이었으니 내가 국회에 도착했을 때는 심각한 상황은 아니었다. 나중에 안 사실이지만, 수도방위사령부 제1경비단장(대령)은 12시 48분, 국회를 향해 출발한 후속 부대에 서강대교를 넘지 말라고 지시했다. 국회를 통제하고 의원을 끌어내라는 사령관의 명령이 정상이 아니라고 판단한 그 군인이 아니었다면 시민들은 서강대교를 건너지 못했을 것이다.

국회 옆문에 달라붙어 "독재타도, 계엄철폐"를 외치던 시민들은 1시 3분 환호성을 지른 뒤, "문 열어, 문 열어, 문 열어!" 소리쳤다. 곧바로 한 시민이 "윤, 석, 열, 을" 선창하고 다른 시민들은 "체, 포, 하, 라." 박자 맞춰 답을 했다. 그래 이제 니가 체포다! 짜릿했다. 이어서 "김, 건, 희, 도" "체, 포, 하, 라." 외쳤다. 국회가 위험하지 않다는 것을 가족 단톡방에 알렸다. "공수부대가 철수하기 시작했다는데, 그런가? 어떤 상황이냐?"고 동생이 물었다. "국회로 들어가지도 못하고 문 앞에 다닥다닥 붙어 있어. 꽉 막힘. 여기선 군인들이 보이지 않음." 답톡을 남겼다. 1시 52분, "군인들이 철수했다고 뉴스에 나왔습니다." "방금 속보에서 군인들 국회 철수했다고 나왔어요." 다른 단톡방에 두 메시지가 동시에 올라왔다. 나는 여러 단톡방을 보며 상황을 파악해갔다. 시민들은 계속 소리쳤다. '윤석열 퇴진 OUT' 배지 떼지 말걸. 그 배지 신상인데, 나 바로 뒤에서 지겹도록 내 가방을 보았을 분들에게 조금이라도 힘이 되었을 텐데 말이다.

2시 30분 가까이, 외침은 끊이지 않았지만 국회 옆문은 열리지 않았다. 나는 정문으로 이동했다. 훨씬 더 많은 분들이 소리치고 있었다. "비상계엄 해제하라!" 녹색당이라고 크게 적힌 손팻말을 들고 있었다. 재빠른 분들 많다.

2시 40분, 조국혁신당 조국 대표가 나와서 일갈했다. "윤석열이 오늘 발포한 비상계엄 선언은 다른 말로 하면, 군사 반란 시도입니다." 시민들은 환호했다. 외신 기자들도 꽤 보였다. 3시가 넘어도 국회 정문은 열리지 않았다. 소강상태가 되었다. 한 시민은 부지런히 쓰레기를 줍고 다녔다. 추웠다. 집에 가고 싶었다. 시간은 정확히 기억나지 않지만 군인권센터 소장이 마이크를 잡았다. "해제 요구안은 통과되었지만 윤석열은 아직 계엄을 해제하지 않았다. 지금 돌아가면 군인들이 다시 올 수도 있다. 잠든 시민들이 깨어나 출근길에 다 모일 때까지 여기 계신 분들이 국회를 지켜 달라"고 소리쳤다.

플리스형 스웨터 입고 올걸. 너무 추웠다. 이웃들과 양평에서 달려온 선배를 만났다. 왜 그렇게 춥게 입고 왔냐고 걱정해 주었다.

4시 8분, 제일 가까운 편의점으로 달려가 멸치칼국수 컵라면을 일단 뜯었다. 먼저 와서 몸을 녹이던 시민들이 뜨거운 물이 다 떨어졌다고 했다. 편의점 직원에게 물어보니 사람들이 몰리는 바람에 시간이 좀 지나야 뜨거운 물이 나온다며 난감해했다. 가져간, 그러나 아직 먹지 않았던 생수가 생각나 컵라면에 붓고 8분 가까이 전자레인지에 돌려먹었다. 내 뒤로도 몸이 언 시민들은 편의점으로 몰려왔고 나와 같은 동작을 반복했다. 라면이 끓기를 기다리며 시민들은 나는 김포에서 왔소, 나는 서산에서 왔소, 버스가 없어서 차를 몰고 왔소, 이야기꽃을 피웠다. 평소라면 잠겨 있을, 편의점 비상문을 통해야만 갈 수 있는 화장실은 열려 있었다. 화장실 가는 통로 바로 옆에 그 건물의 수위 아저씨의 책상이 있었는데 역시 평소라면 편의점 직원만 다닐 시간에 수시로 사람들이 들락거려도 아저씨는 싫은 내색을 하지 않았다. 나는 다시 국회로 갔다.

4시 28분, 쓰레기 줍던 그 시민은 계속 쓰레기봉투를 들고 다녔다. 시민들의 발언이 이어졌다. 한 여성이 임시로 만든 무대에 올라 마이크를 잡았다. 자신을 예술노동자라고 했다. 노래를 불렀다. "노래여 날아가라, 우리 생명의 힘을 실어, 깊은 겨울잠을 깨어 노래여 날아가라, 노래여 날아가라, 사람이 사람으로 사는 땅, 평화의 바람으로 노래여 날아가라." 아는 노래다. 몰랐어도, 참 멋졌다.

이번에는 한 남성이 마이크를 잡았다. 동네 주민이라고 했다. 스물아홉 살이라고 했다. 백수라고 했다. 마이크를 잡지 않은 손에는 종이봉투 같은 것을 들고 있었는데 '국민의힘' 당원증이었다. 우~ 사람들이 야유했다. 윤석열은 자기와 같은 젊은이들의 이야기를 잘 들어줄 거라고 생각했다고 했다. 그래서 찍었다고 했다. 후회한다고 했다. 사람들은 환호로 달래주었다.

편의점을 다녀온 사이, 4시 27분경에 계엄은 해제되었지만 나는 5시쯤 안 것 같다. 5시가 넘어 사람들이 꽤 빠졌지만, 여전히 많은 사람들은 출근하는 시민들을 만날 때까지 국회 정문을 지킬 기세였다. 5시 27분, 국회의사당역으로 내려갔다. 어이쿠. 많이 빠졌다고 생각한 시민들 일부는 지하에 있었다. 추위를 피해 지하로 내려갔지만 국회를 떠나지는 않았다. 나는 첫 지하철을 탔다. 아내 몰래 나왔으니 아내가 깨기 전에 들어가야 한다. 엄마와 아빠는 아이들을 먹이려고 일을 한다. 의무다. 어디로 출근하기도 하고 집에서 일하기도 하는데, 나갔으면 돌아와야 한다. 의무다.

12월 7일, 아내와 아이들과 서강대교를 건넜다. 한 번 가본 길이라고, 이번에는 택시 기사님께 말씀드려 서강대교 오르기 직전에 내렸다. 온 가족이 이 시간에 어디를 가는지 아실 텐데, 오는 내내 별말 없던 기사님은 택시비를 받지 않으셨다. 서강대교로 오르는 계단은 이미 사람들로 꽉 차 있었다. 나는 뒤로 조금 빠져서 아이들과 아내가 계단을 오르는 모습을 찍었다.

오후 3시 30분경이었는데도 강바람은 찼다. 지난 3일보다 차는 더 막혔다. 같은 마음으로 국회로 가는 버스는 만원이어서 그 시민들이 안쓰러웠다. 국회로 향하던 헬기를 봤던 곳에서 아이들과 사진을 찍었다. 경기도 광주에 사는 동생을 만나기로 하였는데 그럴 수 없었다. 동생은 여의도공원 쪽으로 겨우 갔고 우리는 서강대교를 건넜으니 아예 불가능한 일이었다. 만난다면 수년 만인지라 못 본 게 무척 아쉬울 뻔도 했지만 우리는 이해했다. 2016년 11월 26일 광화문, 동생과 나는 서울시의회 앞 같은 도로 위에 있었다. 동생과 30미터 거리였는데, 손을 붙잡는 데는 20분 넘게 걸렸다.

분위기가 이상했다. 아이들도 알았고 지루해했다. 따로 출발한 큰처형네 아이들과 우리 아이들이 만나지 않았더라면 진작에 집에 가자고 했을 것이다. 오후 5시 40분, 집회 사회자가 국민의힘 국회의원 이름을 일일이 부르며 "탄핵 표결에 동참하라"고 외쳤다. 많이 지친 아이들이었지만 같이 힘껏 외쳤다. 그래도 국민의힘 의원들은 표결에 동참할 기미조차 보이지 않았다.

해는 지고, 국회의장은 발표하였다. "명패수를 확인한바, 총 195매로써 투표하신 의원 수가 의결 정족수인 재적의원 3분의 2에 미치지 못했습니다. 따라서 이 안건에 대한 투표는 성립되지 않았음을 선포합니다."

아이들은 1.4km 다리를 다시 걸어서 돌아갔다. 강바람은 더 차가웠다. 탄핵안이 가결되지 않은 것보다 잘못을 바로잡는 모습을 같이 못 보는 게 더 분했다. 올 때 올랐던 계단 근처에 고깃집이 보였다. 아이들과 배불리 먹었다. 집에 아이들을 먼저 보내고 나는 다시 서강대교를 건넜다. 한 여성이 국회 옆문에 올라 윤석열을 탄핵하라고, 탄핵하라고 그렇게 울부짖었다.

12월 14일 다시 서강대교를 건넜다. "총투표수 300표 중"까지 말하고 잠시 뜸을 들인 국회의장이 "가", "이~" 라고 하는 순간 아내에게 제일 먼저 달려가 끌어안고 환호성을 질렀지만 우리 아이들이 옆에 없었다. 지난주 실망한 아이들은 이번에는 따라오지 않았다. 많이 아쉬웠다. 2016년 12월 3일, 160만이 모였던 제6차 촛불집회 현장에도 아이들이 있었다. 행진 중 백기완 선생님을 뵈었고, 인사도 하지 않고 사진을 찍었다. 선생님은 씩 웃으셨다. 그 사진, 우리집 현관에 걸어 놓았다. 선생님 옆에는 노란 보자기를 뒤로 맨 아내와 첫째가 서 있다. 둘째가 탄 유아차도 반쯤 보인다. 그날 둘째는 귀를 막으며 내게 물었다. "아빠, 사람들이 왜 이렇게 소리를 질러?" 아이들은 2019년 10월 5일 토요일, 서초동에도 함께 갔다. "공수처를 설치하라!" 외쳤다.

다시, 2024년 12월 4일 새벽이다. 5시경인 것 같다. 다른 여성이 마이크를 잡았다. 무서워서 집에 들어앉아 유튜브만 보다가 방금 나왔다고 했다. 국회 앞에 모인 시민들이 싸우는 모습을 보고 용기 내서 막 나왔다고 했다. 늦게 와서 죄송하다고 했다. 그때는 잘 몰랐다, 이게 무슨 의미인지.나는 그날 국회로 바로 달려가지 않은 것을 후회했다. 계엄 선포 직후, 망설임 없이 국회로 달려가 의원들 월담을 돕고 본인도 담을 넘어 계엄군을 몸으로 막은 시민들은, 다 찾아서 큰 상을 줘야 한다. 역사의 맨 앞에 섰던 그분들이 부러웠다.

12월 21일, 부끄럽게도 나는 남태령을 몰랐다. 그날 송년회가 있었고 늦게까지 술을 마시고 더 늦게까지 잤다. 다음 날 오후 2시쯤 일어났는데 단톡방이 난리가 났다. 정신을 차리고 남태령으로 달려갔을 때는 오후 4시가 넘었다. 그 추운 밤, 농민과 응원봉 시민들이 26시간 넘게 싸운 뒤였다. 곧, 수방사 앞 차벽은 뚫렸고 트랙터는 나아갔다. 새벽까지 싸운 선배에게 늦게 와서 죄송하다고 했다. 그 선배가 그랬다. "늦더라도 왔으면 됐어. 오는 게 중요하지."

그때 알았다. 12월 4일 5시경에, 이제 왔다고 했던 그분의 의미를. 맨 먼저 달려 간 사람을 따라 다음 사람이 가고, 그다음 사람이 또 가고 나는 뒤를 따라갔고…… 그 뒤로 다른 사람들이 달려왔다. 이어진다! 참 대단한 분, 그날 국회 앞에서 장갑차를 맨몸으로 막아선 그분, 그때가 2시 20분쯤이었다고 한다. 그때는 서로 몰랐어도 다 이어진다!2025년 2월 4일 화요일 저녁. 그 주가 참 매서웠다. 헌법재판소 인근 안국역 1번 출구열린송현 녹지광장 입구에서 열린 촛불문화제에 한 시민이 손수 만든 피켓을 들고 나왔다. "오늘 저녁은 무지하게 춥다고 한다. 촛불에 가지 말까? 아니, 가야 해. 악조건일수록 가야지. 왜냐하면 내가 믿고 있는 촛불이 나를 믿고 있을 테니까." 나는 그날 나가지 않았었다. 계속 이어주는 시민들이 참 고맙다.

서강대교는 한강에만 있는 건 아닌 듯하다. 어디에도 있다. 무엇보다 내 마음속에 수시로 깊이 있다. 내가 건너야 할 서강대교가 많다.

-2023년 1월 12일 태백에서 순직한 故 최민서 일병을 추모하며-

ㅣ최재직

아내, 아이들 다음으로 맥주를 사랑한다. 잘 못하지만 노래 부르는 것을 좋아한다. 고맙지 않은 사람들이 없다. 다 갚아야 하는데.

2

길 위에
선 사람들

그림 2. 새벽을 여는 사람들

광장에서, 다시 만난 세상

강민서

작년에 입학한 새내기로서 집회에 참여하며 느낀 점을 써 보라는 제안을 일단 받아들이기는 했는데, 무엇을 써야 할지 잘 떠오르지 않았다. 나는 비상계엄 소식을 듣자마자 목숨을 걸고 국회 앞으로 달려 나갔다든가, 정치에 관심 없다가 내란 사태를 계기로 눈이 번쩍 뜨여 집회만 한다 하면 달려가게 되었다든가 하는 대단한 결의나 극적인 서사와는 거리가 멀다. 12.3 비상계엄이 선포되었을 당시, 나는 이미 선배들을 따라 11월 9일 전국노동자대회 때부터 토요일마다 윤석열 퇴진을 요구하는 집회에 나가고, 학내에서 서명을 모아 시국선언을 준비하고 있었다. 예정된 시국선언 기자회견 날짜로부터 불과 사흘 전이었다. 이렇게 타이밍 좋게(?) 사건이 터져버려서, 어느 정도 예상하고 준비하고 있던 퇴진광장이 생각보다 이르게 열린 셈이다. 그러다 보니 내란을 기점으로 조금 더 바빠졌지, 일상이 크게 달라지지는 않았다. 진짜 위험한 일은 다 빠지고 평범하게 집회에 참가한 게 다라 특별한 경험도 없고, 비일상적인 사건이 너무 자주 일어나다 보니 크게 특별한 감정을 느낀 적도 없다.

그런 나지만, 돌이켜 보면 내란 이후 지금까지 아무것도 변하지 않았다면 거짓말이다. 크게 환호하거나 절망하기보다는, 극적이지는 않지만 많은 생각을 한 순간들이 나를 조금씩 바꿔놓았다. 계엄 이후 매주 광장에 나오면서 가장 인상 깊었던, 여의도에서 실시간으로 지켜본 탄핵소추안 가결의 순간과 한강진의 밤을 중심으로, 그때 무엇을 느끼고 깨달았는지 이야기해 보려고 한다.

여의도에서 맞이한 탄핵소추안 가결의 순간

여의도에서 집회 전광판으로 국회에서의 탄핵소추안 가결 소식을 보던 순간을 떠올리자면 솔직히 그렇게까지 기쁘지는 않았다. 이것은 승리가 아니라 시작에 불과하다는 걸 알았기 때문이다. 아직 윤석열을 완전히 파면시키고 책임을 제대로 묻기까지 많은 절차가 남았다는 점에서도 그랬고, 윤석열 한 명이 사라진다고 해서 살기 좋은 세상이 되리라고 생각하지도 않았다. 우리 앞에 놓인 가장 큰 문제는 윤석열이 아니라, 윤석열 말고도 문제가 너무나도 많다는 점이었다. 최소한 국민의힘 해체까지는 봐야 그나마 세상이 바뀌는구나 싶을까?

그렇지만 탄핵 표결 결과 발표 직후의 환호를, 저마다 깃발과 응원봉을 흔들며 부른 〈다시 만난 세계〉는 결코 잊지 못할 것이다. 보통은 평생을 소리쳐도 성과가 안 나오는 약자들의 시민운동이 드물게 가시적 결실을 맺은 순간, 마음고생 많이 하던 사람들이 드디어 행복해하는 모습을 본 순간이었기 때문이다.

〈다시 만난 세계〉를 들을 때마다 성소수자 운동을 떠올리지 않을 수 없다. 새로운 세대의 민중가요로 자리매김한 이 곡은, 오래전부터 우리나라 퀴어문화축제(Queer Culture Festival)의 상징이자 매번 행진의 대미를 장식하는 감초 같은 곡이기도 하다. 비상계엄이 선포되던 바로 그 주 토요일, 여의도에서 열린 첫 집회에 가지고 나갈 가방을 쌀 때였다. 응원봉을 들기에는 딱히 특정한 누군가를 응원한 적 없었고, 그러고 싶지도 않았다. 촛불은 들고 있기에 성가시고, LED 촛불은 가지고 있지 않았다. 피켓은 당장 만들어 갈 여유가 없었다. 그런 내가 가방에 챙겨 나온 건 달랑 무지개 손깃발 하나였다. 성소수자와 그들에게 연대하는 시민이 이 광장에 존재한다는 사실을 보여주고 싶어서 한 선택이었다.

나는 약자와 소수자를 포용하고 가장 작은 목소리까지 들어주는 공론장을 바란다. 광장에 나온 누군가가 상처를 받거나 쫓겨나는 일이 없도록 폭넓게 연대하려는 노력 없이는, 눈앞의 목표인 윤석열 탄핵조차도 이루기 어렵다고 생각한다. 윤석열이 파면되더라도, 가장 낮은 곳으로부터 올라온 시민의 목소리를 듣지 않고 국회에 앉아 있는 권력자들 간 파벌 싸움만 남아 버린다면, 이후에 개혁이 실패하고 윤석열 같은 사람이 또 나와도 할 말이 없을 것이다.

이번 퇴진광장은 공기처럼 존재하는 차별과 불평등에서 물론 자유롭지 못하지만, 적어도 나와 같은 고민을 하는 사람이 많았다. 누군가 사람들 앞에 나와 커밍아웃(동성애자라는 사실을 세상에 밝히기)할 때마다, 광장에 있는 여성과 성소수자를 동료 시민으로 존중하라는 이야기를 할 때마다, 열심히 깃발을 흔들며 가지고 나오길 잘했다고 생각했다. 탄핵이 가결되고 <다시 만난 세계>가 흘러나오던 순간에도 그런 마음으로 깃발을 흔들었다. 누구에게나 열린 광장을 만들려고 저마다 신경 쓴 사람들 덕분에 소수자들이 힘을 얻고 광장에 나올 수 있었다고 생각한다. 이번 광장이 가능한 한 많은 이에게 환대를 보여주고 다양한 사람과 연대하는 기억을 남기리라는 희망을 보았다.

한겨울 여의도에서의 집회는 생각보다 정말 쉽지 않았다. 기모 내복에, 롱패딩에, 핫팩으로 중무장했는데도 그 날씨에 온종일 밖에 있으려니 얼마나 추웠는지 모른다. 늘 모이던 광화문에 비해 턱없이 좁은 도로에 그 어느 때보다도 많은 인파가 몰린 탓에, 화장실 한 번 가려면 반쯤 진담으로 목숨을 걸어야 할 정도로 북적거렸다. 그

와중에 어쩌다 보니 사람들 무리에서 떨어져 여기저기 둘러보며 돌아다녔던 적이 있다. 인파에서 벗어나 여유가 생겼다고 좋아했는데, 곧 사람들 틈새에 껴있던 때보다 훨씬 심한 추위가 나를 덮쳐왔다. 뭉치면 그나마 덜 춥고 흩어지면 견딜 수 없게 춥다는 것을 그때 깨달았다. 우리는 까만 몸뚱이를 한 덩어리처럼 붙이고 체온을 나누는 남극의 펭귄들이었다. 그렇게 생각하니 숨 막히는 인파가 그리 나쁘지만은 않았다. 결국에는 사나운 추위 속에서 한데 모여 체온을 나눈 사람들과 함께 바라던 바를 이루고 여의도에서의 마지막 순간을 맞이했다. 일생에서 두 번 만나기 어려운 일이었다.

한강진에서 보낸 연대의 밤

한강진, 관저 앞 체포 집회도 여의도의 탄핵 집회 못지않게 귀한, 어쩌면 그보다도 소중한 경험이었다. 경찰과 공수처가 시간만 끌며 윤석열을 못 잡아가고 있을 때, 밤을 새워서라도 우리가 잡겠다고 선언한 민주노총을 필두로 모인 집회였다. 폭력적 이익 집단이라는 낙인에 시달리던 민주노총의 부름에 시민들이 기꺼이 응답하여 함께 몇 날 며칠 밤을 새우기까지, 그 배경을 안다면 감격스러울 수밖에 없었다.

이번 사태를 계기로 공권력과 법이 선량한 시민을 보호하리라는 사람들의 믿음은 깨졌다. 소수자들은 일찍이 공권력과 법은 그들의 편이 아니라는 것을 알았다. 출근길마다 휠체어 탑승 시위를 하는 전국장애인차별철폐연대의 투쟁 방식을 이전에는 이해하지 못했지만, 이번 집회에 다니며 생각을 고쳤다는 발언을 어디선가 들은 기억이 난다. 권력자들은 약자들의 투쟁을 불법이라는 구실로 탄압하고 여론을 자기 편으로 만들지만, 사실 권력자가 하면 무엇이든 합법이고 권력자의 심기를 거스르면 불법이 된다. 윤석열과 그의 친인척은 무슨 짓을 해도 처벌받지 않지만, 시민단체나 노동조합은 거의 완벽에 가까운 기준을 요구당한다.

　나는 그것을 새내기 때 선배들 따라 난생처음 나간 팔레스타인 연대 시위에서 느꼈다. 이스라엘에 무기를 지원하는 미국을 규탄하기 위해 주한미국대사관 바로 맞은편에서 발언 하나 하고 구호를 외칠 때마다, 우리를 에워싼 경찰은 기자회견으로 신고해 놓고 구호를 외치는 건 불법 시위다, 채증하고 있으니 구호 외치기를 중단하지 않으면 처벌할 수 있다고 경고 방송을 해댔다. 선배들은 익숙하다는 듯 아랑곳하지 않고 구호를 외쳤다. 이런 일로 처벌하지는 않는데 미국 대사관 앞이라 더 깐깐하게 군다는 거였다. 애초에 헌법으로 표현의 자유, 집회와 결사의 자유가 보장되어 있는데 모여서 구호 좀 외친다고 잡아가다니, 집시법이 헌법보다 위라는 말인가? 그 외에도 각종 시위, 집회에서 공권력과 충돌할 일은 많다. 퀴어문화축제에서도, 기후정의행진에서도 미리 신고된 행진을 경찰이 막아서서 한참 서 있는 일이 흔하다. 집회 다니기 시작한 지 얼마 되지도 않았는데 그럴 때마다 외치는 '폭력경찰 물러가라' 8박자 구호가 익숙할 지경이다. 전국노동자대회 때는 경찰이 신고된 집회 영역을 침범해서 시위대가 통제 범위를 이탈하고 경찰과 충돌하도록 유도한 뒤 불법, 폭력 집회로 몰아가는 유구한 수법을 썼다.

　여기서 진짜 화나는 점은 공권력과 언론의 이중잣대다. 극우 쪽 시위대는 절대 이렇게 방해 안 한다. 노인 공경이니 말도 안 되는 핑계를 대가며 인도를 점령하고 지나다니는 사람들에게 바싹 붙어서 소리를 지르고 욕하며 위협해도 아무런 제지도 없다. 반면 우리 쪽 시위대는 조그마한 흠결만 있어도 폭력 집회라며 무슨 폭탄 테러리스트 수준으로 보도한다. 언론과 미디어가 비추는 민주노총이 비합리적 폭력 집단이라는 인식, 이쪽이나 저쪽이나 하는 양비론적 시각이 얼마나 현실을 왜곡하고 있는지 이번 광장에 나온 사람들은 다 알게 되었을 것이다. 더는 경찰 못 믿겠다, 경찰 대신 '민주노총 부른다'라는 말이 SNS에서 유행하기도 했다. 외로운 싸움을 계속해 오던 민주노총이 든든한 투쟁 선배이자 동지로 보이기 시작했다. 정치권과 언론이 조장한 갈라치기에 균열이 생기는 순간, 그 틈으로 연대의 빛살이 쏟아져 들어오는 순간이었다.

사람들이 단지 모이는 것 이상으로 길에서 밤까지 새울 각오를 할수 있었던 것은 직전의 남태령 대첩이 있었기 때문이기도 했다. 나와 관련 없어 보이던 낯선 동료 시민을 위해, 뼛속까지 얼어붙는 추위에도 기꺼이 밤을 지새워 투쟁하면서 서로 알아갈 수 있다니. 우리는 남태령에서 희망을 발견했다. 나는 남태령에서 밤을 새우지는 않고 낮에 잠깐 다녀왔을 뿐이지만, 한강진에서는 새벽 5시 무렵까지 머무르다 집에 가서 자고, 다음날 다시 오는 식으로 4일간 이어진 집회에 매일 출석했다. 남태령에 진 빚을 갚는 심정이었다. 물론 춥고 힘들었지만, 여의도나 남태령에 비하면 호텔이나 다름없었다. 바로 옆에 24시간 열려있는 큰 건물, 그 안의 계속되는 시민의 지원으로 휴지가 떨어지지 않는 화장실, 끝없이 쏟아지는 간식 지원, 힘들어지면 언제든 들어가 몸을 녹이며 한숨 붙일 수 있는 난방 버스, 그리고 '키세스'라는 별명으로 유명해진 은박 담요가 있었다. 모두 시민들의 도움으로 누릴 수 있던 편의이자, 여의도와 남태령을 도왔던 방식이 발전한 것이었다. 시위 주최 측에서 시민들이 힘들고 지루하지 않도록 신경을 많이 쓰기도 했다. 발언과 공연 중간중간 국민체조에 구령만 "윤석열을 구속하라"로 붙인 '탄핵체조'를 하고, 깃발흔들기 경연대회가 열렸다.

이렇게 좋은 점 많은 집회였지만 무엇보다 좋았던 건 시민들의 자유발언이었다. 매 발언이 너무나 공감되거나, 미처 생각지 못했던 내용이거나, 다른 곳에서는 듣기 어려운 이야기였다. 발언 하나 들을 때마다 여태껏 나온 중에서 제일 좋다고 생각했다가, 또 다음 발언을 들으면 이 발언이 제일 좋다고 생각하기를 반복했다. 무대에 올라오는 사람들은 하나같이 여성이고, 성소수자고, 노동자고, 어떤 지역에서 왔고, 장애인이고, 어떤 것을 좋아한다는 말로 자신을 소개하며 발언을 시작했다. 저마다 발언자의 삶을 구성하는 소중한 정체성이었다. 발언자들은 무도한 세상에서 겪은 아픔을 나누기도 하고, 앞으로 자신이 바라는 세상의 모습을 이야기하며, 그런 세상으로 나아가는 첫걸음으로 윤석열을 탄핵하자고 말했다. 다른 약자, 소수자 집단에 연대를 표하는 것도 잊지 않았다. 여기가 아니면 어디로 가야 서로 배경이 다른 시민들이 자신의 약점이 될 수도 있는 정체성을 그대로 드러낸 채, 그동안 하고 싶던 이야기를 마음껏 하며 서로의 아픔에 연대할 수 있을까?

　나에게도 발언자들이 말했던 것과 비슷한 정체성이 몇몇 있고, 그것에 기반해서 하고 싶은 얘기도 없지는 않다. 하지만 나는 그보다는 내가 가진 특권, 이 자리에 있음을 자랑스럽기보다는 부끄럽게 만드는 것들을 생각했다. 내가 매일 관저 앞 집회에 나간 건 특별히 사명감이 있거나 성실해서가 아니었다. 한강진까지 버스 타고 얼마 걸리지 않는 곳에 살고 있으며, 노동하지 않고 부모님 돈을 받아 살아가는 방학 중인 대학생이기에 별걱정 없이 매일 집회에 나갈 수 있었고, 매일 나와서 밤을 새울 체력이 되는 청년이었기 때문이다. 장애가 있다는 이유로 여기까지 오는 동안 방해받은 적도 없고, 화장실 사용이 불편한 트랜스젠더(Transgender)도 아니다. 시간과 돈 들여가며 먼 길을 오가는 사람도 있고, 집회에 앉아서 마감하는 웹툰 작가도 보았는데, 딱 좋은 조건에 있는 내가 나오지 않을 수 없었다.

　내가 투쟁하는 이유는 어떤 면에서 나도 약자이고 일개 시민이기에 비슷한 처지인 사람들과 연대해서 큰 목소리를 내기 위함도 있지만, 오히려 내가 특권을 가졌기 때문에 내가 가진 특권을 낭비하지 않고 잘 쓰고 싶다는 점이 그 못지않게 크다. 5·18 광주 민주화 운동의 성지인 전남대학교 박기순 열사의 비석에 쓰인 말이다. "한국 사회에서 대학은 필요악이다. 가난한 자들이 생산한 잉여가치로 덕을 입고 있는 대학생을 비롯한 모든 지식인은 불합리하게 혜택받고 있는 모든 것들을 되돌려주어야 한다. 그리고 나서 그들, 가난한 자와 함께 진정한 역사 창조의 대열에 참여해야 한다." 학벌에 따른 차별은 사라져야 하지만, 여전히 학벌주의가 만연한 이 사회에서 이름이 알려진 대학에 다니는 학생으로서, 조금이라도 사람들이 내 말을 들어줄 가능성이 있다면 그 기회를 잘 쓰고 싶다. 그래서 나는 매주 외대 깃발 아래 집회에 나오며, 외대생의 이름으로 대자보를 쓰고 시국선언을 한다.

내가 매주 광장에 나오는 이유

내가 이렇게 광장에 나와 시위를 한다고 해서 세상이 바뀌는 것처럼 느껴지냐 하면 솔직히 아니다. 시민 개개인이 아무리 목소리를 내봤자 권력자가 무시하고 막무가내로 나오면 그만이고, 힘들게 진보를 이루어냈다고 생각해도 그것이 아무렇지도 않게 무너지고 퇴보하는 모습에 늘 실망하고 만다. 초등학생 때 박근혜가 탄핵당하는 과정을 지켜보고 이제 더 나은 세상이 오리라고 믿었는데, 바로 그 다다음 대통령으로 더 악질인 윤석열이 집권하고, 대학생이 되어서 직접 탄핵 집회에 나가게 될 줄이야. 전 세계를 봐도 그렇다. 인류는 나치즘을 반성하며 인권이라는 개념을 발명했고, 어떤 이유로도 인종 학살은 정당화될 수 없다는 사회적 합의를 이루어냈다는 것조차 순진한 믿음에 불과했다. 많은 나라의 정부나 정치인, 유명인과 학자들은 유대인 혐오를 금한다는 명목으로 가해자가 된 피해자 이스라엘이 벌이는 인종 학살을 감싸고, 심지어는 대놓고 나치를 옹호하는 사람들까지 활개 치고 있다. 윤석열의 비상계엄 이후 미국에서는 트럼프가 머스크를 끼고 재선에 성공했고, 독일에서는 극우 정당 AfD가 총선에서 2위를 차지했다. 우리가 윤석열이 별로 이상하지 않은 세계에서 살고 있다니 우리나라가 극우 파시즘의 유행까지 선도해야 하는지 의문이 들며, 이런 시대에 우리는 도대체 어떤 희망을 품고 살아가야 하는 걸까?

　이런 이야기를 학교에서, 일터에서 만난 아무에게나 털어놓을 수는 없다. 너무 '정치적'이라고 꺼리거나, 어차피 세상 안 바뀌는데 네 앞가림이나 열심히 하지 세상 걱정은 왜 하냐고 딴지를 걸거나, 아니면 범죄자 간첩들 다 쓸어버리겠다는데 뭐가 문제냐며 빨갱이 소리를 들을지도 모른다. 그럴 때면 광장에 나오는 수밖에 없다. 절망 속에서 아무것도 할 수 없다는 답답함을 해소할 유일한 공간. 내가 어떤 사람인지도 마음 놓고 드러낼 수 없는 일상 사회에서 해방되어, 나로서 자유롭게 있어도 환영받을 수 있는 공간. 그러면서도 결코 현실 도피를 위한 것이 아니라 오히려 현실과 제대로 맞서기 위한 공간이 광장이다. 물론 일차적인 이유는 원하는 결과를 얻는 것이지만, 그게 아니더라도 그저 광장에 나와 함께 싸우고 싶은 마음이 크다.

　이번 퇴진 집회처럼 사람이 많이 모이는 집회는 서로 많이 다를지언정 적어도 같은 목표를 둔 사람들이 이렇게나 많다는 걸 눈으로 확인하며 외로움을 덜 수 있다. '아니, 나랑 같은 생각하는 사람이 이렇게 많았나?' 하고 말이다. 특히 살면서 이렇게 큰 집회가 또 있을까 싶은 이번 퇴진 집회에서는 다양한 곳에서 즐거움을 찾을 수 있어 매주 나와도 지루하지가 않다. 각양각색의 깃발 구경하는 재미(이게 은근히 크다. 내 정체성과 관련 있거나 공감 가는 깃발 보면 괜히 반갑고 기쁘기도 하다), 이제는 라인업이 록 페스티벌에 버금

가는 무대 공연을 보는 재미, 깃발 흔드는 재미, 구호 외치고 민중가요 따라 부르는 재미, 사람 구경하는 재미, 푸드트럭에서 음식 받아 먹는 재미, 부스를 돌며 굿즈 모으는 재미. 자원봉사를 하거나, 시민 발언을 신청해서 능동적으로 집회에 기여하는 데서 재미를 찾을 수도 있다.

반대로 이번 퇴진 집회가 아니더라도 다양한 이유로 열리는 집회들, 특히 규모가 작은 집회는 머릿수 하나가 얼마나 크게 느껴지는지 알기 때문에, 누군가가 외로운 싸움을 하게 둘 수 없다는 마음으로 나오게 된다. 적은 인원으로 거대한 권력에 맞서 싸우는 것이 얼마나 힘든지, 한 사람이라도 우리에겐 얼마나 간절한지 알게 되니까 더는 그전으로 돌아갈 수가 없다. 이것이 내가 매주 광장에 나오게 된 이유다.

내란을 넘어, 함께 나아갈 길

내란이라는 큰 사건을 계기로 한순간에 바뀐 사람도 있겠지만, 나는 한 걸음씩 천천히 바뀌는 쪽에 가까운 것 같다. 생각해 보면 그게 삶의 묘미 아닐까 싶다. 고등학교 2학년에 갓 올라갔을 무렵, 자고 일어나니 윤석열이 당선되어 있던 그날 아침이 생각난다. 나는 누구를 뽑을 권리도 없던 대통령 선거에서 가장 원치 않던 후보가 당선되어 내 인생을 흔들 권력을 얻은 날. 다음날 학교에 갔는데 아무도 정치 얘기를 하지 않았고, 아무도 나만큼 절망하지 않은 것 같아 조금 외로웠다. 핸드폰 일기장에 '대학 가면 데모해야지'라고 썼다. 사실 설마 하면서 반쯤 농담으로 썼는데 진짜 그렇게 될 줄은 몰랐다. 고등학생 때까지 휴일이면 집에서 과제를 하거나 폰을 보면서 놀기만 하던 나는, 대학교 1학년이 되어 생활자치도서관 활동을 시작하고 나서 처음으로 투쟁과 함께하는 일상에 발을 들였다. 걷다가 문득 왔던 길을 돌아보면 어느새 처음 있던 자리, 처음 가졌던 마음가

짐으로부터 한참 멀어져 있다. 길을 잘못 들었다고 생각했지만 걷다 보니 또 괜찮은 길이다. 원하던 과가 없어서 원래 지원할 생각도 없었던 외대에 어쩌다 들어오게 된 것이 결국 내 인생을 얼마나 많이 바꾸어 놓았나.

나 개인의 삶뿐만이 아니다. 윤석열을 탄핵하기로 한 우리는 어디로 가고 있는 걸까? 그 길이 어디로 향하든, 윤석열 퇴진은 길의 끝이 아닌 시작이고, 결코 다시 돌아가는 쪽을 향해서는 안 된다. 광장에는 "방구석에 있다가 내란 사태 때문에 나왔다, 시위 그만하고 하루빨리 일상으로 돌아가고 싶다"고 말하는 시민들이 많다. 나도 투쟁할 일이 없어서 그냥 방구석에 누워만 있어도 세상이 잘 돌아갔으면 좋겠다. 사실 투쟁하기를 그만두고 평온한 '일상'으로 복귀하고자 하면 얼마든지 복귀할 수 있다.

그런데 윤석열이 퇴진하고 시위가 끝나도 다시 일상으로 복귀할 수 없는 삶들을 생각하기를 그만둘 수가 없다. 윤석열이 집권하는 동안 거리에서, 일터에서, 군대에서 죽어 나간 사람들은 윤석열이 실권한다고 해서 되돌아오지 않는다. 퇴진 시위 이전에도 일상이 투쟁이던, 다시 말해 돌아갈 '일상'이 없는 사람들도 있다. 장애인들이 그렇고, 민주노총과 전농에서 싸우던 사람들이 그렇고, 참사 유가족과 철거민과 빈민과 성소수자 들이 그렇다. 그런 이들이 가장 먼저 퇴진광장을 열었다. 비유가 아니라 문자 그대로의 의미로. 12월 3일 밤 장애인들은 세계 장애인의 날을 맞아 계엄 선포 전까지 국회 앞에서 결의대회를 하고 있었고, 그 자리는 그대로 시민들의 집회 장소가 되었다. 민주노총이 경찰의 바리케이드를 밀고 길을 열어준 덕에 계엄 이후 여의도에서의 첫 집회를 무사히 열 수 있었다. 전농의 투쟁이 남태령 대첩이라는 우리 사회의 커다란 분기점을 만들어 준 덕분에 그 이후의 한강진 집회도 열릴 수 있었다. 경복궁역 근처에 있는 이태원 참사 추모 공간 '별들의집'은 집회에 모인 사람들이 쉴 곳과 자원봉사 오리엔테이션 장소가 되어 주었다. 성소수자들은 첫 집회부터 가장 빠르게 저마다 깃발을 올렸다. 이들이야말로 언제나 무지갯빛 깃발을 들고 광장에 있던 사람들이기 때문이다. 생각해 보면 나의 '평온한 일상'도 과연 평온한가? 폭력과 착취가 싫지만 살아 있는 것만으로도 거기에 가담하게 된다. 사회에서 불이익을 당할까 봐, 고립될까 봐 부당함을 느껴도 자유롭게 말하지 못한다. 생계를 위해 현실과 타협한 미래를 그려야 한다. 취업 시장에 뛰어들게 되면 여성이라 불리한 위치에 처할 것이다.

그래서 우리는 내란이 끝나도 일상으로 돌아갈 수 없다. 우리의 목적지는 '윤석열 이전'의 세상이 아니어야 한다. 민주당 한 번, 국민의힘 한 번씩 돌아가면서 집권하는 세상, 언제든 다음 윤석열이 나올 수 있는 세상에서 더는 살아갈 수 없다. 한순간에 더는 투쟁하지 않아도 되는 유토피아에 도달할 수는 없지만, 한 걸음씩이라도 차근차근 더 나은 세상으로 나아가야 하지 않겠는가. 윤석열 퇴진과 사회대개혁이라는 광장의 요구에 정치가 응답하길 바란다. 더 나아가, 정치권력의 응답만 기다리지 않고 우리가 직접 목소리를 내서 바꿀 수 있는 세상을 바란다. 함께 손잡고 이 내란을 넘어, 멈추지 말고 앞으로 나아가자.

강민서

내가 누구인지, 어디로 가고 있는지 잘 모르겠습니다. 뭐라고 소개하든 내일이면 아니게 될지도 모릅니다. 지금은 고양이가 있는 집에 머무르고 싶은 마음을 접어두고 매주 광장에 나오고 있습니다.

반역을 불사른 희망의 여정

이중원

12.3 비상계엄의 밤

2024년 12월 3일 밤 11시 무렵, 핸드폰이 요란하게 울렸다. 받자마자 들려온 건 후배의 다급한 목소리였다.

"비상계엄 선포된 거 들으셨어요? 지금 당장 국회로 가야 해요. 시민들이 이미 모이고 있고, 저도 조퇴 신청하고 출발하려고요!"

전화가 오기 전까지는 긴급 뉴스로 계엄 선포 소식을 접했지만, 현실인지 꿈인지 분간하기 어려웠다. 다만 '윤석열이 결국 일을 저질렀구나'라는 생각이 머릿속을 맴돌 뿐이었다. 그런데 후배의 다급한 말이 전해지는 순간, 비로소 상황이 현실로 다가왔다. 혹시 모를 사태에 대비하라는 그의 당부까지 듣자 마음이 더욱 무거워졌다.

나의 일터 우체국에서 야간 근무 중이었다. 지방에서 도착한 차량의 우편물 하차 작업을 하느라 한창 바빴지만, 후배의 다급한 전화를 받은 뒤 마음이 달라졌다. '국회로 가야지.' 결심이 서자 곧바로 움직였다. 밤 12시, 조퇴 신청을 마치고 집으로 향했다. 날씨가 매서운 만큼 방한복을 챙기고, 이동을 위해 차량도 준비했다. 출발 직전, TV에서 속보가 흘러나왔다. 국회의원 총회가 소집되어 비상계엄 해제 결의안을 논의 중이라는 소식이었다. 새벽 1시 30분, 국회에 참석한 모든 야당 의원이 찬성표를 던졌다. 결의안이 통과되는 순간,

온몸이 굳은 듯 멈춰 서서 화면을 바라보았다. 참으로 절박한 시간이었던 만큼 벅찬 순간이었다.

국회 앞에 모인 수많은 시민이 없었다면, 비상계엄 해제가 이토록 신속하게 이루어질 수 있었을까? 위기의 순간, 의결정족수를 채우고 결의안을 통과시킨 야당 의원들의 단호한 결단이 없었다면, 내란의 흐름을 막아낼 수 있었을까? 조금만 늦었더라면 내란 세력은 2차, 3차 시도를 감행했을지도 모른다. 실제로 윤석열은 국회에서 비상계엄 해제 결의안이 통과된 후에도 새벽 4시 30분이 되어서야 해제를 발표했다. 그사이에도 추가로 내란을 꾸몄다는 사실이 확인된다. 그러나 깨어있는 시민들의 단호한 저항과 국민의 굳건한 연대가 있었기에, 내란 세력의 음모는 끝내 좌절되고 말았다. 출발하려던 걸음을 멈추고, 잠시 숨을 고르기로 했다. 집에서 하룻밤을 보내고, 다음 날 이른 아침 광화문으로 가기로 했다. 말로만 듣던 계엄령이 눈앞의 현실이 되었다는 사실에 쉽게 잠들 수 없었다. 새벽 내내 뒤척이며, 이 거대한 혼란 속에서 내가 해야 할 일을 곱씹었다.

촛불집회, 그리고 남태령

2024년 12월 3일, 비상계엄이 선포되면서 촛불집회는 이전과 이후로 뚜렷이 갈라졌다. 그전까지 집회의 중심에는 국가적 참사와 권력형 비리에 대한 진실 규명, 책임자 처벌 요구가 있었다. 이태원 참사 희생자들에 대한 진상조사, 채수근 상병 사망 사건의 진실 규명, 양평고속도로 특혜 의혹, 명품백 수수 사건, 도이치모터스 주가 조작 의혹 등, 각각의 사건들은 국가 권력의 부패와 책임 회피를 드러내는 상징이었다. 하지만 당시 촛불집회는 주말에도 10만 명을 넘기지 못했다. 그러나 12월 3일 이후, 상황은 급변했다. 비상계엄 선포는 모든 것을 뒤흔들었다. 불안과 분노 속에서 시민들은 더 이상 침묵하지 않았다. 12월 7일, 여의도 촛불집회에는 100만 명이 넘는 인파가 몰려들었고, 12월 14일에는 그 수가 200만을 넘어섰다. 이후로도 주말마다 광장에는 수십만 명의 시민들이 모여 한목소리를 냈다. 마침내, 12월 14일 밤, 국회에서 대통령 탄핵소추안이 가결되었다. 이는 광장을 가득 메운 시민들의 단호한 의지가 만들어낸 역사적 순간이었다. 특히, 40~60대가 주축이던 촛불 대오에 20~30대 청년들이 본격 합류하면서, 세대 간 장벽은 자연스럽게 허물어졌다. 젊은 세대의 참여로 집회의 분위기가 바뀌었다. 신세대 특유의 발랄함에 자유롭고 역동적인 에너지, 반짝이는 별빛 응원봉 물결은 마치 거대한 야외 축제처럼 광장을 흔들어 놓았다. 하늘에서 내려다본 광경은 장관이었다. 수십만 개의 응원봉 불빛이 '땅에 내린 별'처럼 반짝였고, 새로운 시대를 향한 희망이 되었다. 그 빛 덕분에, 거대한 역사적 반동의 순간을 우리는 더 큰 희생 없이 넘어설 수 있었다. 참으로 다행스럽고, 감격스러운 일이 아닐 수 없다.

반짝이는 응원봉의 물결은 남태령으로 이어졌다. 전국농민회총연맹 산하 '전봉준 투쟁단'은 비상계엄 철폐와 쌀값 보장 등 농민들의 생존권을 외치며, 전라남도 고흥과 해남에서부터 서울을 향해 긴 여정을 시작했다. 하지만 남태령에서 경찰이 세운 차벽에 가로막혀 더 이상 나아갈 수 없었다. 2024년 12월 21일부터 22일까지, 역사에 길이 남을 이틀간의 서울 진입 투쟁이 남태령에서 펼쳐졌다. 전진과 후퇴의 기로에서, 농민들은 한 발짝도 물러설 수 없는 결연한 각오로 맞섰다. 이 치열한 싸움의 한가운데서, 다시 한번 젊은 세대가 등장했다. 20~30대 청년들의 응원봉 물결은 밤을 밝히며 농민들에게 용기를 불어넣었다.

12월 21일(토) 늦은 밤, 남태령 고개에서 대치 중이라는 소식이 전해지자, 수천 명의 시민이 손에 응원봉을 들고 현장으로 달려왔다. 영하 10도 이하의 혹한도 연대를 향한 열망을 막지 못했다. 차가운 공기를 뚫고 빛나는 응원봉이 끝없이 이어졌고, 이들의 존재만으로도 전봉준 투쟁단의 사기는 하늘을 찔렀다. 이튿날인 12월 22일 (일) 오후, 더 많은 시민이 현장으로 모여들었다. 각계각층의 단체 회원들뿐만 아니라, 소식을 듣고 자발적으로 찾아온 이들이 사당대로 양방향 도로를 가득 메웠다. 연대의 함성이 울려 퍼졌고 오후 4시가 넘자 마침내 경찰이 세웠던 차벽이 열렸다. 오랜 대치의 부담과 거대한 연대의 물결 앞에서 결국 경찰이 물러선 것이다. "윤석열 구속! 국힘당 해체!"라는 구호가 적힌 플래카드를 앞세운 전봉준 투쟁단의 트랙터가 당당히 서울 시내로 들어서는 순간, 남태령은 역사의 한 페이지로 기록되었다. 트랙터를 선두로 한 대오는 한강진역 인근 대통령 안가 근처까지 진격했다. 130여 년 전, 동학농민군이 충남 공주 우금치에서 일본군과 관군의 총칼 앞에 쓰러졌던 아픈 역사가 있었다. 하지만 이번에는 달랐다. 마침내 농민들이 서울에 입성한 이날, 남태령에서의 이 투쟁은 '남태령 전투'라는 이름으로 역사에 남게 되었다.

내란수괴 윤석열과 국민의힘

2024년 12월 14일, 국회 재적 의원 3분의 2를 넘어선 204명의 찬성으로 대통령 탄핵소추안이 가결되었다. 내란을 주도한 윤석열은 직무가 정지되었으며, 그의 최종 탄핵 여부는 헌법재판소의 심판만을 남겨두었다. 그리고 2025년 1월 19일, 공수처는 내란 사태의 주범으로 윤석열을 체포하고 구속 수사에 착수했다. 현직 대통령 신분으로는 세계 최초의 사례라고 한다.

국민 대다수는 내란을 주도한 윤석열의 탄핵을 강력히 지지하고 있으며, 헌법재판소가 곧 만장일치로 그의 탄핵을 인용할 것이라고 기대하고 있다. 윤석열뿐만 아니라 내란에 동조한 국민의힘도 반드시 그 책임을 물어 단죄해야 마땅하다. 비상계엄 선포의 이유는 헌법 조문 상으로도 정당화될 수 없으며, 그 절차와 과정 또한 비상식적이고 부적절하다. 국무위원이라 자처하는 자들이 책임을 회피하기 위해 침묵을 지키거나 명백한 사실마저도 묵비권을 행사하는 모습은 실로 우스꽝스럽다. 국민의 한 사람으로서, 그런 이들이 통치하는 사회에서 살아왔다는 사실에 깊은 비애를 느꼈다. 그들은 고위공직자로서 국민의 세금으로 급여를 받는 공복들이다. 공직자로서 책임과 의무를 다해야 마땅하지만, 지금까지 그들이 보여준 행태는 공인으로서 결격인 경우가 대부분이었다. 이들은 내란의 공범이자 방조범으로, 묵시적으로 동조하는 세력으로 불러야 한다.

내란을 주도한 윤석열과 그를 따르는 내란 세력, 보수수구 세력인 국민의힘은 계엄과 내란사태의 책임을 야당이나 종북좌파 세력의 책임이라 호도하며 그 책임을 떠넘기려는 시도를 멈추지 않고 있다. 그들의 마지막 발악은 점점 더 비열하고 기만적으로 변해간다. 윤석열의 헌법재판소 최후 변론을 지켜보며, 그의 저급한 인식 수준과 뻔뻔한 태도에 혐오감을 느꼈다.

윤석열과 관련하여, 그가 주장하는 '자유민주주의'가 대체 무엇인지 궁금하지 않을 수 없었다. 입만 열면 자유민주주의를 노래 부르듯 했기 때문이다. 대통령 선거 때 "공정과 상식"을 외쳤던 것처럼, 그와 비슷한 의미일까 생각도 해봤다. 하지만 시간이 지날수록 그 의미는 점점 모호해졌다. 대한민국은 국체로 민주공화국을 표방하며 자유민주주의를 국가 원리로 운영한다. 그 내용은 헌법 조문에 잘 담겨 있다. 그런데 왜 갑자기 자유민주주의를 그렇게 강조하는지 의문이 들었다. 대통령 당선 후 3년 가까이 지켜본 그의 행동을 통해 그 의미를 파악할 수 있었다. 윤석열이 말하는 자유민주주의는 전통적인 반공주의와 배타적 일방주의가 특징이다. 그의 외교 노선은 한미일 동맹 강화에 초점을 맞추고 있으며, 사상적으로는 기독교 근본주의와 일치한다. 남북관계는 완전히 단절되었고, 평화적인 제스처는 전혀 없다. 상대를 악마화하는 모습도 보인다. 남북 대치 관계를 최근의 계엄과 내란사태에서도 전쟁 유도전략으로 활용하려 했음이 드러났다. 윤석열이 숭상하는 자유민주주의는 이승만과 박정희, 전두환 군부독재로 이어지는 반공 반북, 반공 멸북 노선의 연장선에 불과하다. 그가 말한 공정과 상식, 자유민주주의는 검찰독재를 치장하고 국민을 속이는 허울에 불과했다. 1953년 한국전쟁 이후 4·19혁명, 5·18광주민중항쟁, 6월항쟁, 촛불혁명으로 이어지는 민주주의 역사를 거슬러 반민주적, 반역사적 본질을 가진다. 현재의 불법적이고 위헌적인 계엄 내란사태의 배경도 여기서 비롯된 것 같다. 그래서 극우 태극기 부대와 근본주의 계열의 우익 기독교 들에게 절대적인 지지를 받고 있다.

그들은 이미 이념 전쟁을 선택했고 역사 왜곡을 넘어 역사 뒤집기를 시도하고 있다. 이번 계엄 내란사태는 결코 종결된 것이 아니다. 윤석열의 파면으로 끝나지 않는다. 전통적 친미반공주의 세력, 친일 뉴라이트 세력, 극우보수 기독교 세력들의 결합으로 역사 전쟁이 계속되고 있다는 사실에 주목해야 한다.

반격의 힘, 응원봉 세대, 그리고 외민동

2024년 12월 3일, 예기치 않은 비상계엄 선포로 대한민국은 큰 혼란에 빠졌다. 당시 나는 야간 근무를 조퇴한 후, 다음 날인 12월 4일 아침 광화문 이순신 동상 앞 비상시국회의 기자회견에 참여하며 첫 행동을 시작했다. 이후 매주 주말 열린 집회에 빠짐없이 참석했고, 12월 22일 남태령 투쟁에도 함께했다. 특히 한국외국어대학교 민주동문회(이하 외민동)와의 활동은 잊을 수 없는 추억이다. 사무국장으로서 깃발을 책임지며, 현장 노동조합 조합원들과 함께 외민동 대오에서 활동을 이어갔다. 내란수괴 윤석열 체포와 구속을 위한 한남동 집회에도 적극 참여했다.

비록 밤샘을 함께하진 못했지만 밤새 내린 함박눈을 온몸으로 맞으며 밤을 지새운 '키세스 응원부대'를 잊을 수 없다. 이런 결기와 간절함이 있었기에 계엄 내란의 혼돈을 이겨낼 수 있었다. 각자의 위치에서 내란 세력을 물리치기 위한 무기로서, 우리는 형형색색의 응원봉을 들고 키세스의 밤을 승리로 이끌었다.

2025년 1월 19일 새벽, 윤석열이 체포되고 구속되었다. 그동안 거짓과 변명으로 일관하던 그의 모습은 국가 최고 수반으로서의 품격을 찾아볼 수 없었기에, 이러한 상황이 더욱 수치스럽게 느껴졌다. 중무장한 군대와 수천 명의 경찰력을 동원해 놓고도 "연습 삼아 해봤다"는 식의 발뺌은 황당했다. 그의 2년 반 동안의 통치로 경제는 흔들리고 물가는 폭등했으며 민생은 어려워졌다. 남북관계는 악화하고 전쟁 위험까지 감수하는 도박을 하면서 결국 불법적이고 위헌적인 계엄 선포로 자신의 정치적 몰락을 자초했다. 이 모든 상황을 돌아볼 때마다 자조 섞인 한탄이 마음을 지배했다.

분노와 한탄의 마음은 외민동 깃발 아래 끈질기게 투쟁하는 원동력이 되었다. 처음에는 몇 명의 동문으로 시작된 모임이 스무 명, 마흔 명을 거쳐, 백 명 넘게 함께하게 되었다. 서울에 사는 동문들만이 아니었다. 멀리 인천과 경기도 부천, 고양, 파주, 화성, 이천, 안산, 남양주 등 수도권에서 올라오는 동문들도 많았고 심지어는 전남 광주, 무안과 전북 전주, 순창, 충남 예산 등 지방에서 올라오는 동문들도 있었다. 누구 하나 이름을 붙일 필요 없이, 깃발을 나누어 들고, 추위를 무릅쓰며 광화문 광장에서 쌍화차와 쌀국수를 나누는 행사까지 기획했던 동문들의 따뜻한 마음은 감동이었다. 이러한 연대와 결의가 있었기에, 우리는 어려운 시기를 함께 이겨낼 수 있었을 것이다.

2024년 12월 3일부터 약 100일간, 외민동이 보여준 단합된 모습과 헌신적인 참여는 정말로 인상적이었다. 2022년 7월에 본격 시작된 외민동 재건 역사는 매우 강하고 당당하게 역사와 투쟁의 중심에 섰다. 재건이 시작된 지 불과 2년 반 만에 580명의 CMS 회원을 달성한 것은 전례 없는 성취였다. 미약한 존재에서 시작해 모범이 되고 본보기가 되어 우리의 함성이 광장에 울려 퍼졌다. 힘든 줄도 몰랐다. 이것은 누군가 혼자 만든 것이 아니라, 모두가 함께 만들어낸 결과였다. 이러한 힘이 있었기에 우리는 12.3 계엄 내란과 친위 쿠데타, 반민주적이고 반역사적인 폭거를 막아낼 수 있었다고 믿는다. 그 일원이 되어 함께했다는 사실이 자랑스럽다.

다시 만난 세계

2024년 12월 3일 계엄 선포 전 주말, 집회를 마친 후 뒤풀이를 할 때다. 한 선배님이 "언제까지 우리가 이 나이에 이렇게 아스팔트 거리를 헤매야만 하느냐?"고 한탄한 적이 있었다. 그 당시 촛불집회의 주축은 주로 40대 후반에서 60대였고, 20대와 30대는 정치적 무관심과 개인주의에 빠져 희망을 찾기 어려운 상황이었다. 나 역시 그 의견에 동감했다.

그러나 불과 일주일도 되지 않아 여의도 국회 앞 광장에 40만 명의 시민이 모였고, 그중 20대와 30대의 참여가 두드러졌다. 특히 여성들의 비중이 높았다. 젊은 세대가 역사 무대에 본격 등장하는 순간이었다. 이전의 고정관념은 순식간에 깨져 나갔다. 윤석열의 계엄 선포와 내란사태를 직접 겪으면서 그들은 깨어난 것이다. 그다음 주 100만 명이 모인 집회에서 그 선배님을 다시 뵈었을 때, "이제는 됐다! 우리의 역할은 이제 다했다! 희망을 가져도 된다! 우리 후배들이 해낼 것이다!"라며 기쁨에 넘친 웃음을 지었다. 나도 깊이 공감했다. 역사는 단절이 아니라 나선형으로 발전한다는 어느 역사학자의 말이 떠올랐다.

 2024년 12월 3일부터 시작된 약 100일간의 내란 상황은 역설적이게도 우리에게 많은 통찰과 기회를 안겨주었다. 특권 세력으로 떠오른 검찰의 민낯을 목격하며, '자유민주주의'라는 이름 아래 감춰진 검찰 독재의 반민주적이고 반역사적인 허구를 똑똑히 볼 수 있었다. 위헌적이고 불법적인 계엄 선포로 국가적 혼란을 일으킨 후에도 사과나 반성 없이 책임을 회피하며 무죄를 주장하는 내란 세력의 가증스러움을 확인했다. 반면, 이러한 내란 세력의 도전을 항쟁으로 물리친 깨어있는 국민들과 시민들의 힘을 확인할 수 있었다. 모든 집회는 단순한 시위의 장을 넘어, 학습과 교훈의 현장이 되었다. 그 과정에서 새롭게 등장한 20~30대 청년층의 활약은 미래에 희망을 품게 했다.

 이러한 경험을 통해 얻은 힘으로, 우리는 앞으로도 엄혹한 시련의 언덕을 넘으며 역사를 헤쳐나갈 수 있을 것이라 믿는다. 일제 식민지 역사 40년과 식민지 분단의 80년을 합쳐 120년이 넘는 질곡의 역사 속에서, 도도한 민심의 흐름은 과거와 미래의 교차점을 넘어 새로운 시대를 향해 가고 있음을 느낀다. 과거가 식민과 분단, 독재와 반민주적 권위주의 시기로의 회귀였다면, 미래는 독재가 사라진 다원적 민주주의 시대이자, 분단과 전쟁 위기가 사라진 평화와 통일의 시대, 모두가 염원하는 자주와 평등의 대동 세상이 될 것이다.

 개인적으로, 윤석열이 체포·구속된 날 이후 난생 처음으로 막내아들의 도움을 받아 휴대폰 연결음을 새로이 설정했다. 우리가 그려갈 희망찬 미래를 꿈꾸며, 마지막으로 내 휴대폰 연결음 노래 <다시 만난 세계/소녀시대>의 노래를 다시 흥얼거려 본다.

이중원

시대 모순의 밑바닥에서 비정규직 야간 현장노동자로 살아가는 사람입니다. 새로운 세상은 사회적 약자, 소외된 사람들이 억울하지 않은 세상이 되어야 한다고 믿는 사람입니다.

사랑과 연대가 만드는 평화

조화명

침대에 지친 몸을 눕히고 잠을 청하려던 그때였다. 외민동 카톡방이 분주해지기 시작했다. 합성을 의심하게 하는 글과 사진들이 채워지고 있었다. 합성인가 싶던 비현실적인 화면은 TV를 틀자 우리의 현실이 되어 있었다. 민주당 국회의원들이 계엄 경고를 했을 때도 '설마'라는 생각이 먼저 들었고 '박근혜 때도 실행하지 못한 계엄이 현실화되겠어?' 이런 생각으로 일상을 살던 나에게 이처럼 비현실적인 장면은 경험해보지 못한 상황이었다.

다행히 국민이 움직였다. 여의도 앞에 몰려든 국민과 몇몇 노조의 깃발이 어느새 자리 잡는 화면이 TV에서 흘러나왔다. 국회의사당 담을 넘어 들어가는 국회의원들과 보좌관들, 시민들이 움직일 때 느껴지는 팽팽한 긴장감도 그대로 전달되었다. 아는 사람들이 화면을 지나갔고 '여의도에 가야 하는 것이 아닌가?'라는 생각이 들었다. 내가 불안해하는 사이 아이들이 울었고 아내의 걱정까지 이어지며 나는 결단을 내리지 못하였다. 국회에 들어오는 군인들의 총부리를 움켜쥐고 항의하는 시민들을 응원하며 계엄 해제의 순간을 결국 집에서 맞았다.

다음날 'K-직장인'답게 회사로 출근하였고 생각보다 평온한 오전 일과를 마쳤다. 점심이 되자 삼삼오오 나누는 이야기가, 어제의 일이 꿈이 아니었음을 상기시켜 주었다. 일과를 조금 일찍 마치고 상사에게 양해를 구했다. 동료들의 응원을 뒤로한 채 광화문으로 향했고 외민동 선배님들을 만나면서 그제야 현실을 마주하는 느낌이었다. 그 이후 대통령 탄핵에 힘을 모으는 위대한 국민의 여정이 시작되었다. 외민동도 계속되는 투쟁에 헌신적으로 참여하고 우리가 기여할 일이 무엇인지 함께 고민하고 실천했다.

한의사의 비책이 담긴 쌍화차 나눔

외민동이 진행한 광장의 연대 중 가장 인상에 남은 것은 바로 우리가 직접 진행한 '한의사의 비책이 담긴 쌍화차 나눔'이 아니었을까 싶다. 어느 토요일 집회를 마치고 뒤풀이를 하면서 쌍화차를 마시게 되었다. 외민동 출신 한의사가 만들어준 쌍화차를 함칠성 선배께서 가져온 것이다. 함께 자리한 사람들이 쌍화차를 물에 타서 마시며 몸을 녹였다. 마시는 사람마다 감탄하며 말했다. "와우~ 너무 진하고 건강한 맛이다." 한겨울 밤, 길거리에서 몇 시간을 떨던 우리 몸을 녹여주었다. 얼어붙은 마음마저 녹이며 그 순간을 함께한 사람들의 온기가 서로에게 건너가는 듯했다. 그날 밤, 추운 날씨 속에서도 서로를 보살피며 나누었던 따뜻한 마음들이 우리를 더욱 강하게 만들어 주었다. 쌍화차에 담긴 성의는 그 어떤 음료에도 비할 수 없었다.

두 가지가 놀라웠다. 하나는 한의학과가 없는 외대에 한의사 선배가 있다는 점이었고 또 하나는 그 맛이 예사롭지 않았다는 것이다. 타 대학 한의대 과정을 밟아 한의사가 된 이혜경 선배께서 정성을 담아 달인 쌍화차라서 맛이 남다르다는 것을 알게 되었다. 겨울에 투쟁하는 외민동 회원들에게 온기가 돌도록 처방한 차였다.

그때 한 테이블에 앉았던 김창수 선배, 윤경준 선배, 나 셋이 이 쌍화차를 좀 더 의미 있게 사용하면 좋겠다고 이야기했다. 경준 형이 논의를 주도하여 '외민동의 이름으로 광장에서 고생하는 시민들에게 쌍화차 나눔을 하자'는 내용으로 정리되었다. 90년대~00년대 학생회에서 나름 잔뼈가 굵은 우리는 금방 계획을 세웠다. 외대 앞, 창수 형이 속한 '우리 동네 노동권 찾기' 사무실에서 웬만한 테이블, 의자, 비품 등을 확보할 수 있고 칠성 선배를 통해서 이혜경 선배도 쌍화차를 준비해 주시기로 하였다. 제일 큰 문제였던 전기 공급은 발전기와 파워뱅크 사업을 하시는 임창수 선배를 통해서 해결 가능하다는 이야기까지 나왔다. 바로 회장님과 사무국장님께 보고하고 내가 실무 주체를 맡아서 진행하기로 확정했다. 많은 준비가 필요했는데 순조롭게 해결되고 생각보다 일이 착착 진행되어 신기했다.

업무 테이블을 짜고 집행부의 막내급인 내가 집행부 선배들께 이것저것 요청드리니 부족한 부분이 채워졌다. 양봉열 형님께는 X자 배너와 플래카드를, 김복남 선배께는 쓰레기 처리 관련 업무를, 김창수 형님께는 물품과 비품을, 임창수 선배께는 발전기를 요청드렸다. 나는 물을 조달하고 실무를 점검했는데 선배들께서 요청 사항을 잘 집행해 주어서 일할 맛이 났다.

그렇게 준비를 마친 행사 당일, 500잔의 쌍화차가 한 잔 한 잔 따뜻한 손길을 거쳐 시민들에게 건네졌다. 여기에 추가로 준비한 커피와 둥굴레차까지 더해지며, 광장은 온기와 정이 넘쳐났다. 무엇보다 감동적이었던 것은, 준비가 끝나자 선배들이 자연스럽게 앞장서서 움직였다는 점이다. 쌍화차를 개봉하고, 물을 끓이며, 정성껏 한 잔한 잔을 담아 시민들에게 건네는 모습은 단순한 나눔을 넘어 서로를 위하는 마음 그 자체였다. 추운 날씨 속에서도 따뜻한 차 한 모금에 미소 짓던 시민들의 얼굴이 잊히지 않는다. 함께하는 손길이 모여 따뜻한 기억이 된 하루였다.

쌍화차를 나눔하는 날이면 평소에 잘 보이지 않던 동문들이 더 많이 나와 함께하고, 잔일을 도맡아 주었다. 그 덕분에 동문들 사이의 유대가 더욱 깊어졌다. 평소보다 두 배로 많은 동문이 집회에 참여해 어울리고 일하는 기쁨을 나누었다. 그날, 우리가 나눈 쌍화차에는 몸을 녹이는 차 이상의 의미가 있었다. 마음을 나누고, 뜻을 모아 더 큰 힘을 만들어 가는 순간이었다.

한의대가 있는 타 대학 민주동문회에서 비슷한 논의가 있다는 말을 나중에 들었다. "탕약기를 돌릴 수 있네~ 없네~" 같은 이야기만 나오다가 결국 진행이 안 되었다는 말을 들었을 때 내심 뿌듯했다. 한의사가 없는 외대가 먼저 이런 나눔을 하는 건 우리 집행부의 구성 면면에서 비롯되었고 다른 데서 쉽게 따라할 수 없는 일이었다. 자부심은 컸지만 만만한 일은 아니었다. 온갖 물품을 외대 앞 사무실에서 가져오고 다시 반납하고 물을 200리터 가까이 준비했으며 끝난 뒤, 비품을 정리하는 일까지 실무적 부담이 큰 게 현실이었다. 이혜경 선배님이 쌍화차를 더 많이 제공하겠다고 연락하셔서 회장님을 비롯한 선배, 동문 들이 쌍화차 나눔을 한 번 더 하자는 의견을 냈다. '휴~' 사실 그만하고 싶었지만 회장님께서 다른 학교 민주동문회 사람들에게 흐뭇한 얼굴로 자랑 아닌 자랑을 하던 모습이 눈에 선했다. 차마 못 한다는 말을 못 해서 한 차례 더 진행하게 되었다.

두 번째 나눔을 할 때는 1차 때 쌍화차 맛이 소문으로 퍼져서 사람들이 몰렸고 나의 지인들도 제법 왔다. 오랜만에 나온 외대 동문들까지 오며 가며 추위를 녹이고 마음을 따뜻하게 하는 자리가 되었다. 모 대학 동문회 분들이 와서 이런 나눔을 준비하려면 어떻게 하냐는 문의를 해왔다. 생각보다 품이 들고 외민동처럼 실무를 진행할 젊은 일꾼들이 없으면 어렵다고 조언을 드리기도 했다. 또한 그때는 이미 푸드 트럭들이 풍성해져 먹거리가 많아진 만큼 먹을 것을 나눔하는 일은 꼭 필요한 일은 아니라는 이야기도 해드렸다. 이런 이벤트는 몇 가지 조건이 충족되어야만 진행할 수 있는 일이었다. 무엇보다 외민동의 젊은 집행부들이 사업의 타이밍을 잘 잡아낸 점이 컸다. 여기에 대중적 학생회로 단련된 든든한 실무능력이 뒷받침되어 성공적으로 진행할 수 있는 사업이었다고 자평한다. 외민동 집행부를 하면서 온전하게 책임을 맡아 진행한 첫 사업이었는데 집행부 선배들께도 실무능력을 인정받은 것 같아 기억에 오래 남을 사업이다.

추운 겨울, 윤석열 퇴진과 파면을 요구하는 사람들에게 뜨거운 쌍화차 한 잔은 그야말로 사랑과 온정의 상징과 같았다. 건강한 쌍화차 한 잔을 나누는 작은 이벤트로 외민동의 일원이라는 자부심이 한층 크게 느껴졌고, 넉넉한 마음이 들어서 기쁘고 보람찼다. 그날은 유난히 매서운 한파가 몰아쳤다. 혹독한 날씨 속에 집회에 참가하는 분들이 걱정되어, 그들에게 따뜻한 격려의 뜻을 담아 쌍화차 나눔을 기획하고 실행할 수 있었다. 그 작은 나눔이 서로에게 큰 힘이 되는 순간이었다. 단순히 차 한 잔을 넘어 연대와 의지를 더 굳건히 다져주었고, 함께 하는 힘이 얼마나 소중한지를 다시 한번 깨달았다.

남태령 대첩

우리가 광장을 쌍화차의 온기로 채우는 데 큰 영향을 준 것은 아마도 '남태령 대첩'과 '한남동 키세스 시위'일 것이다. 응원봉 세대의 여의도집회 결합이 집회와 K-POP의 접목으로 K-집회 문화의 전환점을 만들었다면 '남태령 대첩'과 '한남동 키세스 시위'는 기존 전국농민회총연맹이나 민주노총 등 투쟁 대오의 전술에 응원봉 세대가 결합하면서 더 큰 연대와 나눔으로 새로운 장이 열린 역사적 사건이었다. 밤새 지속된 투쟁이 온라인을 타고 확산하면서 온갖 연대의 물품이 도착하는 랜선 연대의 지평을 연 계기이기도 했다.

잠시나마 눈을 맞으며 함께 했던 한남동의 키세스 시위도 기억에 남지만 사실 가장 뇌리에 박힌 것은 '남태령 대첩'이었다. 토요일 집회를 마치고 집으로 향하던 중 남태령에서 전봉준 투쟁단과 경찰이 대치한다는 뉴스를 접했다. 집에 도착하여 12월 3일 그날처럼 침대에 누웠으나 잠을 이룰 수 없었다. 국회 투쟁을 마친 응원봉 세대를 비롯한 사람들이 남태령에 속속 도착하고 있었다. 그중에는 진보당 상임대표 김재연 동문도 있었다.

 "차 빼라"를 외치며 농민들과 시민들, 응원봉 세대와 함께하는 김재연 동문의 모습에 마음속 깊은 곳에서부터 큰 응원을 보냈다. 00년대 초반 대학생 시절, 김재연 동문과 이견으로 종종 날카롭게 대립을 하곤 했다. '내가 운동에 더 복무하면서 나의 삶으로 나의 옳음을 증명해 내리라!' 다짐했던 나의 20대가 떠오를 때면 나의 치기 어린 생각에 얼굴이 붉어졌다. 삶으로 운동에 헌신하며 진심을 드러내는 김재연 동문은 어느새 'Respect'의 존재로 2024년의 우금치, 남태령에서 있었다. 남태령 대첩은 '이 시대의 새로운 연대는 이런 것이다'라고 여실히 보여주었다. 전봉준 투쟁단이 "100년 전 넘지 못한 우금치의 한을 남태령을 넘으며 풀고 싶다"는 호소에 응원봉 세대는 현장 결합으로 화답했다.

 그날, 남태령 집회에 참가한 사람들의 숫자는 급격히 늘어났다. 갑자기 불어난 인파 속에서 화장실을 찾는 일조차 쉽지 않았다. 유일한 화장실이 있는 지하철역은 길게 늘어선 줄로 가득 찼고, 사람들로 붐비는 계단을 오르내리는 것마저 어려울 정도였다. 하지만 그런 불편함도 누구 하나 불평하지 않았다. 집회 현장에는 농민의 딸들이 달려와 발언대에 섰고, 비정규직 여성 청년 노동자가 자신의 이야기를 전했다. 그리고 요즘 집회 현장에서 더욱 귀하다고 하는 20대 남성의 목소리도 들려왔다. 각자의 삶에서 길어 올린 이야기들이 광장 위에서 하나로 모였다.

새벽이 되자, 난방을 위한 버스가 도착했다는 소식이 전해졌고, 곳곳에서 따뜻한 지원의 손길이 이어졌다. 다양한 음식과 핫팩을 비롯한 난방 물품, 여성용품 등이 속속 현장에 도착했다. 지하철역 출구 주변에는 추위를 견딜 수 있도록 핫팩, 목도리, 무릎 담요, 깔개, 장갑 등이 차곡차곡 쌓였고, 옆에는 팩 음료수와 생수가 가득 놓여 있었다. 누구든 필요하면 자유롭게 가져갈 수 있었다. 그날, 남태령은 단순한 집회장이 아니었다. 서로를 위해 작은 것 하나라도 더 나누려는 손길이 모여 거대한 연대의 공간이 되었다. 추운 겨울, 사람들의 따뜻한 마음이 만든 온기가 곳곳에서 피어올랐다.

오후가 되자 지원군으로 더 많은 사람이 몰려왔고, 마침내 경찰의 차벽이 열렸다. 기어이 전봉준 투쟁단은 트랙터를 몰며 웅장하게 행진했고 김재연 동문을 비롯한 사람들과 연대의 힘으로 '우금치'를 넘고 있었다. 동학은 우리 민중이 평등 세상, 대동 세상으로 가려한 큰 발걸음이었다. 당시 좌절된 발걸음은 100년의 시간을 넘어 이어지고 있었다. 외민동이 2024년 여름 장흥 기행에서 만난 동학의 울림이 남태령에서 재현되는 순간이었으며 2025년 5.18기행에서 경유할 계획인 정읍의 '동학농민혁명 박물관'을 미리 만나는 기분이었다. 농민들의 대동세상과 광장에서 나눈 온기는 모두 연대와 나눔의 정신이었다. 100년을 이어진 사상과 외민동의 지향은 본질적으로 차이가 없었다. 국민의 삶은 아랑곳하지 않는 그들과는 다르며, 우리는 각자의 위치에서 각자의 방식으로 연대하는 삶을 살아내고 있었다. 우리는 같은 마음이었고 설사 다른 공간에 있더라도 하나로 연결되어 있었다.

사랑과 연대의 힘으로 전쟁 없는 세상을 향해
우리가 저마다의 방법으로 서로를 연결하고 어둠을 이겨낼 때 하나둘 드러나는 내란음모는 갈수록 태산이었다. 정신 나간 대통령 부부의 충동적 일탈이 아니라 장시간 군부가 깊숙하게 관여하며 내란을 넘어 외환을 획책한 정황이 드러나고 있었다. 나에게 가장 충격적인 사실은 한반도에서 작게는 국지전, 크게는 전면전쟁을 불사하려 했다는 사실이다. "북한의 김정은 국무위원장이 남측 내란세력의 도발을 인내한 것이 전쟁을 막았다"는 평가가 나올 정도였다.

내란세력은 미국의 지원을 받는 탈북자단체가 북으로 대북 전단지를 보내는 것을 계속 방조했다. 지금 생각해보면 속으로는 적극 독려했다고 보는 것이 타당해 보인다. 북은 전쟁도발 행위라고 반발하며 오물 풍선으로 대응하였다. 우리는 대북 방송을 재개하며 원점을 타격한다는 발언도 등장하면서 긴장은 끊임없이 고조되었다.

이 시기 접경지역 주민들의 삶은 피폐해졌지만 우리나라 정부는 전혀 상관하지 않는 분위기였다. 이런 상황을 돌파하기 위해 지역 주민들이 힘을 모으기 시작했다. 특히 파주에서 게스트하우스 'DMZ STAY'를 운영하는 외민동 윤설현 선배님도 접경지역에서 긴장 고조를 해결하려 열성적으로 활동했다. 몇 차례 방문한 DMZ STAY는 머무는 내외국인들에게 한반도 분단의 실상을 알리는 평화교육의 장이었다. 선배는 지역 주민들과 접경지역 긴장해소 활동을 하며 기자회견을 열었다. 이때 한반도 평화를 설파하는 외신과의 인터뷰가 전 세계로 나가기도 하였다.

이러한 노력을 인정받아 윤설현 선배는 2024년 연말 외민동 총회에서 '자랑스러운 외대 민주동문상'을 수상하였다. 돌이켜 보면 선배는 정말 전쟁과 계엄을 막는 최전선에서 활동했고 외민동은 그 노력을 알아보고 함께 힘을 모았다. 이는 내란세력의 전쟁 기도를 막아내는 가장 훌륭한 투쟁과 연대였음을 알리고 싶다.

이런 평화의 움직임과는 다르게 내란 세력의 책동은 대북전단지 살포 방조에 머물지 않았다는 사실이 계속 드러났다. 우리의 상상을 초월하고 있었다. 윤석열과 군부가 합작하여 북의 국지전 개시를 유도했던 것으로 보인다. 이외에도 아직 국가안보실 1차장 직책을 유지하고 있는 한 인물을 기억해야 한다. 미국의 우리나라 대통령실 도청 사실 발각에도 '미국은 악의가 있지 않다'고 말했던 사람, 역사 반성 없는 일본의 행태를 보고도 '중요한 것은 일본의 마음이다'라는 말을 한 사람, 바로 김태효다. 잡혀 들어간 이는 윤석열과 장성 몇 명에 불과하다. (글을 고치는 이 시기에 윤석열이 구속이 취소되어 석방되는 당황스러운 상황이 펼쳐지고 있다). 윤석열과 함께 한반도의 전쟁을 획책했던 인물들은 아직도 국방부, 통일부, 청와대에 또아리 틀고 있다. 이들에게 외환죄와 내란 동조의 책임을 집요하게 물어야 한다.

일련의 드러나는 사실을 보면 우리는 또 하나의 의심을 할 수밖에 없다. '한 번도 아니고 세 차례에 걸친 드론의 평양상공 침투를 미국이 과연 몰랐을까?' 하는 점이다. 80년 광주에서도 그랬던 것처럼 제국주의의 본질은 변한 것이 없다. 한반도의 긴장고조는 그들이 가장 희망하고 있기 때문이다. 미국이 대한민국의 민주주의 회복력을 칭찬했다는 것은 그저 실패한 계엄세력에 대한 빠른 손절, 그 이상은 아니다. 팔레스타인 가자 지구와 그린란드 등에서 무차별적 영토 확장 야욕을 드러내는 그들을 보라. 쓸모없어진 우크라이나 젤렌스키를 가차 없이 손절하고 수백조 원의 청구서를 들이밀며 희토류 등 광산 채굴권을 꿀꺽하려는 탐욕만 남은 미국의 실체를 우리는 보고 있다. 결국은 분단모순의 해결이 필요하다. 평화 그 너머를 지향하지 않으면 이 땅은 언제나 전쟁이 발생할 수 있는 지역, 이를 빌미로 언제고 다시 계엄이 발생할 수 있는 나라로 남을 것이다.

평화를 지키는 원동력은 연대와 사랑이다. 쌍화차의 향기가 광장을 채우고, 사람의 마음을 훈훈하게 채워나갔던 '남태령 대첩'을 보며 우리는 새로운 세상이 시작되는 것을 어렴풋하게 느꼈다. 그 향기가 혐오를 넘어 사랑을 꿈꾸게 하면 좋겠다. 혐중과 반북을 넘어 평화로 가는 그 길에서 사랑의 향기, 연대의 온정이 우리의 힘이 되어 줄 것으로 확신한다.

| 조화명

혁명적 이상과 경제적 현실에 한 발씩 담그고 살아간다. 결정적 순간에 항상 한 발을 더 내딛지 못하는 우유부단함과 그래도 무언가를 해야 한다는 책임감에 양쪽 바짓가랑이를 잡힌 채 하루하루를 무사히 보내고 있다.

우리가 이긴다

이바오로

은박 담요를 두른 전사들

그날 나는 철야 집회에 참석할 용기가 나지 않았다. 추운 날씨를 견디어 밤샘을 한다는 것은 도저히 감당할 수가 없었다. 나의 의지와 상관없이 보름째 목이 아프고 독감으로 고생하고 있었기 때문이다.

2025년 1월 5일 새벽, 삼 일째 철야 농성 중이라는 것을 알고 있었기 때문에 일찍 잠에서 깨어나 고민이 시작되었다. 지금이라도 가야 하나 망설여졌다. 혹한의 추위로 온 천지가 얼어붙어 있었다. 나는 한남동 집회 현장으로 달려갔다. 이 추위 속에서 밤을 지새운 그들이 걱정되었다. 대통령 관저로 향하는 길목, 어둠이 채 가시지 않은 한남대로 일신빌딩 앞에는 놀라운 광경이 펼쳐져 있었다.

한남대로 육교에는 민노총 대형 현수막이 걸려있었다. '내란 수괴 윤석열 즉각 체포! 구속!' 민노총이 내건 구호인데 마치 든든한 방패막이처럼 반갑게 느껴졌다. 탄핵 촉구 집회 장소로 가려면 내란동조 극우들의 집회 장소를 지나가야 했다. 참으로 이상한 몸짓과 괴이한 언성을 내지르는 군상들이었다. 나는 그들이 무사할까 걱정하면서 마음이 급해졌다.

난장판 같은 그곳을 겨우 빠져나와 탄핵과 파면을 촉구하는 집회

장소에 이르렀는데 순간 경외감에 온몸이 굳은 듯 그대로 멈춰 섰다. 내 눈을 의심했다. 은박 담요를 두른 새벽 전사들이 눈발을 쓴 모습은 하늘에서 천사들이 내려온 것 같았다.

득도에 이른 성불한 스님들이 열반한 모습이랄까. 이루 형언못할 감동이 북받쳐 올라왔다. 어떻게 얼어붙은 도로 위에서 담요 하나를 둘러쓴 채로 밤을 지새웠단 말인가.

영하 10도의 엄동설한에 누가 저들을 길바닥에 앉아 날을 새게 하는가. 꼼짝 않는 자세에 혹시 동사하지 않을까 걱정되었다. 미동도 없이 누워있거나 흡사 앉은 채로 열반에 든 것처럼 보였기 때문이다. 다행히 젊은 자원봉사자들이 일일이 깨워서 괜찮은지 상태를 점검하였다.

마치 우주에서 온 외계인 같았다. 어떤 사람은 칼자루 응원봉을, 어떤 이는 별 응원봉을든 채 꼼짝하지 않았다. 마치 모두 얼어붙어 있는 듯한 모습이었다. 한편 걱정이 되었다. 혹시 저분들 중에서 누가 동사라도 하면 어쩌지 하는 마음으로 불안했다.

아침 7시가 조금 넘어서자 다시 눈발이 날리기 시작하더니 함박눈으로 바뀌었다. 순식간에 쏟아진 함박눈은 우주의 어느 별나라 같은 분위기를 만들었다.

함박눈은 아스팔트 길 위에 쌓이고 은박 담요에도 수북이 쌓이고 온 세상을 순식간에 하얀 세상으로 바꾸어 버렸다. 다만 내란동조 세력의 시끄러운 메가폰 소리만 요란했다. 조용하고 숙연한 분위기로 개인 인터뷰가 시작되었다. 내란동조 극우집단의 녹음된 메가폰 소리는 묘하게 극명한 대조를 이루었다.

대부분의 참여자는 은박 담요를 두르고 있었으나 몇몇 빨간색 덮개도 보였다. 사회자는 한 사람 한 사람씩 집회 참여 동기와 다짐을 물었다. 사진을 찍어 기록으로 남기고 싶었으나 차마 정면에서는 찍을 수가 없었다. 이들에게 예의가 아니라고 느꼈기 때문이다. 그들은 너무 아름답고 위대했고 우주에서 날아온 별처럼 느껴졌다.

감동과 혼란

그리고 이 감동은 카톡으로 이어졌다. 감동을 나누고 싶어서 사진 몇 장과 함께 나의 소회를 몇몇 커뮤니티에 전송했다.

"누가 이들을 날밤 새게 하는가?"
"누가 일요일 날밤을 새게 하는가?"

뭐라 적당한 단어도 없고 표현도 생각나지 않았다. 그냥 생각나는 대로 몇몇 단톡방에 이런 식으로 써서 사진과 함께 올렸다.

카톡방마다 수많은 격려와 걱정의 답이 올라왔다. 전화도 빗발쳤다. "난 날밤을 새지 않았어. 새벽에 왔을 뿐이야." 해명을 해도 막무가내로 내 걱정부터 했다. 이 얼마나 감동인가. 사진 몇 장에 이렇게 같은 마음으로 함께 느끼고 함께 감동하다니, 참 놀라운 순간이었다. 세상이 다 내 편 같은 느낌이었다.

대단한 이론이나 거창한 담론을 말할 자신은 없다. 하지만 하나님을 앞세운 전광훈 같은 목사의 나팔수가 되어버린 이들, 아무런 정체성도 철학도 없이 그저 맹목적으로 반민주를 외치고, 무작정 반이재명에 앞장서며, 심지어 성조기와 일장기를 흔들어대는 사람들을 보며 깊은 혼란에 빠졌다.

그들의 행태는 미국인조차 이해할 수 없는 수준인데도, 그들은 아무런 부끄러움 없이 그런 행동을 했다. 단순히 극우라고 부르기에는 너무나도 어설프고, 차라리 '무분별한 내란 동조자', '무비판적 친일 추종자', '맹목적 반민주세력'이라 불러야 하지 않을까.

그 순간도 잠시, 나는 곧바로 곤혹스러운 질문에 휩싸였다. "어디부터 잘못된 것일까?" "이 나라 반도가 왜 이렇게 망가졌는가?"

대단한 이론이나 담론은 모르겠다. 하나님을 앞세운 전광훈 같은 목사의 나팔수가 된 그들, 아무 정체성이나 철학도 없이 그저 묻지 마 반공, 묻지 마 반이재명이며 성조기와 일장기까지 흔들어대는 사람들, 미국인조차 이해할 수 없는 행위를 아무 부끄럼도 없이 자행하고 있는 저들은 도대체 이해하지 못할 집단이며 극우라고 부르기조차 어설플 정도다. 이쯤 되면 저들은 극우라기보다 차라리 '묻지 마 내란동조, 묻지 마 친일, 묻지 마 반민주세력'이라고 봐야 하지 않을까.

최근 저들은 각 도시를 돌고 선전 선동을 이어가면서 대학가까지 침입해 광분하고 있다. 이들은 너무나 당당하게 탄핵 반대를 목 놓아 외치고 있다. 갈수록 기가 막히지만 이것이 안타까운 작금의 대한민국 현실이다.

다시 그날

2024년 12월 3일, 대한민국에 비상계엄이 선포되었다는 소식을 접하면서, 나는 복잡한 감정에 휩싸였다. 한편으로는 불안과 두려움이 밀려왔고, 다른 한편으로는 우리가 왜 이런 상황에 처했는지 깊은 생각을 해보게 되었다.

무조건 윤석열의 탄핵을 반대하며 내란을 옹호하는 세력, 이들과 정치적 견해가 다를 수 있다는 점은 인정하지만, 이 집단이 보여주는 모습은 정당성이나 합리적 논거보다는 '무비판적 순응'과 '반이성적 감정적 충동'에 가깝다.

나는 이들의 모습에서 한나 아렌트의 '악의 평범성[1]'을 떠올렸다. 아돌프 아이히만은 아우슈비츠 강제 수용소로 유대인들 수송하는 행정 책임자였다. 그는 직접 학살에 가담하지 않았지만, 그 역할은 홀로코스트에 결정적이었다. 그러나 재판 과정에서 "국가의 월급을 받는 자로서 나는 그 명령에 따랐을 뿐입니다"라면서 나치 행위의 정당성을 강변하려 했다. 자신이 저지른 끔찍한 일을 조직이나 상부 명령 등으로 치부해 버린 것이다.

왜 평범한 사람이 권력에 악용되어 수백만의 사람들을 학살하게 되었을까? 그것은 한나 아렌트가 아이히만에게 가졌던 질문과 흡사하게 내란동조 세력들에게 내가 갖는 질문이다.

내란에 동조하는 사람들에게 특정한 악의 의도가 없다 하더라도 자신이 권력의 입장에서 서서 모든 것을 정당화하려는 것처럼 보인다. 비판적 사고 기능이 거의 작동하지 않고 권력이 원하는 행동을 무조건적으로 따르는 것 같기도 하다. 나는 이런 부분에서 너무나도 안타까움을 넘어 참담함을 느낀다. 비상계엄이라는 극단적인 상황에서도 그들은 마치 "기득권 권력을 유지하도록 돕고 그 명령에 복종하는 것"이야말로 국가를 위한 올바른 길이라고 믿고 있는 것 같다. 그러나 그런 믿음은 매우 위험한 망상이다.

---

1 악이 특별한 악인이 아니라 평범한 사람들에 의해 저질러질 수 있다는 점을 강조하며, 그녀가 1961년 아돌프 아이히만(Adolf Eichmann)의 재판을 지켜본 후 정리한 개념이다. 《예루살렘의 아이히만: 악의 평범성에 대한 보고》(Eichmann in Jerusalem: A Report on the Banality of Evil)에서 본격적으로 다뤄졌다.

또 한 가지 내 고민은 탄핵을 반대하는 집단과는 점점 더 극명하게 갈라지고, 서로에 대한 비난과 오해가 커지는 상황에서 '어떻게 하면 우리가 더 건설적이고 합리적인 방식으로 소통할 수 있을까?' 하는 점이다.

　나는 비상계엄에 대해 책임을 묻는 것이 꼭 필요하다고 믿는다. 그럼에도 불구하고, 탄핵을 반대하는 일반 시민들과 소통하는 방식에 대해서는 고민을 하게 된다. 하지만 내가 그들의 생각을 온전히 이해할 수 있을까?

　고백하건대 나도 때로 분노와 감정이 앞선다. 하지만 내 편, 네 편으로 대립하는 방식만으로는 어떤 건설적인 결론도 나올 수 없다는 것을 알고 있다. 최근 이재명이 민주당의 정체성을 '중도보수'로 천명한 것도 단순히 선거만을 위한 전략이라고 생각하지 않는다. 대한민국의 분열적 정치 상황을 극복하려는 고민에서 나온 것으로 보인다.

그리스 신화의 교훈과 윤석열의 오만

　그리스 신화를 작금의 대한민국의 현실에 비추어 보면 몇 가지 시사점이 있어서 놀랍다. 그리스 신화에서는 자만심과 오만을 가장 큰 죄악으로 여겼으며 신이나 운명 앞에서 겸손하지 않고 자신의 권력과 능력을 과신한 자들은 반드시 파멸했다. 대표적인 예로 니오베(Niobe), 이카로스(Icarus), 크레온(Creon) 같은 인물이 있다. 니오베(Niobe)는 자신이 다산의 여신보다 더 훌륭한 어머니라며 자만하다가 자식들이 몰살당하는 비극을 겪었고, 이카로스(Icarus)는 태양 가까이 날아오르겠다는 욕심으로 결국 날개가 녹아 추락한다. 그리고 크레온(Creon)은 자기 권위를 절대화하며 신의 법보다 자신의 명령을 우위에 둔 결과, 가족과 왕권을 모두 잃게 된다.

이 신화들은 공통으로 권력자와 지도자의 오만이 자신만이 아니라 국민과 공동체까지 파멸로 이끈다는 교훈을 담고 있는데 현재 우리의 현실과 매우 유사하다. 그리스 신화가 경고하는 메시지는, 권력자가 국민을 함부로 대하고 자기 능력을 과신할 때, 비극은 피할 수 없다는 것이다.

신화 속 주인공들이 오만의 대가로 모든 것을 잃듯이, 지도자가 국민과의 소통을 단절하고 민심을 무시하는 순간, 그 끝은 몰락으로 귀결된다.

우리가 이긴다

은박 담요 위로 하얀 눈이 쌓이던 그 시각, 무대 위에서 한 젊은 여성이 마이크를 잡았다.

"나는 그림자 속으로 뒤집고 들어가 숨지 않을 거야. 차가운 곳에 떨어져 조금 더 오래 살 수 있겠지만 그렇게 살지 않을 거야. 내가 눈이 되어 내리면 나는 세상에 모든 슬픈 목소리를 듣기 위해 낮은 곳으로 흩날릴 거야. 내가 눈이 되어 내리면 나는 그저 사랑하는 사람들의 품속에 스며들고 사랑하는 사람들의 손을 잡고 따뜻하게 스며들 거야. 감사합니다."(1월 5일 오전 8시 20분 아침 집회 오 분 발언 중에서)

여성의 당당한 목소리에서 울컥한 감정이 묻어 나왔다. 함박눈이 되어 사람들의 품속에 스며들겠다는 말이 너무 인상적이었다. 이어한 청년이 무대에 올라왔다. 여기 한남동 차디찬 길바닥에서 삼 일 밤낮을 지새웠다고 한다. 그 청년은 제발 집에 가고 싶다고 외쳤다. 밤을 지새운 은박전사들은 다 같은 마음이었을 것이다. 나는 그들에게 빚진 느낌이었다. 그리고 은박 담요의 감동이 이대로 끝나서는 안 된다고 생각했다. 순교자 같은 모습으로 단지 액자 속에 박제되어째서는 안 된다는 생각과 함께.

 "우리가 이긴다." 결국에는 온 국민이, 대한민국이 함께 이길 것이다! 미래가 오늘을 이기고, 국민이 권력을 이기고, 진실이 거짓을 이기기를 소망한다.

│이바오로

1994년, 반도 남단이 너무 좁아 중원으로 건너가 청춘을 다 보냈다. 코로나 팬데믹으로 강제 쉼표를 찍었다. 이제 자유로운 영혼으로 살고 싶다

외민동과 윤석열

지나간 시간들

처음 외민동 가입을 권유받았을 때 나는 망설였다. 낯선 분위기, 어색한 만남, 새로운 시작이 부담스러웠다. 결혼 후 곧바로 인도네시아로 떠나 28년을 살았고, 몇 년 전 한국으로 돌아왔지만 동문들과의 거리는 이미 멀어져 있었다. 한국 사회에 대한 관심은 여전했지만 단절된 시간 속에서 점점 잊혀 갔다. 그러던 어느 날 대학 시절부터 각별했던 동기 이선민의 권유가 내 마음을 두드렸고 마침내 외민동의 문을 열었다. 그리고 그곳에서 오랫동안 잊고 지냈던 '나'를 다시 만났다.

대학생 시절, 외대 학보사에서 3학년 때까지 원고를 쓰고 신문을 만들며 바쁜 나날을 보냈다. 사실 나는 애초에 외대로 갈 생각이 없었다. 고등학교 3학년, 담임선생님의 실망 어린 시선을 뒤로한 채 외대로 발길을 돌려야 했다. 재수를 감당할 자신이 없었기에 한 번도 계획하지 않았던 길을 택했다. 대학 1학년 때 4년 등록금을 장학금으로 전액 지원받게 되었다. 그러나 학보사 활동을 하려면 그 장학금을 포기해야 했다. 고민할 틈도 없이 결정을 내렸다. 안정적인 길이 아니라 뜻깊은 길을 가고 싶었다. 당시 우리 집 형편은 넉넉하지 않았지만 편안한 길이 전부는 아니라고 믿었다. 그저 배부른 돼지처럼 살고 싶지는 않았다.

밤을 지새우며 원고를 쓰고 신문의 잉크 냄새를 맡으며 후회 없이 치열하게 살았다. 그곳에서 만난 동기들과 선후배들은 내 청춘의 가장 빛나는 페이지를 함께 채워준 소중한 사람들이었다. 1980년대, 격동의 시기에 나는 그 중심에 서 있었다. 민주주의를 교과서 속 활자가 아니라 온몸으로 체득하며 배웠다. 학보사는 내게 그런 곳이었다.

시간이 흘러 다시 외민동에 발을 들이면서 과거의 나를 다시 떠올렸다. 고민하면서도 결국 가슴이 뛰는 길을 선택했던 그 시절 인생은 끊임없는 선택의 연속이었고, 나는 언제나 나다운 길을 걸어왔다. 그리고 지금 외민동에서 또 한 번 의미 있는 선택을 하며 새로운 인연들과 함께하고 있다. 예전의 나를 깨우치게 되었다.

외민동, 다시 찾은 열정

2023년 어느 날 외민동에 가입한 후 첫 행사는 홈커밍데이였다. 오랜 시간이 지나 찾아간 자리, 낯선 얼굴들이 있었지만 왠지 모르게 따뜻한 기운이 감돌았다. 처음엔 조용히 뒷자리에 앉아 그저 분위기를 지켜보았고 시간이 흐를수록 마음이 훈훈해졌다. 행사가 본격적으로 시작되자 동문 가수 '백자'의 노래가 울려 퍼졌다. 언제 들어도 마음을 두드리는 그의 노래. 나는 백자의 노래를 특히 좋아한다. 감미로운 선율이 흐르자, 참석자들의 눈빛이 포근해졌다. 학번별로 인사를 나누는 시간이 되자, 40년 만에 다시 마주한 반가운 얼굴들이 하나둘 눈에 들어왔다. 우리는 함께 족구를 하고, 풍물패 공연을 보며, 학교 곳곳을 걸었다. 도서관과 박물관, 본관을 돌아보며 잊고 있던 기억들이 하나둘 되살아났다. 그리고 이어진 저녁 식사, 깊어가는 밤과 함께 계속된 뒤풀이 자리까지. 한 시대를 함께 살아온 사람들이 다시 모여, 말하지 않아도 통하는 정을 나누며 공감했다. 그 모든 순간이 신기하면서도 벅찼다. "외민동이 이렇게 살아 숨

쉬고 있었구나."

마음 한편이 먹먹해졌다. 뜨거운 열정으로 살았던 청춘의 시간을 함께한 사람들. 여전히 같은 마음으로 서로를 응원하며 살아가는 이들. 외민동에 들어와서 이렇게라도 다시 함께할 수 있어 다행이었다. 그날 밤, 오랜만에 가슴이 뛰었다. 외민동은 생각보다 더 따뜻한 곳이었다. 그러던 어느 날, 또 한 번 감동받았다. 홈커밍데이 행사 중 퀴즈 이벤트에서 정답을 맞힌 사람에게 경품을 준다는 말이 있었지만, 그저 흘러들었다. 그런데 놀랍게도 1주일도 채 지나지 않아 작은 선물이 집에 도착했다. 단순한 경품이 아니었다. 세심한 배려와 정성이 느껴지는 선물이었다. 그 순간, 나는 알았다. 외민동은 내가 생각했던 것보다 대단하다는 것을.

그날 이후, 누가 초대하지 않아도 외민동 행사가 열리는 날이면 가장 먼저 달력을 꺼내서 일정을 표시했다. 자연스럽게 행사에 참석하며 선후배들과 더 가까워졌고, 서로를 가족처럼 반기게 되었다. 외민동의 만남은 언제나 특별했다. 어디서든, 누구와 함께하든 온정 어린 공감과 끈끈한 유대감을 느꼈다. 선배님들의 따뜻한 격려, 후배들의 신뢰하는 눈빛. 그 안에서 나는 점점 더 외민동이 어떤 곳인지 깨닫게 되었다. '단순한 모임이 아니었다. 또 하나의 가족이었다.'

외민동의 약진
외민동의 행사는 그 후에도 이어졌고, 늘 기대에 찬 마음으로 참석했다. 많은 동문이 함께한 뜻깊은 시간이었다. 과거와 현재를 아우르는 역사 속에서, 우리는 다시 한번 서로를 발견하고, 연결되고, 더 깊은 인연을 만들어가고 있었다. 외민동과 함께한 모든 순간은 평생 간직할 소중한 이야기가 되었다. 함칠성 조직위원장과 함께 활동을 이어가면서 점점 그 중심으로 들어가게 되었다. 외민동의 중심에서, 새로운 고민이 시작되었다. "누구를 외민동에 가입시켜야 하는가?" 가장 먼저 떠오른 곳은 내가 오래 몸담았던 외대학보사였다. 학보사에서 함께 했던 선후배들은 나에게 누구보다 가까운 사람들이었고, 그들에게 외민동을 알리는 것은 자연스러운 일이었다. 한 명씩 다가가 외민동의 의미를 설명했고, 뜻을 함께하겠다는 선후배들이 기꺼이 가입했다. 외민동의 식구들은 점점 늘어났다. 외민동은 민주적 가치, 정의와 진실, 사회적 진보를 지향하는 모임이었다. 같은 뜻을 가진 동문들에게 가입을 권유하면 대부분 흔쾌히 승낙했다. 그 결과, 단기간에 회원 수가 증가했고, 외민동은 더욱 결속력 있는 단체가 되어갔다. 더불어, 많은 선후배가 40년 만에 다시 만나 어울리고 교류하는 모습은 그야말로 기적 같았다. 외민동이라는 이름 아래, 우리는 다시 하나가 되었다.

나는 스스로에게 되물었다. 무엇을 기준으로 외민동 회원을 선별해야 하는가? 단순히 같은 대학을 나왔다는 이유만으로 충분한 연결고리가 될 수 있을까? 진정한 공동체가 되려면 생각과 신념이 비슷해야 할까? 고민은 쉽사리 풀리지 않았다. 한 가지 확신하는 것은, 외민동이라는 든든한 울타리 안에서 뜻있는 길을 걷고 있다는 것이다.

결국 "윤석열의 정치를 어떻게 평가하는가?" 이것이 외민동 가입을 결정짓는 기준이 되었다. 나는 외민동과 함께 윤석열의 정치가 옳지 않다고 부르짖고 있었다. 결코 정의의 편에 서지 않는 그의 부정한 정치는 우리의 삶에 나쁜 영향을 주고 국민의 생활을 피폐하게 만들었다.

11월, 거리에서 외친 목소리

2024년 11월, 매주 주말마다 김건희 특검과 윤석열 탄핵을 요구하는 집회가 열렸다. 외민동은 적극적으로 집회에 참석하며, 국민의 분노에 함께했다. 김건희는 이미 도이치모터스 주가 조작, 명품백 수수 의혹, 양평 고속도로 특혜, 논문 표절, 학력 위조 등 수많은 비리 의혹 때문에 '악의 화신'으로 인식되었다. 그러나 어떤 조사도, 어떤 처벌도 받지 않았다. 윤석열 역시 정권 초기부터 국민을 위한 정치는커녕, 오히려 정권을 사유화하며 국정을 농단해왔다. 그러던 중 '명태균 게이트'가 터져 나왔다. 국회의원 공천 과정에서부터 윤석열과 김건희가 직접 개입한 정황이 드러났고, 대통령이 아니라 김건희와 명태균이 국정을 좌지우지하며 권력을 사유화했다는 증거들이 속속 나오기 시작했다. 민생에는 전혀 관심 없는 대통령, 술만 마시고 호통치는 대통령, 아침에 출근도 제대로 하지 못해 호송 차량이 빈 채로 움직인다는 이야기까지 들려왔다. 대통령이라는 사람이 이래도 되나? 윤석열 대통령은 정령 누구인가? 국가 권력을 자신들의 안위만을 위해 이용하고 파렴치한 짓을 해왔다. 검찰도 마찬가지였다. 검찰 공화국이 되어가고, 윤석열 정권의 실정이 갈수록 도를 넘어서고 있었다. 국민은 안중에도 없고, 사적 이익을 위해 권력을 남용하고, 불공정과 비리가 판치는 세상이 되어버렸다. 분노한 시민들은 하나둘씩 거리로 나섰다. '외민동 역시 그들과 함께 광장에서 외쳤다.'

깃발 아래, 다시 모이다

외민동의 깃발이 시청 앞에서 펄럭일 때였다. 외민동의 깃발을 보고 다가온 동문들이 반가운 얼굴로 인사를 건넸다. "한국외대 민주동문회! 저도 외대 출신입니다." 그때부터, 깃발을 보고 찾아오는 동문들이 점점 늘어났다. 처음에는 우리를 알지 못했던 이들도 많았다. 하지만 뜻을 함께하는 시민들과 거리에서 마주하며, 그들은 자연스럽게 우리와 인연을 맺었다. 윤석열 정권의 불합리한 행태에 실망하고 분노한 사람들이 많아지면서, 같은 신념을 품은 이들이 하나둘 모여들었다. 우리가 추구하는 것은 단순했다. 부당한 권력을 고발하고, 불의를 밝히는 것. 그리고 이 방향성이 옳기에 많은 사람이 주저 없이 다가왔다. 우리는 신념을 지키며 묵묵히 걸었다. 그러나 그 길이 옳다는 것을 증명하듯, 같은 뜻을 가진 이들이 스스로 찾아와 함께했다. 깃발 아래 모인 사람들은 같은 길을 걸어가는 동지들이었다. 젊은 시절, 우리는 광장에서 민주주의를 외쳤다. 정의를 지키겠다는 열망으로 거리에 섰던 그때, 우리는 함께였다. 그리고 이제, 50대 후반이 된 우리는 다시 광장에 모였다. 시간이 지나도 정의를 향한 열망은 식지 않는 것 같다. 흩어졌던 발걸음이 다시 모이고, 다시 깃발이 휘날리고 있었다. 그리고 그 아래, 우리는 여전히 같은 신념을 가슴에 품고 있다.

우리가 내건 깃발은 초록색이었다. 선명한 녹색이 아니라, 세월이 스며든 약간 빛바랜 연초록빛, 그 바탕 위에 새겨진 '한국외국어대학교 민주동문회'라는 이름. 그것은 단순한 천 조각이 아니었다. 그 깃발은 우리를 모으는 표시판이 되었다. 깃발 아래로 뜻을 함께하는 이들이 모여들었고 시간이 흐를수록 광장에서 눈에 띄었다. 깃발은 불의에 맞서는 사람들에게 평화를 상징하는 듯했다. 외민동의 깃발은 이제 우리를 연결하는 상징이자, 불의에 굴복하지 않겠다는 우리의 다짐이었다. 깃발이 바람에 힘차게 휘날릴 때마다, 우리는 더욱 결의를 다졌다. 정의는 반드시 승리할 것이다.

11월 중순, 마침내 명태균이 구속되었다. 구속되는 날, 그가 남긴 마지막 한마디. "내가 잡히면 한 달 안에 정권이 무너질 거다." 그 말은 결코 허세가 아니었다. 그가 감옥에 수감되면서, 윤석열 정권의 균열은 더욱 커졌다. 하나둘씩 드러나는 부정부패의 진실, 이를 더는 묵과하지 않으려는 국민의 분노. 거리는 날이 갈수록 거대한 외침으로 가득 찼다. 11월, 우리는 다시 광장에 섰다. 목소리 높여 외쳤다. 그 외침은 결코 헛되지 않을 것이었다. 외민동의 깃발이 하늘 높이 펄럭이고 있었다. 그 깃발이 사라지지 않는 한, 우리의 싸움은 끝나지 않을 것이다. "우리는 포기하지 않는다!"

12월 3일, 그날의 충격

2024년 12월 3일 밤 10시 23분.

믿을 수 없는 일이 벌어졌다. 윤석열 대통령이 계엄을 선포했다. 순간, 온몸이 얼어붙었다. 가족 모두가 TV 화면을 응시한 채 말을 잃었다. 정적이 흘렀다. 그러다 남편이 외쳤다. "미쳤어! 이게 말이 돼?" 하지만 화면 속에 흐르는 자막은 명백했다. "계엄령 선포." 도무지 믿을 수 없는 일이 2024년에 벌어졌다. 뉴스 속 군부대 배치 계획, 국회에 배치된 병력, 무장한 군인들이 국회를 막아서고 시민들과 뒤엉켜있는 모습이 TV 화면을 통해 나오고 있었다. 모든 것이 현실이었다. 머릿속이 새하얘졌다. 이건 악몽일까? 지금 우리가 보는 것이 현실이라면, 대한민국의 민주주의는 그날 밤 무너지고 있었다.

나는 가족들과 TV 앞에 앉아 아이들에게 계엄이 무엇인지 설명해야 했다. 직접 뜨겁게 경험한 적은 없지만, 우리는 역사를 통해 계엄이 어떤 결과를 초래했는지 너무도 잘 알고 있었다. 그날 밤, 우리는 잠들 수 없었다. 불안과 공포 속에서 새벽을 맞이할 즈음, 국회에서 계엄 해제안이 가결되었다는 소식이 전해졌다. 그제야 우리는 깊은 한숨을 내쉴 수 있었다. 하지만 알고 있었다. 나는 소리쳤다. " 우리의 싸움은 이제부터 시작이다."

다시 거리로, 다시 광장으로

외민동 임원들은 계엄이 선포된 다음 날 아침, 곧바로 모였다. 이틀 뒤로 예정된 정기총회와 송년회도 준비해야 했지만, 가장 중요한 논의는 이것이었다. "이제 우리는 무엇을 해야 하는가?" 결론은 명확했다. "더 이상 참을 수 없다. 매일 거리로 나가자!" 외민동은 결의를 했다. 그렇게 12월 4일부터 매일 저녁, 여의도 국회와 여당인 국민의힘 당사 앞에는 거대한 촛불이 켜졌다. 국민의 분노는 걷잡을 수 없이 커졌다. 12월 6일에 개최된 외민동 총회에도 130여 명이 참석한 가운데 결의를 다지며 시국결의문을 발표하고, 앞으로 전개될 상황에 제대로 대처하자는 의견을 모았다.

12월 7일에는 국회에서 윤석열 대통령 탄핵소추안이 발의되었다. 그러나 그날, 여당 의원들의 집단 불참으로 인해 탄핵안은 부결되었다. 그날 부결 소식이 나의 마음을 더 얼어붙게 했던 거 같다. "윤석열을 탄핵하라" "내란동조 국민의 힘 해체하라"

그날을, 나는 결코 잊을 수 없다. 전철역에서 내리려 했으나, 국회의사당역을 아예 무정차 통과하고 있었다. 여의도역에서 내려 국회 앞으로 향하는 길은 상상 이상으로 험난했다. 수십만 인파가 광장과 도로를 가득 메웠고, 도로 위에도, 인도에도 앉아 있는 사람들로 발디딜 틈이 없었다. 그날, 집회에 모인 인원은 무려 100만 명이 넘었다. 길 위에 사람들이 가득 차 있었다.

전화 신호는 불통이라 연락이 쉽지 않은 상황이었다. 많은 사람을 헤치며 걷는 것조차 쉽지 않았다. 하지만 이상하게도, 그날은 인파 속에서 힘들지 않았다. 오히려 벅찼다. 어디를 둘러봐도 나와 같은 생각을 가진 사람들뿐이었다. 곳곳에서 구호를 외치는 소리가 터져 나오고 집회가 진행 중이었다.

길바닥에 앉은 젊은이들의 손에는 형형색색의 응원봉이 쥐어져 있었다. 저마다 내뿜는 다른 빛은 어둠 속에 내려앉은 작은 별들 같았다. 손끝에서 흔들릴 때마다 부드러운 빛의 물결이 일렁였고, 그 은은한 빛이 하나둘 모여 만들어내는 장관은 찬란했다. 밤하늘의 별들이 지상으로 내려와 길을 밝히는 듯한 광경이었다. 그 불빛들은 어둠을 밀어내며 희망을 비추고 있었다. 길바닥에 내려앉은 별. 땅에 내린 별이 내란을 넘어가고 있었다.

길을 따라 국회 앞으로 향했다. 모퉁이를 돌아들어서자 사람들의 물결이 거세게 밀려왔다. 연한 초록빛을 머금은 외민동 깃발을 찾아보려 했지만, 인파 속에서 흔들리는 수많은 깃발에 가려 눈에 띄지 않았다. 발걸음을 재촉하며 이리저리 헤매고, 낯선 어깨에 부딪히며 길을 헤쳐 나갔다. 끝까지 외민동을 찾아야 한다는 마음 하나로 앞으로 나아갔다. 마침내, 국회가 눈앞에 보였다. 도로 양옆으로 끝없이 앉아 있는 사람들, 그 너머로 빼곡히 들어찬 군중. 마치 거대한 파도가 도로 위로 넘실대는 듯했다. 수많은 깃발이 바람에 나부꼈고, 그 한가운데서 드디어 외민동의 자리를 찾아냈다. 도로 한복판, 중앙 화단의 기둥에 걸린 깃발. 그 아래로 낯익은 얼굴들이 손을 호호 불어가며 자리를 지키고 있었다. 그날 마주한 동문들의 얼굴은 피곤함 속에서도 단단한 결의로 빛났다. 해가 지며 한겨울의 추위는 더욱 사납게 몸을 파고들었다. 두꺼운 옷을 껴입었음에도 발이 온통 얼어붙을 듯 시렸다. 차디찬 바닥 위에 앉아 있는 것이 이토록 힘든 일이었다니…… 혹한이 뼛속까지 스며들어 몸이 떨렸지만, 주위를 둘러보니 나만 그런 것이 아니었다. 모두가 같은 추위를 견디고 있었다. 그런데도 누구 하나 먼저 자리를 뜨지 않았다. 서로의 체온으로 버티고 같은 마음으로 버텨냈다. 그 순간, 우리는 하나였다. 집회가 끝난 뒤, 근처 식당에서 따뜻한 국밥 한 그릇을 먹었다. 뜨거운 국물이 몸속을 타고 흐르자, 얼어붙었던 몸이 조금씩 녹아내렸다. 하지만, 마음속 불꽃만큼은 꺼지지 않았다. 이 싸움은 계속될 것이다.

"우리는 끝까지 함께할 것이다."

쌍화차 그리고 머그잔

길 위에 매서운 바람이 부는 날, 외민동이 직접 주최한 쌍화차 나눔이 있었다. 외민동 85학번 법학과 출신 이혜경 동문. 지금은 한의사로 일하는 그녀가 먼 곳에서 동문들의 노고를 위로하고자 정성 들여 만든 쌍화차를 보내왔다. 함칠성을 통해 전달된 그것은 단순한 차가 아니라, 응원과 격려, 우리가 여전히 하나임을 확인시켜 주는 따뜻한 온기였다. 집회가 끝난 후 뒤풀이 자리에서 그 귀한 쌍화차를 나누어 마셨다.

그때 경준이가 문득 말했다 "우리도 집회 현장에서 이 쌍화차를 나눠보면 어떨까?" 그 말에 모두가 한마음으로 동의했고, 이혜경 동문도 기꺼이 뜻을 보탰다. 그렇게 준비된 쌍화차 2,000포. 하지만 그것을 나누기까지의 과정은 결코 쉽지 않았다. 한겨울, 길 위에서 뜨거운 물을 마련하는 일은 간단한 일이 아니었다. 그렇다고 우리가 거기서 멈추지는 않았다. 임창수 선배님이 거대한 파워뱅크를 제공했고, 김창수 동문이 핫폿을 마련해 주었다. 조화명과 윤경준을 비롯해서 많은 동문이 준비에 힘을 보태며 손을 맞잡았다. 한 사람 한 사람의 노력이 모여, 우리는 결국 길 위에 작은 온기의 거점을 만들었다. 그날, 나는 깨달았다. 집회에서 받았던 따뜻한 차 한 잔, 커피 한 모금이 단순한 음료가 아니었음을. 그것이 얼마나 많은 이의 수고와 정성으로 이루어진 것인지, 서로를 향한 보이지 않는 손길이었는지를. 쌍화차 봉지를 뜯고, 땅콩을 종이컵에 담는 사소한 일조차 손끝이 얼어붙을 듯한 추위 속에서는 쉽지 않았다. 하지만 그 자리에는 함께하는 이들이 많이 있었다. 누군가는 물을 데우고, 누군가는 한잔 한잔 정성스럽게 건네며 웃음을 나눴다. 차가운 바람이 불어도 우리의 온기는 꺼지지 않았다. 그렇게 두 차례의 쌍화차 나눔을 진행했다. 매번 더 많은 동문이 모여들어 자연스럽게 손을 보태고 마음을 나눴다. 차 한 잔을 건네는 손길에서, 서로를 향한 정을 다시금 확인할 수 있었다. 이 싸움이 끝날 때까지, 끝까지 함께할 것이다.

그런데 그날, 해외에서 온 오뎅 트럭이 눈에 띄었다. 밴쿠버, 필라델피아 등 교포들이 보내온 푸드트럭이었다. 타지에서 보내온 응원이기에 더욱 벅찬 감동이 밀려왔다. 해외에서 오래 살아온 나는 누구보다도 그 마음을 깊이 이해할 수 있었다. 해외 한인 사회는 정치적 성향이 다양하고, 때로는 갈등도 존재하지만, 이 순간만큼은 오직 한마음으로 연결된 듯했다. 따뜻한 국물이 가득 담긴 오뎅 한 꼬치는 추위에 얼어붙은 몸을 녹이고 허기진 배를 채우기에 더없이 좋은 것이었다. 한겨울, 뜨거운 쌍화차와 따끈한 오뎅 꼬치에 담긴 그 정성은 오래도록 기억될 것이다.

해외에 있는 교포들은 캐나다 미국 아일랜드 프랑스 호주 등 13개 국가 46개 도시에서 윤석열의 내란을 심판하는 집회를 열었다고 한다. 교포들과 외대 동문들, 그리고 현장에서 함께한 모든 이의 따뜻한 마음 덕분에 우리는 다시 한번 힘을 얻었다. 독일과 일본에 있는 동문들도 집회에 참가했다는 소식을 보내왔다. 집회는 젊은 층이 많이 참가한 가운데 진행되었다고 한다.

일본에서 늘 응원을 보내오던 동기 김태규가 크리스마스 다음 날 귀국했다. 그를 맞아 85학번 동기들이 한자리에 모였고, 이를 기념하며 동기 이재우가 특별 제작한 머그잔이 우리 앞에 놓였다. 그 머그잔에 '한의사의 비책이 담긴 쌍화차'를 넣어 한 모금 마셨다. 은은한 향기가 퍼지고, 달콤하면서도 쌉싸름하고 깊은 맛이 입안에 감돌았다. 멋진 글귀가 새겨진 머그잔, 그리고 외대와 외민동, 85학번 동기들을 떠올리게 하는 이 작은 이벤트는 우리를 더욱 단단하게 묶어주었다. 이 순간만큼은 외민동 85학번 동기들이 한층 더 자랑스러웠다. 외민동 행사에도 늘 적극적으로 참여하며 가장 열정적으로 함께했던 우리의 시간들. 그날 우리는 다시금 그 뜨거운 마음을 되새겼다. "민주의 한길에서, 외대처럼! 외민동처럼! 그리고 85처럼!"

운동을 핑계로, 광장으로

그날 계엄의 밤 이후, 나는 매일 저녁 국회 앞으로 나갔다. 여의도 국회 앞에서 열린 집회에 가수들이 나와서 무대에 올랐다. 축제의 장이었다. 어떤 가수는 무대에서 이렇게 말했다. "윤석열은 탄핵되면 얼마나 창피할까?" 그의 몇 마디에 광장은 웃음과 함성으로 가득 찼다. 집회는 콘서트장처럼 즐겁고 활기찼다. 외민동에서 동기 이재우가 별 모양 응원봉을 색깔별로 주문해서 돌렸다. 응원봉에 '윤석열 탄핵', '윤석열 파면'이라는 스티커를 붙이고 응원봉을 들고 있으면 가슴이 뜨거워지며 추운 줄 몰랐다.

나는 저녁마다 집을 나섰다. 하지만 노모가 걱정할까 봐, "운동하러 간다"고 둘러댔다. 시어머니는 만약 내가 집회에 간다고 하면, 밤에 잠 못 이루며 걱정하실 것이 뻔했다. 그래서 나는 저녁마다 탁구를 하러 외출하는 며느리가 되었다. 탄핵 가결 이후에는 한남동으로, 안국역으로, 그리고 다시 광화문으로. 매주 주말 나갔다. 겨울내, 차디찬 도심의 바람을 맞으며 시간을 보냈다.

어느 날, 집을 나서는데 시어머니가 조심스럽게 물으셨다. "운동은 낮에 하면 안 되니?" 순간, 나는 멈칫했다가 미소를 지었다. "저녁에 하는 팀이 있어서, 그 시간에 꼭 가야 해요." 시어머니도 저녁마다 내가 무얼 하는지 다 알고 계신다. 그저 묵묵히 믿고 기다리실 뿐. 그 믿음은 나를 더 강하게 만들었다. 이 길을 끝까지 가야 한다는 결심을, 더욱 단단히 했다. 나는 오늘 밤도 광장을 향해 간다. 우리 팀의 승리를 위해. "오늘 밤에도 땅에 내린 별은 내란을 넘어 찬란히 빛난다."

| 이수진

세상을 따뜻하게 연결하는 다리가 되고 싶습니다. 작은 변화를 모아 더 나은 내일을 만들고, 흔들림 없이 나아가는 길 위에서 진실을 찾습니다. 끝까지 해내는 끈기로, 의미 있는 발자국을 남깁니다.

내란세력과의 투쟁

김국현

계엄의 밤

12월 3일, 밤 10시 33분. 언제부터 컴퓨터 앞에 엎드려 잠이 들었더라. 집에서 쿠팡 택배 노동자 과로사와 관련한 국회 토론회를 준비하던 중이었다. 갑작스러운 휴대전화 진동 소리에 깨어나서 긴박하게 전하는 비상계엄 소식을 들었다. 마침 그날 오후에 국회에서 일정을 끝내고 나오며 동료들과 나눴던 대화가 떠올랐다.

"큰 집회도 없는데 국회 담벼락에 무슨 경찰 버스를 저렇게 촘촘히 세워놨지?"

"멀리서 무슨 집회가 있다고 하네요."

"그래도 저건 좀…… 경찰 대응이 평소보다 좀 과한 것 같지 않아?"

결국 군대를 동원하다니. 윤석열의 의도가 드러났다. 그 의도대로 상황이 흘러가게 놔둘 수 없었다. 바로 움직여야 했다. 군대가 어디로 움직일까? 국회로 모여야 하나? 어디로 가는 게 맞을까? 민주노총 활동가인 나에게 정확한 지침이 필요했다. 심장박동이 빨라지는 것을 느끼며 여기저기 연락을 돌렸다.

국회로 모이라는 지침이 내려진 것을 확인하고 바로 짐을 꾸렸다. 방한용품과 보조배터리를 가방에 쓸어 넣으며 길어질 수 있는 상황에 예비했다. 당시 왼쪽 발가락 골절로 깁스를 하던 시기라 혹시 뛰어야 할 상황이 생기면 깁스도 버리고 뛰어야 할 것 같았다. 갈아 신을 운동화도 챙겼다. 지금 발가락이 문제가 아니었다. 급하게 나가려다 잠들어 있던 아내를 깨워 짤막한 인사를 나누고 7살 난 아들의 얼굴을 한 번 더 돌아보았다. 언제 다시 볼 수 있을지 기약이 없었다.

운전대를 잡고 텅 빈 강변북로를 정신없이 내달렸다. 국회 앞의 서강대교 남단에 다다르니 차량이 전 차선을 막은 채 멈춰 있었다. 몇몇 차량에서는 사람들이 다급하게 내리더니 국회로 뛰고 있었고, 어둡고 흐린 하늘로 여러 대의 헬기 소리가 가까워지고 있었다. 놀랍게도 국회 정문 앞은 시민들로 빠르게 채워지고 있었다. 내가 속한 민주노총 서비스연맹은 대오를 정돈하고 깃발부터 올렸다. 곧이어 깃발을 보고 모여든 서비스연맹 조합원들과 서로 얼굴을 확인했다. 거리에서 무수히 봤던 얼굴들이지만 목숨을 걸고 달려온 현장에서 만난 동지들의 얼굴은 문득 새삼스러웠다.

나중에 들으니 많은 사람이 "국회로 갔다가 잘못되면 어떻게 하냐"며 만류하는 가족들을 겨우 떼어놓고 올 수 있었다고 했다. 지금 싸우지 않으면 더 많은 사람이, 언제 끝날지 모르는 세월 동안 불행해질 것이 뻔한데 꼭 나와야 했다는 것이다. 수년 동안 윤석열 정권의 탄압에 맞서 죽기 살기로 싸워온 노동자들의 마음이 그랬다.

2022년 초, 대통령 선거운동 시기부터 윤석열은 노동을 폄하하고 노조 혐오 발언을 일삼았다. 민주노총을 향한 음해와 공격도 대통령후보 시절부터 일찌감치 시작했기에, 노동자들은 윤석열 당선과 동시에 지옥의 시간이 다가오는 걸 확신했다.

아니나 다를까. 윤석열은 임기 내내 민주노총과 노동자 탄압에 열을 올렸다. 화물노동자들의 안전 요구를 묵살했고, 건설노동자들을 '건폭'이라고 불렀다. 이는 건설노조와 조폭의 줄임말이다. 노동조합 활동을 공갈, 협박 범죄 행위로 치부했다. 건설노조는 이 과정에서 수십 차례 압수수색을 당하고 40여 명이 구속됐다. 2천여 명의 조합원이 경찰 조사를 받아야 했다. 억울함을 호소하던 건설노동자가 2023년 5월 1일, 자기 몸에 불을 붙이고 안타깝게도 세상을 떠났다. 양회동 열사! 그의 죽음은 우리에게 한으로 맺혀있다. 노조탄압 광풍 속에서 그를 가슴에 묻어야 했다. 치열한 장례 항쟁이 이어졌지만 윤석열은 한마디의 사과도 하지 않았고, 노조탄압 기조도 변화가 없었다. 민주노총은 윤석열 정권 퇴진 입장을 선포하고 정권을 끌어내릴 투쟁을 본격화했다. 윤석열 정권 내내 노동자들은 처절하게 싸워야 했다. 물가는 폭등하는데 임금은 늘지 않고 정권은 대화는커녕 노조탄압에 몰두하니 노동자를 비롯해 서민들의 삶은 피폐해지기만 했다.

윤석열 정권과 같은 하늘 아래 있을 수 없으니 하루라도 빨리 퇴진시키자는 것이 노동자들의 결심이었다. 그리고 2024년 하반기에 퇴진광장을 열기 위한 다양한 노력과 실천 들이 표출되었다. 그날, 2024년 12월 3일 아침에도 민주노총 조합원들은 '나라 망하기 전에 윤석열을 퇴진시키자'며 전국 곳곳에서 '윤석열 퇴진 3차 총궐기' 집회 참가를 독려하는 캠페인을 벌였다.

12월 4일 새벽 1시. 천만다행으로 국회에서 비상계엄 해제 결의안이 통과되었지만 몇 시간이 지나도 윤석열은 계엄 해제를 선언하지 않았다. 시민들은 계속해서 '독재타도! 계엄철폐!' 구호를 외치며 광장을 사수했다. 민주노총은 국회 앞에서 농성장으로 쓰고 있는 천막을 빌려 긴급회의를 개최하고 무기한 총파업을 선언, 민주주의를 사수할 조직적 투쟁에 돌입하겠다고 천명했다. 서비스연맹도 총파업을 선포하는 동시에 72시간 비상행동에 돌입했다. 언제라도 다시 시도될 수 있는 제2, 제3의 계엄을 막아내기 위해서였다.

민주노총이 길을 열겠습니다

군대를 동원해 수많은 이들을 위험에 빠뜨리고 민주주의를 파괴하려 한 윤석열을 향한 노동자들의 분노는 강력했다. 수많은 투쟁으로 단련된 노동자들부터 나서자는 호소에 조합원들은 실천으로 응답했다. 민주노총은 전국 곳곳에서 긴급 기자회견과 결의대회를 열어 시민들과 함께 윤석열 퇴진을 외쳤고, 여의도에 있는 국민의힘 당사로 달려가 탄핵에 동참하라고 압박했다. 퇴근 시간 서울 광화문에서 열린 '내란범 윤석열 즉각퇴진'을 요구하는 촛불집회에도 수만의 시민들이 쏟아져 나왔다. 다른 지방 도시에서도 시민들의 광장 진출 소식이 들려왔다. 역사적인 국민 항쟁이 시작된 것이다.

12월 7일. 비상계엄 이후 첫 대규모 집회가 국회 앞에서 열렸다. 국회에서 첫 탄핵 표결이 상정된 날이었다. 내란범들과 동조세력에 대한 분노, 탄핵이 바로 가결될지도 모른다는 기대가 폭발하며 40만 시민이 모인 이날. 그 유명한 "민주노총이 길을 열겠습니다"라는 상징적인 유행어가 탄생한 날이다. 경찰의 봉쇄로 좁은 집회 장소에 많은 인파가 집중하면서 시민들의 안전을 보장할 수 없는 상황에 이르렀다. 결국 민주노총이 나섰다. 양경수 민주노총 위원장(비상계엄 당시 체포되어 목숨을 잃을 수 있었다)이 무대에 올라 "민주노총 조합원들은 모두 일어나 경찰 봉쇄선을 돌파해주십시오. 시민 여러분 안심하십시오. 민주노총이 길을 열겠습니다"라고 확언했다.

이어서 숱한 투쟁으로 단련된 노동자들은 주저 없이 달려 나갔고 단번에 경찰의 가이드라인을 밀어냈다. 뒤이어 시민들이 열린 공간으로 파도처럼 진출했고 국회 앞 대로가 탄핵을 촉구하는 시민들의 대오로 가득 찼다. 시민들은 눈앞에서 펼쳐진 통쾌한 광경을 바라보며 조직된 노동자들의 저력에 환호를 보냈다. 한국 사회에서 가장 적극적으로 노동권과 민주주의 확장을 위해 사회운동을 펼쳐나가는 조직임에도 기득권 세력처럼 오해받던 민주노총이 인정받는 순간이었다. 이후에 민주노총은 윤석열 퇴진 투쟁의 결정적 순간마다 '길을 열겠다'는 약속이 그저 말뿐이 아니었음을 보여주었다. 정치적으로도 물리적으로도 투쟁의 선봉대로서 역할을 톡톡히 해냈기 때문이다.

12월 12일. 내란사태가 발생한 지 열흘이 되어 가는데 내란범은 대통령직을 유지한 채 여전히 한남동 관저에 머물고 있었다. 심지어 윤석열은 이날 "계엄은 대통령의 고도의 정치적 판단"이라며 스스로를 옹호한 대국민 담화를 발표해 국민의 분노에 기름을 끼얹었다.

그날 오후 민주노총은 서울시청 부근에서 "내란주범 윤석열을 즉각 구속하라!" "내란동조 국민의힘 해체하라!"는 구호를 외치며 노동자·시민대회를 열었다. 이어서 여의도 국민의힘 당사로 행진하던 민주노총은 행진 방향을 한남동 관저로 긴급하게 변경했다. 윤석열의 대국민 담화 후 빠르게 결단을 내린 것이다.

수차례 경찰 저지선을 맨몸으로 돌파한 민주노총은 한남동 관저 앞까지 진출, 내란범 '체포 요구행동'을 전개했다. 이때의 움직임은 향후 노동자들과 응원봉 대오의 연대, 윤석열 체포·퇴진을 위한 새로운 국면을 열어낸 '3박 4일 한남동 항쟁'의 단초가 되었다.

마침내 민주노총이 우리를 불렀다
탄핵안이 가결된 12월 14일, 여의도를 꽉 채운 200만 시민은 수

많은 감동과 신선한 충격파를 우리 모두에게 안겨주었다. 세계적으로도 'K-민주주의'의 저력을 보여주며 '빛의 혁명'이라는 이름으로 새로운 민주주의 모델을 제시했다는 평가까지 받았다. 하지만 시민들은 알고 있었다. 내란범들과 내란세력은 여전히 힘을 잃지 않았으며 호시탐탐 전세를 뒤집을 기회를 엿보고 있다는 것을. 윤석열을 체포, 구속하고 파면하는 날까지, 내란세력을 척결할 때까지 싸우자는 호소가 이어졌다. 탄핵 가결 직후에 국회 앞 광장에 울려퍼진 곡들이 <다시 만난 세계>에 이어 시의적절하게도 <NEXT LEVEL>이었던 것처럼.

그렇게 짧지 않은 집회들이 이어졌다. 전국 각지에서 응원봉 불빛이 가득 채워졌고 다양한 층의 시민들의 자발적 연대는 더욱 굳건해지고 있었다. 인적 드문 도로에서 경찰 버스에 막혀버린 전봉준 투쟁단의 트랙터 농민들과 "우리가 가야 탄압을 막을 수 있다"며 수천의 응원봉이 달려간 '남태령 대첩'이 있었다. 크리스마스에도, 연말에도 한남동으로 달려가 윤석열을 우리 손으로 체포하자며 한파를 이겨낸 집회들이 이어졌다.

12.3 내란사태를 끝내지 못한 채 우리는 2025년 새해를 맞이했다. 1월 2일 아침, 민주노총은 전태일 열사가 잠들어 있는 마석 모란공원에서 시무식을 했다. 계엄의 밤을 이겨내고 '길을 열어내는' 투쟁의 선봉으로 자리매김한 민주노총 간부들의 눈빛은 다른 해와는 사뭇 달랐다. 계엄 한 달째인 1월 3일 그날부터 민주노총은 한남동 관저 앞에서 '내란범 윤석열 체포 1박 2일 집회'에 돌입한다고 선포했다. 좀처럼 예상하기 힘든 장면들이 펼쳐진 '한남동 대첩'이었다.

새벽부터 공수처와 경찰은 체포영장 집행을 위해 처음으로 한남동 관저 진입을 시도했다. 하지만 기대와는 다르게 그들은 무력하게 돌아섰고, 시민들은 분노했다. 노동자들은 경찰의 공권력에 의해 폭력적으로 해산당했던 기억을 떠올리며 '노동자 때려잡고 권력에는 순한 양이 되는 경찰은 비켜라, 우리가 직접 체포하겠다'고 마음을 다잡았다.

노동자들은 분노를 손발에 꾹꾹 눌러 담았었나. 중요한 계기마다 괴력을 내었다. 한강진역에서 열린 윤석열 체포 결의대회를 마치고 한남동 관저를 향해 나아가던 조합원들은 신호와 함께 도로로 뛰어들었다. 당황한 경찰이 급히 바리케이드를 세우려 하자, 조합원들이 다가가 밀어내고, 끌어당기며 도로에서 치워버렸다. 저지선이 무너지고, 그들은 도로 위에 앉아 한목소리로 외쳤다. "내란범 즉각 체포! 내란동조 국민의힘 해체하라!" 그리고 시민들을 향해 "한남동으로 와달라"고 호소했다.

윤석열 정권의 극우 파시즘을 온몸으로 겪어온 노동자들에게 남은 것은 절박함이었다. 공권력마저 허탈하게 무너진 이 시점에서, 이제 윤석열 체포를 위한 행동에 나서지 않는다면 결국 제2의 내란으로 이어질 수 있다는 위기감이 들었다.

어둠이 깔리며 밤이 찾아왔고, 집회를 마친 응원봉 대오는 환호와 함께 빛의 물결이 되어 한남동 관저를 향해 밀려 들어왔다. 약속대로 다시 길을 만들어낸 민주노총 노동자들 앞에서, 수많은 동지가 발언대에 올라섰다. "계엄 이후, 언제나 가장 앞에서 싸우는 민주노총을 보며 깊은 고마움을 느꼈습니다. 언젠가 꼭 보답하고 싶었습니다. 그리고 오늘, 마침내 민주노총이 우리를 불렀습니다. 어찌 달려오지 않을 수 있겠습니까!"

무대 위에서 당당하게 외치던 20~30대 청년들의 모습이 아직도 눈에 선하다. 노동이 존중받는 세상을 만드는 것이 곧 민주주의를 확장하는 길이라 믿으며 싸워왔지만, 시민들의 따뜻한 지지를 받는 순간은 드물었다. 그러나 내란의 한복판에서 우리의 마음을 이해하고 함께 싸우는 동지들을 만났다. 오랜 시간 일터와 거리에서 싸워온 민주노총의 선배 노동자들도, 이날만큼은 흐뭇한 미소를 감추지 못했다. 투쟁이 외롭지 않다는 것을 모두가 느낀 순간이었다.

한남동으로 더 많은 시민이 모여들었고, 집회 장소를 더 넓히지 않으면 사고가 날지도 모르는 상황까지 이르렀다. 이때도 민주노총은 한남대로 10차선을 확보하며 또다시 '길을 열었다'. 도로는 광장이 되었고 곧이어 응원봉의 불빛으로 가득 채워졌다. 집회 무대에서는 서로 다른 삶을 살아온 이들이 각자의 이야기를 전했다. 한강에서 불어오는 칼바람은 매서웠지만, 전국 각지와 먼 타국에서 보내온 응원 물품, 푸드트럭의 따뜻한 음식과 난방버스가 싸우는 이들의 몸과 마음을 지켜주었다.

밤새도록 자유발언을 기다리는 시민들의 줄이 길게 이어졌다. 청년들이 자신을 소개하는 방식은 노동자들에게 낯설었지만, 곧 익숙해졌고 처음 듣는 단어들은 스마트폰으로 찾아가며 배웠다. 청년들은 노동자들의 집회 문화를 자연스럽게 받아들였다. 무대에 올라 "투쟁으로 인사드리겠습니다. 투쟁!"을 외치는 모습에 여성 조합원들은 더 친근하게 받아들이며 즐거워했다. 노동자들은 침낭과 은박 담요를 둘러쓴 채 발언을 들으며 감탄사를 터뜨렸다.

"저렇게 말 잘하고 똑똑한 청년들이 많았구나."

"함께 싸워줘서 고마웠는데, 이야기를 들으니 배울 것도 많고 생각할 거리도 주네. 참 기특하고 고맙다."

"우리 딸 또래인데, 어쩜 저렇게 의젓할까. 우리 딸도 같이 들었으면 참 좋았을 텐데."

1박 2일로 예정했던 집회는 연장을 거듭해 3박 4일, 72시간 동안 이어졌고 윤석열 퇴진을 위한 움직임에 한 획을 그었다. '한남동 대첩'의 승리가 있었기에 1월 15일 윤석열 체포 작전 성공으로 이어질 수 있었다는 사실을 그 누가 의심하겠는가. 대한민국 헌정 사상 최초의 현직 대통령 체포가 노동자, 시민의 강력한 연대로 성사된 것이다. 72시간의 항쟁을 마치며 양경수 민주노총 위원장은 이렇게 말했다. "3박 4일간 우리는 한 번 더 동지가 되었습니다. 깨지지 않는 연대를 만들어가고 있습니다. 우리는 포기하지 않고 더욱 굳건히 나서야 합니다. 끝까지, 싸워야 합니다" 아직도 위험천만한 내란이 완전히 종식되지 않았고, 사회 곳곳에 내란 세력들이 자유롭게 활보하며 제2의 내란을 도모하고 있기 때문이다.

내란 세력 척결이 최우선의 지상과제
민주 시민들의 결연한 저항으로 계엄이 해제되었고, 뜨거운 연대 속에서 작은 승리의 기쁨을 나눌 수 있었다. 그러나 몇 개월이 지난 지금도 윤석열 파면은 결정되지 않았다. 탄핵이 인용된다 해도 조기 대선을 앞두고 정권교체를 막으려는 기득권 세력과 극우의 움직임은 계속될 것이다. 정권이 바뀌더라도 내란이 완전히 종식되고 그 세력이 고립·청산될 때까지, 국민은 끝까지 경계를 늦출 수 없다. 만약 파면되지 않는다면? 그 끔찍한 경우의 수에도 답을 가져야 하나, 아직은 머릿속에서 심사숙고할 뿐이다.

대한민국은 지금 중대한 선택의 기로에 서 있다. 내란 세력을 단호히 청산할 것인가, 아니면 그들에게 국가의 미래를 맡길 것인가. 이 결정은 국민의 삶과 대한민국의 방향을 근본적으로 바꿔놓을 것이다.

오랜 군부독재의 시대에, 노동자들은 열악한 환경에서도 묵묵히 일하며 살아왔다. 더 나은 노동 조건을 요구하는 순간, 돌아오는 것은 구사대의 폭력이었고, 이어지는 공권력의 탄압이었다. 노동조합을 만들었다는 이유만으로 감옥에 갇히고, '빨갱이'라는 낙인이 찍혀 일자리를 잃는 일이 반복되었다. 그럼에도 노동자들은 포기하지 않고 존엄을 지키기 위해 싸워왔다.

억압적인 사회에서 많은 노동운동가가 투쟁하다 다치거나 목숨을 잃었다. 그들의 희생은 사고가 아니라, 보다 나은 세상을 만들기 위한 간절한 외침이었다. 그러나 공권력은 이를 외면했을 뿐만 아니라, 진실을 감추자고 폭력적인 시신 탈취 작전까지 감행했다. 지금도 밝혀지지 않은 의문사들은 이 시대의 어두운 그림자를 여전히 남기고 있다.

노동자들은 알고 있다. 내란 세력을 척결하지 못한다면, 그들이 정치권력을 장악한다면, 대한민국은 다시 과거의 암울한 시절로 되돌아갈 수밖에 없다는 것을. 어쩌면 그보다 더한 혼란과 위기가 닥칠지도 모른다. 불과 얼마 전까지도 이 땅은 전쟁과 학살의 위기 앞에 놓여 있었다. 그리고 그 위험은 아직 완전히 사라지지 않았다.

내란 세력을 막아내려면 소수의 극우 세력을 제외한 모든 민주 세력이 하나로 힘을 모아야 한다. 대한민국의 헌정질서를 지키고 민주주의를 바로 세울 때, 비로소 미래를 위한 개헌 논의와 사회 대개혁의 열망도 현실이 될 수 있다.

윤석열이 파면되고 조기 대선에서 민주 세력이 승리하며, 내란을 주도하거나 동조한 모든 세력에 대한 철저한 수사와 단호한 처벌이 반드시 이루어져야 한다. 만약 노동자와 시민 들이 이 역사적 과제를 해결하지 못한다면, 우리는 또다시 혼란과 시련을 겪게 될 것이고, 결국 돌이킬 수 없는 비극적 상황에 직면할 수도 있다. 하지만 민주주의를 지키고자 하는 수많은 사람이 함께하는 한, 우리는 반드시 이겨낼 것이다.

정치적 입장과 조건의 차이를 넘어, 지금 우리에게 필요한 것은 하나로 힘을 모으는 일이다. 대한민국의 헌정질서를 지키고자 하는 모든 이들이 단결하지 못한다면, 내란 세력을 막아낼 수 없으며, 그 미래 또한 위태로울 수밖에 없다.

내란 세력이 사라진 뒤, 달라진 세상을 보고 싶다

내가 몸담은 민주노총 서비스연맹에는 우리 사회 곳곳에서 일하는 여성 비정규직 노동자들과 특수고용 노동자들이 모여 있다. 이들은 21세기에 믿기 어려운 열악한 환경 속에서 하루하루를 버텨낸다. 몸을 혹사하는 고강도 노동이 일상이 되고 극심한 감정노동에 시달리며 최저임금에도 미치지 못하는 임금을 감내해야 하는 현실이다. 학교, 대형마트, 백화점과 면세점, 호텔과 요양시설. 혹은 택배와 배달, 택시와 대리운전, 가전 설치와 방문 점검까지 서비스 노동자들은 우리 사회 곳곳을 누비며 일하지만, 정작 노동의 가치는 제대로 인정받지 못하고 있다. 이제는 이들의 노동이 존중받고 인간다운 삶을 보장받을 수 있는 사회를 만들어야 한다.

서비스연맹의 조합원들은 비인간적인 노동 환경 속에서도 묵묵히 일하며, 이 나라의 현실을 누구보다 깊이 체감해왔다. 작은 변화도 소중하지만, 결국 '자본과 권력이 중심이 된 대한민국'이라는 구조가 바뀌지 않는 한 노동자들의 삶이 근본적으로 달라질 수 없다는 사실을 오래전부터 깨달았다.

오랜 투쟁의 역사에서 얻은 가장 큰 교훈은 이것이다. 변화는 결코 누군가 대신 이루어주지 않는다는 것. 노동자들이 스스로 단결하고 가장 절박한 마음으로 싸워야만 비로소 변화가 시작되며, 그렇지 않으면 힘겹게 쌓아 올린 성과도 쉽게 흩어지고 만다는 것이다.

조직된 노동자들이 먼저 인간다운 삶을 위해 싸우고 노동이 존중받는 세상을 만들기 위해 나설 때, 사회를 변화시킨다는 것을 잘 알고 있다. 이 투쟁이 단순히 조직만을 위한 것이 아니라, 더 많은 노동자와 국민의 권리를 지키는 길이 된다는 것을 깨달았다. 그래서 노동자들은 더욱 치열하게 싸워왔다.

계엄 이후 싸우며 깨달은 것은, 변화에 대한 갈망이 비단 노동자들만의 것이 아니라는 사실이었다. 노동자뿐만 아니라 많은 시민이, 이미 계엄 이전부터 인간다운 삶이 점점 더 멀어지고 있었다고, 지금 당장 우리의 삶이 달라지지 않으면 안 된다고 외쳤다. 내란 세력을 물리치는 동시에 우리 삶을 바꿔야 한다는 절박한 목소리들이 자유발언을 통해 끝없이 이어졌다. 우리 모두는 대한민국의 시스템이 변해야 한다는 간절한 마음을 품고 있었던 것이다.

소수 엘리트와 자본, 권력 중심의 체제를 바꾸기 위해서는 반드시 내란을 일으켜 국민의 생명을 위협한 세력을 단죄해야 한다. 우리 모두의 삶을 지키고, 더 나은 미래를 만들어가기 위해서는 반드시 이들이 철저하게 처벌받은 역사를 남겨두어야 한다. 내란을 넘어, 더 나은 세상에서 함께 살아갈 날을 꿈꾼다.

소수 엘리트와 자본과 권력 중심의 체제를 바꾸기 위해서라도 우리는, 자신들의 기득권을 지키겠다고 국민 모두의 목숨을 내던지려던 내란세력을 몰락시켜야 한다. 우리의 생명을 지키고 새로운 삶을 창조하기 위해서라도 내란세력을 척결해야 한다. 내란의 끝을 지나 모두의 삶이 바뀌는 세상을 꿈꿔본다.

| 김국현

노동자들이 노동조합으로 똘똘 뭉쳐야 더 나은 세상을 만들 수 있다는 믿음으로 하루하루를 살아가고 있다. 쉽지 않지만 낙관하려고 노력 중이다.

서울시민의 대변자들

임종국

몰상식한 날이었다. 불과 몇 시간이라고 하지만 포고령 제1호에 따라 서울시의회 의원인 나는 정치활동이 금지되었다. 그런데 내란을 라이브 중계방송으로 보고 있다.

OTT 영화인가? <서울의 봄> 오마주인가? 이 기괴한 생방송은 2024년 연말을 재난영화의 장르로 만들어 모든 공중파와 종편 SNS로 나르며 우리의 일상을 뒤덮었다. 비상계엄 선포가 중계되고 있는 시간에 공중파를 보던 시민들은 유튜브로 채널을 돌려 모든 상황을 지켜보았다.

병살타를 치고 공격과 수비가 전환된 걸까? 마치 스포츠처럼 다음 장면으로 넘어가며 공방이 계속된다. 내란은 이어지고 많은 시민을 불안하게 하고 있다. 논리적으로는 이미 끝났어야 할 일이지만 몰상식은 계속 이어진다.

서울특별시의회는 내란과 대치 중

이후 상황을 전혀 알 수 없던 상황 발생 두 시간 전이었다. 서울시의회 동료의원 6명은 서울시당 당직자들과 함께 이날 더불어민주당 서울시당의 대변인으로 임명되어 단톡방에서 업무 인사를 시작하고 있었다. 2025년 새해를 준비하며 늦은 저녁 시간이지만 차분한 마음가짐을 전하고 있었다.

그러던 중 SNS 여기저기서 믿기 어려운 뉴스가 넘쳐났다. 모든 단톡방에서 진짜인지 의심하는 대화가 오갔다. 관심은 이제 여의도와 유튜브 라이브로 집중되었다. 이를 지켜보던 새벽, 우리의 첫 번째 업무는 당연하게 정해졌다. 우리는 이 상황을 바로 내란으로 판단하였고, 이내 모든 언론과 인터넷 커뮤니티는 빠르게 '내란'이라는 용어를 쓰기 시작했다. 우리의 첫 번째 대변인 브리핑은 "내란 현행범 윤석열 대통령, 심판의 시간이 돌아왔다"로 시작했다.

12월 4일 정오와 오후 5시에 서울시의회 민주당 의원들과 서울의 모든 민주당 관계자가 국회의사당 계단 앞을 가득 메우고 비상시국대회를 열었다. 이날 피켓은 "내란행위 즉각 수사", "윤석열은 사퇴하라"였다. 추운 날씨에도 이날 우리는 이 내란을 반드시 진압할 수 있다는 자신감에 차 있었다. 군사 반란은 간밤의 짧은 영화처럼 끝났어도 정치·사회적 내란은 이제 시작이었다.

"반국가적•반헌법적 계엄령 기습 선포 규탄한다. 윤석열은 하야하라!"
"내란수괴의 반민주적 행위에 끝까지 맞서 싸우며, 퇴진을 위한 투쟁에 앞장설 것을 천만 서울시민 앞에 엄숙히 맹세한다."
서울특별시의회 민주당 대변인 임규호 시의원의 첫 번째 보도자료는 내란 진압에 임하는 비장한 시작을 알렸다.

12월 5일, 서울시장은 계엄을 반대한다면서도 엉뚱하게 그 책임을 민주당에 돌리기 시작했다. 민주당 서울시당 대변인단은 '계엄 사태의 책임을 야당에 전가한 오세훈 서울시장은 즉각 사퇴하라'는 기자회견을 국회 정론관에서 진행했다.

12월 6일, 2차 계엄과 국회 침탈의 위협이 남아있는 상황이어서 민주당은 전국 지역위원장과 지방의원 연석회의를 열고 밤샘 국회 비상대기에 돌입했다. 국회는 대통령 탄핵안을 긴급 발의 상정하였다. 많은 수도권 지방의원은 각 지역의 국회의원 사무실에서 다음 상황을 논의하며 밤을 지새웠다.

12월 7일 15시, 비상대기를 해제하고 국회 밖을 나섰다. 토요일 오후 여의도 국회 앞은 내란수괴를 규탄하고 탄핵을 요구하는 집회의 새로운 문화가 펼쳐졌다. K-POP을 상징하는 응원봉은 새로운 지평을 열었다는 찬사가 이어졌다. 그 전날부터 음료와 커피 등을 선결제로 기부하는 SNS 시대의 새로운 연대 문화가 이어졌다. 우리는 모두 탄핵안 가결을 염원했다.

늦은 시간까지 여의도 앞을 메운 시민들의 기대에도 불구하고 탄핵 의결이 무산되었다. 우리는 '탄핵 투표 거부한 국민의힘, 내란공범 위헌정당은 해산돼야'라는 브리핑으로 국회에서 탄핵안 표결이 무산된 것을 규탄했다. 탄핵 의결은 쉽지 않았고, 이제 이후 상황은 예측이 어려워 보였다.

증거자료를 찾아내는 일이 우리의 일상이 되었다. 서울시가 관리하는 CCTV에, 계엄 당일에만 오전부터 700여 차례나 계엄군이 접속한 이례적인 사실을 파악했다. 12월 14일, 서울시가 관여한 계엄 당일 조치의 전말을 공개하라는 브리핑을 이어갔다.

서울시는 이를 무시했고 시간이 지나면서 특수전사령부, 수방사가 접속한 CCTV 영상자료와 증거가 사라지고 있다. 계엄 포고령에 따른 행정안전부의 지침이 전국 시도에 전달되었는데, 이에 따른 서울시의 대응에 대해서는 알려진 내용이 없다. 서울시가 알고 있는 비상계엄과 내란의 과정은 언젠가는 찾아내야 한다.

서울시의회 다수당의 내란 옹호와 혐오의 증폭

포고령에 따라 자신의 정치활동이 금지된 사실을 인지하지 못하는 옹호자들이 있었다. 비상계엄이 선포된 직후 계엄을 지지한다고 SNS에 게시한 의원이 서울시 지방자치단체에도 있었다. 비상계엄 다음날 의회에서 마주친 어느 국민의힘 시의원은 이제 망했다는 말로 현 상황에 대한 인식을 드러냈다. 그러나 시간이 지날수록 이들은 무죄추정의 원칙을 주장하며 내란이라는 용어에 저항하기 시작했다. 오세훈 시장도 SNS에 발 빠르게 글을 올렸다. 계엄을 촉발한 원인이 국무위원 탄핵 남발이라며 민주당에 책임을 전가한 것이다. 그는 이후 내란수괴에 책임을 묻기보다 민주당을 탓하는 내용으로 SNS를 채우고 있다.

서울시의회 공식 회의에서 내란을 언급한 것은 12월 13일 본회의였다. 이날 시정질문에서 더불어민주당 박강산 의원이 포고령 1항을 언급하며 우리는 정치활동 금지의 대상이 되었다고 서두를 시작하자, 그들은 항의와 고성을 쏟아냈다. 저들은 계엄을 언급하는 것만으로도 예민한 행태를 보였다. 서울시의회에서 압도적 다수당인 그들은 스스로 소수파인 양 행동했다.

이날 이들은 애꿎게도 '서울특별시교육청 2025년도 정기분 공유재산 관리계획안'을 화풀이하듯 부결 처리했다. 이와 연동된 2025 교육청 예산안에, 부결된 사업이 포함되는 블랙코미디가 발생해도 이들은 인지하지 못했다. 다만 자신들 편이 아니라고 생각하는 교육감의 사업에 막연한 적대감만 또다시 드러냈다.

국회에서 비상계엄 해제 요구 결의안이 통과되는 시간에도, 내란의 주요 종사자가 체포되고 구속되는 시점에도, 내란을 '내란'으로 부르지 말라는 서울시의회 여당 의원들의 주장이 난무했다.

12월 19일 '대통령 비상계엄 선포 어떻게 볼 것인가'라는 제목의 토론회가 공지되었다. 초청 토론자의 이름만 보아도 계엄을 옹호하는 행사였다. 서울시의회 회의실 대관 사유는 북한 이탈주민 토론회로 신고되었다. 대관 사유와 행사가 다름을 지적하고, 서울시의회 시설을 내란 옹호 행사에 사용하는 것은 부당하다는 인터뷰가 세계일보 취재로 보도되었다. 관심이 집중되자 그들은 토론회를 취소했다.

그러고는 이를 지적한 민주당 전병주 서울시의원을 서울시의회 윤리위원회에 회부하고 징계요구서를 제출했다. 동료의원을 내란 동조자라고 비방했다는 것이 징계 요구 사유였다. 이들은 기사의 내용을 저들 마음대로 정의하고 해석했다. 저들이 할 수 있는 다수당의 횡포를 권한으로 착각하며 남발하고 있었다.

국민의힘 정당은 3분의 2가 넘는 다수당이어서 민주당이 이 징계를 막기는 버거웠다. 그나마 이들은 이를 처리할 의지를 크게 보이지 않고 있었다. 결국 탄핵소추의 헌재 판결과 정국의 흐름을 믿고 기다려야 하는 상황이었다.

12월 20일, 서울시의회 운영위원회에서 민주당 박수빈 의원은 계엄 선포에 따른 서울시 대응 관련 긴급현안질문을 요구했다. 그러나 예상대로 다수결에 밀려 무산되었다. 서울시의회 본회의에서는 민주당의 지적과 저들의 공세가 오갔다. 민주당 박수빈 시의원은 긴급현안질문 무산에 유감을 표명했다. 그리고 계엄 선포 전 오후에 서울시가 관리하는 CCTV를 계엄군이 접속하여 서울 전역과 특히 용산, 서초, 강남, 여의도를 집중적으로 들여다본 행위를 지적했다. 이에 서울시의 대응이 없었던 점을 지적하며 이후 관련 자료를 보존하라고 요청했다.

서울시는 해당 구청에 자료 보존을 공문으로 요청했다고 말했지만 그 말을 신뢰할 수는 없었다. 용산구와 서초구의 자료는 보존기일이 지나 삭제된 것으로 2월 본회의에서 확인됐기 때문이다.

발언이 진행되는 동안 이를 인정하지 못하는 이들의 원색적 비난으로 장내가 소란했다. 한 국민의힘 의원은 5분 발언에서 민주당이 제기하는 의혹과 발언 내용이 가짜뉴스이고 근거없는 비방이라며 경고하고 나섰다. 비상계엄 사태에 대해서는 책임감을 느낀다면서도 서울시는 계엄사령부와 행정안전부 조치에 관여한 바가 없다는 말로 방어했다.

계엄 관련 토론회를 진행하려던 의원은, 자신은 계엄을 옹호한 일이 없다고 발언했다. 내란공범이라는 지적은 인격모독이며 민주당 시의원에 대한 조치는 정당하다고 강변했다. 이에 반드시 처벌하라며 저들끼리 호응했다.

2025년 2월 서울시의회 임시회에서도 새로운 사실이 확인되었다. 2월 18일 민주당 박유진 시의원은 5분 발언을 신청하고 연단에 올랐다. 내란수괴 변호인단에 서울시 인권위원회의 현직 위원장과 위원 2인이 변호인으로 참여하고 있음이 밝혀졌다. 그리고 다음날 시정질문에서 시장은 전날의 발언을 반박하며 예정에 없던 공방이 이어졌다. 오히려 서울시 인권위원회의 위촉 권한이 있는 시장은 헌법재판소 재판관의 편향성을 문제 삼았다. 해당 재판관이 특정인의 SNS를 팔로우한 사실을 예로 들며 공정성을 의심한다는 발언을 했다. 서울시 인권위원회 위원장과 위원이 변호인으로 할 수 있는 일이라며 사퇴할 이유가 없다고 반문한 것이다. 국가인권위원회에 이어 서울시 인권위원회 위원이 시민의 인권을 침해한 내란을 변호하는 것에 문제가 없다는 인식이다. 이들은 내란의 변호가 인권위원회

위원의 자격과 모순되는 것을 구별하지 않는다. 내란을 인정하지 못하는 서울시의회의 한 의원은 2월 21일 본회의 시정 질문에서 서울시 전교조 소속 교사들을 징계하라고 교육감에게 요구했다.

비상계엄 선포 3일 후인 12월 6일, 전국교직원노동조합이 교사 1만 5,225명의 연서명을 받아 용산 대통령실 앞에서 발표한 시국선언을 걸고넘어진 것이다. 시국선언은 "윤석열 정부는 불법 계엄을 선포하고 총칼로 국회를 난자하면서 민주주의라는 교실을 무너뜨렸다"는 요지의 대통령 퇴진 촉구였다. 이 시국선언이 공무원법 위반이라는 지적에, 정근식 교육감은 교원의 정치적 기본권을 어느 정도 허용해야 한다고 답변하며 물러서지 않았다. 이 시의원은 우원식 국회의장, 민주당 이재명 대표와 오동운 고위공직자 수사처장, 홍장원 전 국가정보원 1차장까지 무더기로 고발장을 남발하고 있다.

비상계엄이 선포되자 시의회 업무상 개설된 단톡방에 계엄을 지지한다는 글을 올린 시의원이 있었다. 별생각 없이 계엄을 찬성하는 글을 게시했다던 그 시의원은 같은 지역의 시의원, 구의회의원과 함께 탄핵을 반대하는 행사에서 삭발식까지 연출했다. 1월 17일 열린 이 행사는 공당인 정당의 자치구 당원협의회가 내란과 수괴를 옹호하는 극우단체의 집회에서 벌인 일이다.

또 다른 시의원 3인은 2월 21일 민주당 국회의원인 김병주, 박범계, 부승찬 의원 등을 고발했다. 곽종근 전 특전사령관과 김현태 707특임단장의 증언이 허위라는 주장이다. 이들은 내란 주동자들의 주장처럼 하늘을 손으로 가리려 애쓰고 있다.

비상계엄과 내란의 진실 규명에는 관심도 없이 저들의 잘못을 감추는 데 온 힘으로 반항하고 있었다. 불법 비상계엄 이후에도 서울시의회 다수당은 내란이 가져온 사회적 혼란을 수습할 생각은 없다. 내란수괴를 지키겠다 공언하고 정당의 이익만을 추구하며 타협 없는 정치·사회적 갈등을 조장하는 데 여념이 없다.

헌법 정신의 방식으로 헌법을 지키는 시민들

2024년 12월 7일 대통령 탄핵소추안이 무산되었다. 이날의 여의도는 새로운 집회 문화의 역사적 대전환을 보여주었다. 2024년 12월 14일 오후 5시 대통령 탄핵소추안이 가결되있다. 여의도에서는 축제가 벌어졌다.

탄핵소추안이 무산되던 전날 밤샘 대기하는 동안, '클리앙 커뮤니티'에서는 눈길을 붙잡는 글들이 보였다. 이를 보고 X(트위터)를 열었다. 다음날 여의도에 오는 시민들을 위해 선결제했다는 게시글이 스크롤을 내리고 내려도 끝이 없었다.

밤샘을 마친 오후 국회로 가는 길에 또 놀라운 광경이 펼쳐진다. 지하철에서 내려 국회로 가는 시민들은 여의도역이나 신길, 합정역에서부터 걸어야 한다. 응원봉을 들고 사방에서 도착한 시민들은 국회와 여의도공원 사이에 펼쳐졌다. 늦은 그 시각에도 끝없이 몰려와 함께한다.

탄핵소추안이 가결되던 날 <탄핵이 답이다> 캐롤이 울리는 여의도의 야경은 어느 지방자치단체도 예산으로 만들지 못하는 축제이며 한 편의 공연이었다. 2024년 시민은 이렇게 서로를 확인하고 SNS에 같은 마음을 모아내고 있었다. 새로운 세대의 새로운 방식이 민주주의의 문화를 바꾸고 있었다. 2024년 파리 올림픽에도 등장했던 '응원봉'은 민주주의를 상징하는 문화로 세계의 주목을 받았다. K-POP은 이제 민주주의를 새로운 문화로 세계에 전하고 있었다.

서사에서는 언제나 영웅이 주인공이었다. 삼국지와 대망을 필독하던 세대에게는 그랬다. 그러나 언젠가부터 우리의 드라마가 달라지고 있다. <미스터 션샤인>, <빈센조>와 같은 드라마 서사의 주인공은 일반 시민이다. <님을 위한 행진곡>을 부르던 시대에서 이제 <다시 만난 세계>를 부른다.

서울대 출신의 대통령, 국무총리, 당 대표가 엘리트인 시대의 종말을 고한다. 이 내란 상황을 실무적으로 진압하고 있는 이들은 야당 국회의원이다. 그리고 이를 뒷받침하는 세력은 시민이다.

내란 세력이 헌법을 파괴하는 동안 응원봉을 든 시민은 헌법 정신에 충실하다. 우리의 헌법 전문은 불의에 항거한 4·19 민주이념을 명시하고 있다. 내란 주동자들은 불의한 주역들의 후예이다. 우리 시민은 헌법 정신에 따라 민주주의의 새로운 세계를 열었다. 어느새 우리는 헌법을 수호하는 세력이 되었고 저들은 반헌법 세력이 되었다.

2025년 함께 걷는 시민들

나의 사무실은 덕수궁 앞이다. 광화문 집회에 참석하려면 시청 앞에 모인 극우 집회 현장을 종종 지나쳐 걷게 된다. 이 앞을 파란 옷을 입고 지나려면 용기가 필요하다. 문재인 정부 시절에도 매주 토요일이면 수는 적지만 집회는 끊이지 않았다. 이제는 제법 많은 수가 성조기와 태극기를 같이 들고 토요일마다 서울시의회 본관 앞을 메우고 있다. 이들은 격앙되어 보이지만 어둡고 쓸쓸한 표정으로 앉아 있다.

연단에 오르는 사람들의 말은 하나같이 폭력적이다. 음악은 군가와 찬송가이다. 이들은 온 세상이 좌파로 뒤덮였다고 주장했고 사회

불신의 의지로 똘똘 뭉쳤다. 2025년 2월 말 대학가를 순회하며 극우 행위를 선동하는 소수의 세력은 또 어떤가? 대한민국의 미래 비전에는 눈 감은 채 혐오와 욕설의 대상만을 찾아 헤맨다. 이들은 대중을 설득하려는 의지가 없다. 오히려 혐오를 확대하고 고립을 자처한다.

극우 포퓰리즘(Populism)과 급진 우파의 등장은 세계적인 현상이 되었다. 이를 분석하는 논문과 기사들은 하나같이 천박한 자본주의의 미래를 걱정한다. 사회적 문제에 분노한 미국과 유럽은 혐오 대상을 이민자에게 돌린다. 한국은 여성을 탓하고 최근엔 여기에 중국을 추가했다. 한국에 들른 영국의 노리나 허츠[1] 교수는 강연에서 이런 현상을 진단했다. '외로운' 유권자는 우파에 표를 준다. 외로움이 사회적 위험이다. 정치와 경제 문제가 사회적 신뢰와 다양성을 파괴한다. 경제와 주거정책은 1인 가구를 늘리고 혼자 하는 일자리를 양산한다. 도시는 더 고립되고 분리되어 이탈하는 사회적 관계가 늘어난다.

2024년 연말에 발간한 통계청 정부간행물 『한국의 사회 동향 2024』 보고서의 진단이다. 정치적 양극화를 언급하는 정보가 유독 넘치고 갈등을 상품화하는 과정에서 양극화 현상이 더 과장되었을 수도 있다. 언론과 여당 정치인들이 갈등을 실제보다 과도하게 보도하고 동원한 결과 젠더(Gender)와 세대 차이를 부각하여 극단주의적인 태도를 조장하는 것은 아닌지 의심해야 한다는 요지다.

1 　노리나 허츠는 영국의 경제학자이다. 런던 태생인 19세 때 대학을 졸업한 뒤, 러시아, 이스라엘, 이집트, 팔레스타인, 요르단의 경제 자문으로서 일했다. 저서로 《누가 내 생각을 움직이는가》가 있다

내란수괴 대통령을 파면하고 대통령 선거를 다시 치르고 나서도 갈등은 멈추지 않을 것이다. 우리 사회는 더 풍요로운 미래를 기대하지만, 사회격차는 더 벌어질 전망이다. 새로운 사회로 함께 걷는 길은 매우 느리고 더딜 것이다.

내란을 옹호하는 자들은 갈등을 상품화하는 세력이다. 서울시민을 대변한다는 서울특별시의회에서 이런 갈등을 도구화하는 세력이 사라져야 한다. 그러나 제도적으로는 일 년의 시간을 더 기다려야 기회가 온다.

집권 세력이 헌법재판소를 공격하고 법원으로 난입하면서 공수처와 경찰이 불법행위를 한다고 적반하장으로 주장한다. 모든 헌법 기관을 공격하기 시작한 그들은 이제 그들 스스로 소수파임을 증명하고 있다.

입시와 취업을 위해서 시험에 모든 자원을 투입하는 무한경쟁 이기주의 시대를 끝내야 한다. 지금까지와는 다른 방식으로 정책을 설계하고 사회적 합의를 지속해야 한다. 민주주의의 회복은 이런 길을 가기 위한 시작이다. 여의도와 광화문 앞의 응원봉은 우리 사회의 미래를 응원하는 시민들이 협력하고 살아 있음을 서로 확인하는 신호이며 상징이다. 우리는 대한민국 헌법을 수호하는 시민이다.

임종국

서울시민과 함께하는 지방자치를 위해 일하고 있다. 사람이 공간을 만들고 공간이 생활과 경제를 바꾼다고 믿는다. 보행·자전거·대중교통 중심 도시, 우연히 스쳐 지나는 시민들이 협력하는 도시를 꿈꾼다.

긴박했던 내란의 밤, 역사의 기록

남기창

[내란의 밤 기록]

설마 했던 윤석열의 친위 쿠데타가 실제로 벌어졌던 그날 밤 펜은 총칼보다 강하다는 믿음으로, 비록 작은 목소리일지라도 시민들에게 알리는 것이 기자의 사명이라고 생각했습니다.

2024년 12월 3일 밤부터 12월 4일 오후 5시까지 내란의 밤, 밤새 뜬눈으로 썼던 기사를 통해 다급했던 순간순간을 역사의 기록으로 남기고자 합니다.

내란의 밤, 기사를 작성하며 포털에 송고하기 위해 떨리는 손으로 노트북 엔터키를 눌렀던 순간의 긴장감이 아직도 생생합니다.

① <2024년 12월 3일 오후 11시 50분>

제목: 윤 대통령, 초유의 비상계엄 선포…여야·시민사회 강력 반발

－국회 앞 시민 집결, 여야 한목소리로 계엄 해제 촉구

윤석열 대통령이 12월 3일 밤 비상계엄을 전격 선포하면서 정치권과 시민사회에 큰 파장을 일으켰다.

대통령실 대국민 담화에서 윤 대통령은 "국회가 국가 전복을 기도하고 있다"며 계엄 선포의 불가피성을 주장했으나, 여야 모두 이를

반헌법적 조치로 규정하고 즉각 철회를 요구했다. 현재 여의도 국회 주변에는 수많은 시민이 몰려 군 병력과 대치 중이며, 사태는 긴박하게 전개되고 있다.

◆윤 대통령, 비상계엄 선포…"헌정질서 수호 위한 조치"

윤 대통령은 3일 밤 용산 대통령실에서 대국민 담화를 통해 "국회가 자유민주주의 체제를 위협하고 있어 계엄 선포가 불가피하다"고 밝혔다. 그는 "반국가세력 척결과 자유 헌정질서 수호"를 계엄 선포의 이유로 들며, "국민의 자유와 국가의 지속 가능성을 위해 반드시 필요한 조치"라고 주장했다.

윤 대통령은 "국가 재정이 정쟁의 도구로 전락하고 있으며, 입법부는 헌법 질서를 훼손하는 괴물로 변질되었다"며 국회를 강하게 비판했다. 특히 야당의 예산 삭감과 고위 공직자 탄핵 추진을 "내란 획책"으로 규정하며, "빠른 시간 내 국가를 정상화하겠다"고 강조했다.

◆여야 강력 반발…계엄 해제 촉구

비상계엄 선포 직후, 여야를 막론한 정치권은 강하게 반발했다. 국민의힘 한동훈 대표는 "반헌법적 계엄에 군과 경찰이 동조해서는 안된다"며 군 병력의 국회 진입을 막기 위해 본회의장을 지켰다.

더불어민주당 이재명 대표는 "윤 대통령의 조치는 위헌적이며, 국민과 국회를 향한 군사적 도발"이라며 계엄 철회를 촉구했다. 조국혁신당 조국 대표도 "계엄 선포는 대통령 스스로의 불법성을 증명한 것"이라며 "국회는 즉각 계엄 해제를 결의하고 윤 대통령에 대한 탄핵 절차에 돌입해야 한다"고 주장했다.

◆여의도 국회 앞 시민 집결…긴장 고조

현재 여의도 국회 주변에는 계엄 철회를 요구하는 시민들이 몰려들어 군 병력과 대치 중이다. 시민들은 "민주주의를 지키자"는 구호를 외치며 항의하고 있다. 현장에는 장갑차와 군 병력이 배치된 가운데, 시민과 군 사이의 충돌 가능성도 우려된다.

이번 비상계엄 선포는 대한민국 현대사에서 유례없는 사태로, 정국의 향방에 중대한 영향을 미칠 전망이다. 정치권과 시민사회의 강력한 반발이 이어지는 가운데, 국회가 이를 저지할 수 있을지 긴박한 상황이 전개되고 있다.

현재 국회는 계엄 해제 정족수인 150명이 본회의장에 모인 상태다. 우원식 국회의장도 본회의장에서 개회 선포를 준비 중이다. 계엄 군인들의 본회의장 진입이 임박한 가운데 계엄 해제 안건이 상정될 수 있을지 긴박함이 연출되고 있다.

② <2024년 12월 4일 자정>
[속보] 국회 본회의 개의…우원식 "비상계엄 해제 안건 올라오면 진행"

③ <2024년 12월 4일 오전 1시>
[속보]국회 비상계엄 해제 요구 결의안 가결…찬성 190명
윤석열 대통령이 선포한 비상계엄령에 대해 국회가 해제 요구안을 의결했다.

국회는 4일 새벽 1시께 본회의를 열어 재석 의원 190명 중 전원 찬성으로 비상계엄 해제 요구안을 상정해 전원 찬성으로 의결했다. 윤 대통령이 3일 밤 10시 25분 비상계엄령을 선포한 지 2시간 35분여 만이다.

헌법에 따라 대통령이 계엄을 선포하면, 지체 없이 국회에 통고해야 한다. 헌법 77조는 국회가 재적의원 과반수 결의로 해제를 요구하면 대통령은 즉시 계엄을 해제해야 한다고 명시하고 있다. 국회의장실은 "계엄해제 결의안 가결에 따라 계엄령 선포는 무효"라고 밝혔다.

④ <2024년 12월 4일 오전 1시 28분>
국회, '비상계엄 해제 요구 결의안' 가결 "계엄선포 무효"…'윤석열 탄핵' 논의 급물살 탈 듯
–시민들 "국민이 승리한다. 윤석열을 체포하라"

국회가 4일 비상계엄 해제 요구 결의안을 가결했다. 국회는 이날 본회의를 열고 재석 190인 중 찬성 190인으로 비상계엄 해제 요구 결의안을 통과시켰다.

우원식 국회의장은 "국회 의결에 따라 대통령은 즉시 비상계엄을 해제해야 한다"며 "이제 비상계엄 선포는 무효"라고 밝혔다.

이어 "국민 여러분께서는 안심하시기 바란다. 국회는 국민과 함께 민주주의를 지킬 것"이라며 "국회 경내에 들어와 있는 (계엄군은) 당장 국회 바깥으로 나가주길 바란다"고 했다.

헌법 제77조는 '국회가 재적의원 과반수의 찬성으로 계엄의 해제

를 요구한 때에는 대통령은 이를 해제해야 한다'고 명시돼 있다. 앞서 윤 대통령은 전날 저녁 긴급 대국민호소문을 통해 "종북 반국가 세력들을 일거에 척결하고 자유헌정질서를 지키기 위해 비상계엄을 선포한다"고 했다.

이로써 윤 대통령의 무모한 정치적 행위는 국회에 의해 진압된 셈이다. 이 시각 현재 윤 대통령은 계엄 해제를 선포하지 않고 있다.

국회에 진입했던 군병력도 철수하지 않고 시민들과 대치 중이다. 시민들은 국회로 모여들고 있으며 윤석열을 체포하라 윤석열을 탄핵하라 등 분노의 함성을 쏟아내는 상황이다.

향후 국회도 윤석열 대통령 탄핵에 대한 논의도 급물살을 탈 것으로 보인다.

시민들은 "국민이 승리한다." "오늘 밤 우리가 체포되더라도 저항한다"는 등 대한민국의 민주주의를 후퇴시킨 윤 대통령에 대한 분노와 성토가 이어지고 있다.

⑤ <2024년 12월 4일 오전 3시 50분>
민주주의의 파괴자, 윤석열은 물러나야 한다
-윤석열은 스스로 물러나야…거부한다면 내란죄를 물어 탄핵해야

12월 3일 밤, 윤석열 대통령은 대한민국 역사에 치욕으로 남을 '비상계엄'을 전격 선포했다.

영화 <서울의 봄>에서나 봤던 장갑차와 헬기 등이 동원돼 국회 등으로 향하는 모습이 SNS를 통해 생생하게 목격됐다. 총칼을 찬

군인들이 국회에 진입해 국회의원들의 본청 입장을 저지하고 본회의를 방해하려 시도까지 했다.

윤 대통령은 국회와 시민사회, 언론의 활동을 전면 제한하는 계엄령을 통해 스스로가 민주주의의 파괴자임을 드러냈다. 군 병력을 동원해 국회 출입을 봉쇄한 행위는 헌법과 민주주의를 정면으로 부정하는 폭거로, 국민의 기본권과 알 권리를 짓밟는 반헌법적 조치다.

윤 대통령은 "반국가세력 척결"과 "국가 정상화"를 명분으로 내세웠지만, 이는 비판 세력을 억압하고 표현의 자유를 박탈하려는 시도일 뿐이다. 그는 담화를 통해 국회의 입법 활동과 예산 심의를 '내란 획책'으로 규정하며, 계엄령이 언론, 출판, 집회, 결사의 자유를 제한할 수 있음을 명시했다.

그러나 이러한 조치는 헌법 제77조에서 규정된 계엄 요건에 부합하지 않으며, 윤 대통령이 자신의 권력을 유지하기 위해 민주주의를 파괴하고 있음을 보여준다. 더 나아가 이번 계엄령은 실체적, 절차적 요건을 모두 갖추지 못한 불법적이고 위헌적인 조치다. 국회는 이미 헌법과 계엄법에 따라 계엄 해제 의결을 통과시켰다.

윤 대통령이 선포한 계엄 포고령은 국회와 정당 활동 금지, 언론과 출판 통제, 파업 및 집회의 금지 등을 포함하고 있으며, 이를 어길 경우 영장 없이 체포, 구금, 압수수색이 가능하다고 명시했다. 이러한 조치는 헌법이 보장하는 국민의 기본권을 심각하게 침해하는 행위다.

윤 대통령은 비상계엄 선포를 통해 야당을 '반국가세력'으로 규정했다. 윤 대통령은 "자유 대한민국의 헌정질서를 짓밟고 헌법과 법에 의해 세워진 정당한 국가기관을 교란시키는 것으로서 내란을 획책하는 명백한 반국가 행위"라고 규정한 뒤 "자유민주주의의 기반이 되어야 할 국회가 자유민주주의 체제를 붕괴시키는 괴물이 된 것"이라고 비난했다.

대통령은 또 야당을 '파렴치한 종북 반국가세력들'이라고 비난하면서 "일거에 척결하겠다"고 했다. 이는 군을 동원한 체포 내지 정당에 대한 해산이나 집회 등 금지 등을 예고하는 것으로 43년 만에 대한민국에 탱크가 정부 청사 등에 진주해 역사를 퇴보시키려는 반역사적 폭거에 해당한다.

시민단체들은 긴급 성명을 통해 "윤석열 대통령은 즉각 계엄령을 해제하고 대통령직에서 물러나야 한다"고 강하게 주장했다. 그들은 계엄령이 헌법을 훼손하고 국민의 기본권을 짓밟으며, 알 권리와 표현의 자유를 말살하려는 시도라고 비판했다. 윤 대통령의 이번 계엄령 선포는 민주주의를 뒤엎으려는 반역 행위로 규정되고 있는 셈이다. 하지만 시민들과 국회의원들이 일사분란하게 그의 반역행위를 막아냈다.

계엄령 선포는 윤석열 정부의 무능함과 민주주의에 대한 경시를 극명히 보여준 사건이다. 그러나 이러한 폭압적 조치가 대한민국 국민의 자유와 권리를 빼앗을 수는 없다. 윤 대통령의 계엄령은 그의 정치적 몰락과 시민사회의 강력한 저항을 자초할 뿐이다.

국회는 4일 오전 1시쯤 본회의를 열어 비상계엄 해제 요구 결의안을 통과시켰다. 이날 본회의에서 비상계엄 해제 요구 결의안은 재석 190명, 찬성 190명으로 가결됐다. 윤석열 대통령이 전날 밤 긴급 기자회견을 열고 비상계엄을 선포한 지 약 150분 만이다.

헌법 제77조 제5항은 '국회가 재적의원 과반수의 찬성으로 계엄의 해제를 요구한 때에는 대통령은 이를 해제해야 한다'고 명시하고 있다. 그럼에도 윤 대통령은 계엄해제를 머뭇거리는 모양새다. 국민과 국회가 요구했음에도 버티는 이유는 아이러니하다.

윤석열 대통령은 즉각 계엄령을 철회하고 국민 앞에 사죄해야 한다. 국민은 민주주의를 짓밟는 폭정을 더 이상 용납하지 않을 것이다. 어떻게 지켜낸 대한민국의 민주주의인가. 더 이상 후퇴해서는 안 된다. 민주주의의 파괴자, 윤석열은 물러나야 한다. 거부한다면 내란죄를 물어 탄핵해야 한다.

⑥ <2024년 12월 4일 오후 5시>
대통령실에서 벌어진 혼돈의 밤…계엄령 준비와 군 투입, 내각 총사퇴까지
–한덕수 만류에도 육사 출신 4인방 중심 극비 추진…어설픈 과정 끝 6시간 만에 해제
–계엄령 발표와 군 동원 논란…박선원 의원, "불법적 쿠데타 증거 확보"

윤석열 대통령이 지난 3일 밤 비상계엄을 선포하며 정치적 혼란이 극에 달했던 가운데, 대통령실과 총리실에서 벌어진 치열한 내부 갈등과 설득의 과정이 드러났다. 계엄령 발표부터 내각 총사퇴 결정까지의 긴박한 순간들이 윤석열 정부 내 위기관리 실패와 무능을 극명히 보여주고 있다.

결국 윤석열 대통령이 갑작스레 선포한 비상계엄이 6시간여 만에 해제되는 극적인 상황이 연출됐지만 비상계엄을 위한 밑작업이 극

비리에 진행됐던 만큼, 윤 대통령의 비상계엄 발표는 전 국민을 당황케 했다. 특히 비상계엄 발표 이후 이어진 전개 과정이 너무나 허술하게 진행되면서 윤 대통령의 비상계엄 선포에 대한 '진짜 목적'을 두고 각종 추측도 무성하다.

정치권 정보를 종합하면 3일 저녁 6시 30분, 키르기스스탄 정상회담을 마친 윤석열 대통령은 한덕수 총리를 대통령실로 호출해 계엄령 발동 의사를 전달했다. 이에 놀란 한 총리는 약 30분간 경제 붕괴, 국민 반발, 위법성 등을 이유로 계엄령 철회를 간곡히 요청했지만, 윤 대통령은 이를 단호히 거부했다고 한다.

결국 한 총리는 국무회의를 열어야 한다고 주장했고, 대통령은 마지못해 동의했다. 연락이 닿는 국무위원들을 긴급히 소집했지만 회의는 예정 시각보다 40분 지연됐다. 회의에서 최상목 부총리와 조태열 외교부 장관 등 다수의 장관이 경제적 파국과 외교적 손상을 우려하며 계엄령 선포를 반대했지만, 윤 대통령은 굳건한 입장을 유지했다.

밤 10시 30분, 윤 대통령은 계엄령을 공식 발표하며 국회를 겨냥해 "자유민주주의 체제를 전복하려는 세력이 됐다"고 강하게 비판했다. 우원식 국회의장이 계엄 해제 가결을 국회 본회의에서 선포한 후에도 윤 대통령은 국회의 계엄 해제 결의를 받아들일 수 없다는 입장을 고수했다는 것이다.

이에 한 총리와 몇몇 장관들은 대통령실로 다시 찾아가 계엄 해제 거부가 명백한 위법임을 설명하며 설득에 나섰다. 설득 끝에 윤 대통령은 겨우 동의했고, 총리실에서 국무회의가 열려 계엄 해제가 공식 발표됐다. 이 과정에서 내각은 총사퇴 방침을 정리하며 혼란스러운 정국에 대한 책임을 표명했다.

대통령실 관계자들에 따르면, 윤 대통령은 여전히 흥분 상태를 유지하며 자신이 무엇을 잘못했는지 묻는 것조차 용납하지 않는 분위기라고 한다. 한덕수 총리와 일부 장관들이 강하게 반대하며 대통령을 설득했지만, 대통령의 단호한 태도는 갈등의 골을 더 깊게 했다는 얘기다.

이처럼 대통령과 내각 간의 극단적 대립은 윤석열 대통령의 불통과 무지 무모함의 리더십이 심각했음이 다시 한번 확인되는 순간이다.

윤석열 대통령의 계엄령 발동은 이미 정치권과 국민 사이에서 큰 파장을 일으키고 있다. 국회의 계엄 해제 결의로 계엄령은 철회됐지만, 내각 총사퇴와 대통령 퇴진 요구가 이어지면서 정국 혼란은 계속될 전망이다.

결국 대통령 스스로 자초한 대통령 탄핵소추안은 4일 민주당 등 야 6당에 의해 발의된 상태다. 윤 대통령의 혼란스러운 심리 상태 여부를 떠나 이미 탄핵의 주사위는 던져진 셈이다.

◆계엄령 발표와 군 동원 논란⋯박선원 의원, "불법적 쿠데타 증거 확보"

한편 윤석열 대통령이 계엄령을 선포한 배경에 대해 더불어민주당 박선원 의원은 4일 기자회견을 통해 "707특임단, 제1·3공수특전여단, 군사경찰특임대(SDT)가 국회에 불법적으로 투입되었다"는 증거를 확보했다고 발표했다. 박 의원은 이를 "불법적인 친위 쿠데타의 실행"으로 규정하며, 군 동원이 조직적이고 계획적으로 이루어졌음을 강하게 비판했다.

707특임단이 이미 2일부터 출동 대기 명령을 받고 외부훈련과 전술평가를 모두 취소한 상태였음도 드러나고 있다. "계엄령 발표 직후 실탄 지급이 이루어졌고, 저격수 배치와 군사 장비 운용까지 확인됐다"는 것이다.

또한, 제1공수특전여단은 국회 외곽 경계를, 제3공수특전여단은 과천 B-1 벙커 경계를 맡았으며, 특전사 항공단은 병력 수송을 지원했다고 설명했다. 특히, 군사경찰특임대(SDT)는 요인 체포조로 운영되었다는 의혹을 제기하며 군 병력의 동원 목적과 명령 체계의 불법성을 지적했다.

박 의원은 "3일 밤 10시 30분 계엄령이 선포된 이후, 707특임단이 국회 본청에 진입해 본회의 해산과 요인 체포를 시도한 정황이 확인됐다"고 주장했다. 당시 계엄군은 국회 외곽과 내부를 봉쇄하며, 국회의원들의 출입을 통제하고 헌법 기관으로서의 국회의 기능을 심각하게 침해한 것으로 알려졌다. 이는 국헌 문란에 해당하는 중대 범죄인 셈이다.

군 내부에 여러 제보에 따르면 계엄령이 발표된 시점부터 군 내부에서 체계적인 준비와 명령 하달이 이루어진 정황도 드러나고 있다. 특수부대가 동원되고 실탄이 지급된 것은 단순한 훈련 수준을 넘어선 군사적 목적임이 드러난다. 추가 조사를 통해 관련자들을 엄중히 처벌해야 한다.

이런 가운데 비상계엄을 현장에서 직접 실행에 옮긴 인물로 육군사관학교 출신 '4인방'이 거명된다. 윤 대통령에게 비상계엄 선포를 건의한 김용현 국방부 장관(육사 38기)을 필두로 계엄사령관을 맡은 박안수 육군참모총장(46기), 소속 부대에서 계엄군 병력을 동원한 곽종근 육군특수전사령관(47기)과 이진우 수도방위사령관(48기) 등이다.

이 중 박안수 총장을 제외하곤 이른바 '충암파'라 불리는 윤 대통령의 출신 고등학교인 충암고 출신들이다. 여기에 같은 충암고 출신인 이상민 행안부 장관을 포함, 이들을 중심으로 정권 위기를 계엄으로 탈출하려 한다는 설이 민주당 등에서 지속적으로 제기돼 온 상태다. 이번에 딱 들어맞는 결과가 드러난 셈이다.

계엄령을 둘러싼 윤석열 대통령의 결정과 군사적 동원 행위가 민주주의를 위협하고 있음은 명백하다. 정치권은 이번 발표를 계기로 계엄령 발동의 정당성과 군 동원의 불법성 여부에 대한 특단의 대책도 마련할 것으로 보인다.

대통령 윤석열 한 사람의 불통과 무지하고 무모한 판단과 충암파 군인들로 인해 국민이 가슴을 쓸어내리며 탄식하는 혼돈의 대한민국 하루가 또 이렇게 지나고 있다.

| 남기창

기자로는 늦깎이로 데뷔했다. 사실과 진실을 쫓아 기록을 남기는 일을 하고 있다.

3

휘청이는
일상

그림 3. 혼란속의 위안

기억하지 않고는 증인이 될 수 없다

유영초

80년대 말 어느 날, 우연히 TV에서 <산티아고에 비가 내린다>를 보았다. 이 영화는 1973년 칠레에서 일어난 군사 쿠데타 과정을 그린 것이었다. 당시 큰 슬픔과 충격으로 영화의 잔상들이 오랫동안 남아 있었지만, 30여 년의 세월에 기억은 점차 지워져갔다.

난 스페인어과에 입학했지만, 스페인어를 제대로 공부해본 적은 없다. 다만, 운명처럼 '중남미연구회' 학회에 기웃거렸고, 남미의 식민지 해방투쟁이나 해방신학과 같은 주제는 늘 관심사였다. 파울로 프레이리의 <페다고지>를 공부하기도 했고, 네루다의 시와 마르께스의 소설을 좋아했다. 또한 누에바 깐시온의 기수 빅토르 하라의 서정적인 노래 <루친>을 사랑했다. 이 <산티아고에 비가 내린다>도 내 삶의 역사를 구성하는 소중한 기억이다.

의사출신 혁명가인 아옌데(Salvador Allende Gossens)는 1970년 선거를 통해 세계 최초로 사회주의 정권을 출범시켰다. 그러나 중남미의 사회주의를 저지하려는 미국의 CIA와 칠레 군부가 야합했고, 마침내 1973년 9월 11일 피노체트 육군 사령관을 중심으로 쿠데타를 일으킨다. 이날의 작전명령 암호가 '산티아고에 비가 내린다'였다. 영화는 해군함정의 신호를 받은 냉그의 출격으로 시작되고, 1970년 선거부터 과거와 현재를 오가며 상황을 구성해나간다.

아옌데 대통령은 쿠데타 세력이 제안한 망명을 거부하고, 육군의 탱크와 공군 폭격에 맞서 "역사는 우리의 것이며, 인민이 만들어내는 것"이라는 라디오 연설을 끝으로 총을 들고 싸우다가 사살된다. 쿠데타군은 대통령궁 공격에 이어 아옌데 사회주의 정권을 지지하며 저항하던 근거지인 공장과 대학을 침탈하고, 수많은 노동자와 대학생들을 체포한다.

최근 찾아보니 이 영화는 1989년 12월 30일 KBS의 토요명화를 통해서 방영되었다. 그해 12월은 칠레 대선에서 야당연합후보가 이겨 마침내 피노체트 17년간의 군정이 종식되었던 때다. 피노체트는 군경 정보기관을 동원하여 공식적으로만 3천여 명 이상을 학살하고, 3만여 명 이상의 고문 피해자, 수천 명의 실종자를 남긴 '피의 독재자'였다. 아마 우리도 12.3계엄을 막아내지 못했다면, 이런 칠레의 비극이 50여 년 만에 한반도에서 재현되었을 것이라는 증거들이 속속들이 나오고 있다.

영화의 스토리가 이어지지 않을 정도로 기억이 사라져가고 있어서, 나는 다시 한번 이 영화를 보았다. 그리고 이 영화 속 비비 앤더슨의 "아무도 기억하지 않고는 증인이 될 수 없다"라는 대사처럼, 나는 '기억의 의무'가 있다는 것을 다시금 깨달았다.

물론, 내 기억은 계엄령이 떨어지자마자 맨발로 뛰어나가 온몸으로 치열하게 쿠데타를 막아낸, 기억되어야 마땅한 역사적 서사와는 거리가 멀다. 어쩌면 이 격변의 소용돌이에서 한참 떨어진 주변부의 소소한 이야기에 불과하다. 그럼에도 나는 계엄 직후 학생들과 함께한 계엄 수업의 기억과 숲해설가들과 함께한 탄핵 선언의 기억은 꼭 남겨두고 싶은 소중한 장면들이다.

2024년 12월 3일, 돌이켜 보면, 계엄령만 아니었으면 지극히 평범한 하루였을 것이다. 제주도 사는 후배가 집 주소를 물어오고, 순천에서 선배가 내 친형의 판소리 공연 소식을 알려오고, 동네 한살림에서 귤 생강청 만드는 마을 모임이 있으니 참여하라는 광고 문자 정도가 그날의 최대 이벤트였을 정도다.

"제주에서 귤을 보내려는 모양이군!", "아니, 모태 음치인 우리 형이 판소리 공연을 한다고?", "귤 생강청 좋아하는데 한번 마을 모임에 가볼까? 참가비도 천 원인데…… 그래도 여성들뿐일 텐데, 좀 뻘쭘하겠지? 아니야 아니야 오늘 중으로는 연구보고서 마무리하고, 국제세미나 발제자들에게 후속 정리를 해줘야지."

12월 4일에는 정부 연구 사업 보고를 하기로 되어 있었다. 그런데 12월 3일 오전, 때마침 일주일 연기되었다. "앗싸~! 오늘은 회의자료 정리 안 해도 될 듯!" 늘 마감이 닥쳐서 쓰는 몸에 밴 습관에 마감이 연기되었다는 소식은 조건반사처럼 희소식으로 감지된다. "가뿐하게 하루를 보내겠군. 그래도 저녁에는 기필코 마무리를 해둬야지."라는 몸과 마음이 따로 노는 다짐을 하고, 학교로 가서 강의를 마치고 돌아왔다.

난 숲해설가를 양성하는 일을 하면서, 모교에서 겸임교수로 강의를 하고 있다. 마침 2024년 가을학기에는 갑자기 펑크 난 교육대학원의 화요일 야간 수업도 함께 하게 되었는데, 12월 3일도 화요일이었다.

교육대학원 학생은 수로 교사들인데, '문화와 사회' 과목이어서 음악, 미술과 같은 콘텐츠를 통해서 사회를 해석하는 일이 얼마나 중요하고 필요한지가 그날 강의의 주요 내용이었다. 특히 '콘텐츠

액티비즘(Actiovism)'이 어떻게 사회변화를 위한 동력으로 작용하는지, 유튜브나 소셜네트워크의 복합적인 영향을 이야기했다.

강의를 마치고 집으로 돌아와, 연구보고서 정리 작업을 하려고 컴퓨터를 켜놓고는 침대에서 쉬다가 큰딸이 보낸 계엄속보 카톡을 받았다. "곧 탄핵될 듯 ㅋㅋㅋ"라는 메시지와 함께. 처음엔 가짜뉴스? 하고 유튜브를 뒤져 보니, 이미 계엄령이 뉴스를 덮고 있었고, 카톡방들이 불붙기 시작했다. 외민동 카톡방에 속보들이 올라오고, 평소에는 입에 지퍼를 채운 듯 다들 조용하여, 거의 경조사 공지용으로 쓰이는 82학번 카톡방도 활발하게 상황을 공유하고 있었다.

제주에 사는 둘째 딸 바다가 "자다 깨니 계엄령"이라는 말과 함께 가족 카톡방에 합세하면서, 온오프라인 모임이 되었다. 이어 "안건 언제 올라가나?" 수시로 확인하고, 성당은 바티칸과의 국제문제가 생기므로 군인들도 함부로 못 하니 일이 생기면 성당으로 튀어야 한다는 '짤'을 공유하고, 현역병이 전역 연기를 통보받았다는 속보 기사를 공유하자 그 재수 없음에 공감하면서, 국회의원인 이모부는 국회에 잘 들어갔는지 걱정하는 사이, 마치 2년 같은 2시간이 흐르고 어느덧 계엄 해제 결의안이 가결되었다. 큰딸 하늘이가 우리 집 고양이들 산들, 버들, 시내 사진과 함께 "가결이다~~~!"라고 메시지를 쓴 시각이 오전 1시 1분으로 카톡방에 찍혔다.

처음에는 국회로 갈까 생각했다가, 너무나 신속하게 대응하는 국회의원 유튜브 라이브를 보면서 안심이 되었고, 한편 국회로 가기에는 이미 늦은 것 같다고 판단해서, 역사적인 투쟁 현장에 함께할 기회를 놓치고 말았다. 나중에 드러난 사실들을 보니 정말 아찔한 절체절명의 순간들이 연속되었다.

12월 4일 계엄 해제 요구 결의안이 통과되고, 여당 대표까지 찬성한 마당에, 이제는 한숨 돌려도 되는 것 아닐까? 차근차근 처리되겠거니 하는 안일한 생각도 했다. 밤샘으로 피곤했지만 약속한 미술 전시회를 가기도 하면서 일상을 유지하려고 노력했다. 그런데 사태는 오히려 점점 꼬이고 악화하는 것 같았다. 전원 사표를 썼다는 국무위원들의 쇼나 대통령을 탄핵하지 않겠다는 여당을 보면서, 내란은 장기전으로 가겠다는 생각을 했다. 신발 끈을 단단히 매야겠다는 생각이 들었다.

계엄 수업

12월 5일, 나는 외대 학부에서 예정된 강의를 단축하고 계엄 수업과 토론을 긴급 편성하였다. 계엄령의 실체적인 하자와 절차적인 하자, 포고령의 불법성에 대한 것들은 학생 누구나 공감할 수 있는 내용이라고 생각했고, 특히 과목과 관련하여 "직업상의 윤리적 딜레마"의 문제는 의미 있는 주제였기 때문이다.

강의와 토론에 앞서 외국인 유학생들에게 사과를 했다. 수강생 70여 명 중 절반 정도가 유학생이다. 한국 사람으로서 참으로 부끄럽고 미안하다고 했다. 그래도 안전하고 배울 것이 있는 유학할 만한 나라라고 찾아왔더니 이게 뭔가? 고국의 가족들에게 얼마나 불안감을 주었겠는가? 그동안 K-POP이니 K-어쩌고, 아무말대잔치로 'K-'를 붙일 만큼 얼마나 '국뽕'에 도취해 있었는가? 그런데 이렇게 얼토당토않은 계엄령이 선포되는 하찮은 나라가 되었다니, 정말 자괴감을 떨칠 수 없었다.

아무튼, 계엄 상황에서 군인들이 국회를 침탈하고 국회의원을 체포하라는 명령을 받고, 상관의 명령에 복종해야 할 '충성' 의무와 불법과 비윤리적 명령에 대한 도덕적 양심의 '항명' 사이에서 갈등이 없었을까?

이런 직업윤리적인 딜레마를 놓고, "정의롭지 않은 체제에 대항하는 것이 개인의 의무인가, 아니면 선택인가?", "개인의 양심과 사회의 법률이 충돌할 때, 어떤 것을 우선해야 하는가?", "과연 비폭력적 수단이 실패했을 때, 폭력은 마지막 수단으로 고려될 수 있는가?" 등에 대한 질문을 던졌다.

국정조사 등에서 밝혀진 것처럼 이번 내란에 동원된 수많은 군인 중에서, 항명을 감수하고 부당한 명령을 이행하지 않은 군인들은 극히 일부에 불과하다. 불법을 인지했어도 항명을 감수하고 저항하기란 쉬운 결단은 아니었을 것이다. 때문에 불법에 대한 항명은 개인의 양심적 결단이 아닌, 제도적 법적으로 보장되어야 할 것이다.

아울러, 이 '국가적 재난'을 어떻게 슬기롭게 극복해나갈 것인가 팀별로 토론을 제안하였다. 토론 방법은 기본적으로 자유롭게 하지만, 원만한 진행을 위해 강제연상법(Random Word Brainstorming)을 활용하였다. 강제연상법은 마인드맵이나 브레인스토밍처럼 '창의적 사고력 신장을 위한 수업', 기업의 '아이디어 회의를 위한 퍼실리테이션(facilitation 촉진)' 등에서 활용하는 창의적 사고 기법 중의 하나이다.

주제와 무관하게 임의로 선정한 소재(랜덤워드)에서 1차로 연상되는 개념이나 이미지를 토론 주제에 강제로 연결하여 새로운 맥락을 부여하는 것이다. 이를테면 일상적인 임의의 소재, 이를테면 옷이나 볼펜 등에서 연상되는 1차 이미지를 활용하여 "어떻게 이 국난을 극복할 것인가"라는 토론 주제를 강제로 연결하여 새로운 맥락을 만들어 보는 것이다. 이는 아리스토텔레스가 주창한바, 우리가 뭔가를 떠올릴 때 주로 연상력을 활용한다는 '연상의 법칙'으로 논의를 활발하게 하는 방법이다.

나는 그날 학생들의 다양한 발상에서 큰 희망을 보았다. 사실 소위 MZ세대의 '정치적 무관심'이나 '무책임' 등에 대해 과도하게 들어왔던 나로서는 가슴이 뛰는 일이었다. 다소 길다고 생각할 수 있지만, 학생들의 진솔한 이야기를 기억 속에 잘 담아 두고 싶었다. 지면의 한계상 모든 이야기를 다 적을 수 없지만, 학생들이 작성한 결과물을 토대로 중요한 이야기를 옮겨본다.

9개의 팀으로 토론을 했는데, 조별로 '**겨울**', '**초콜릿**', '**돈**', '**이어폰**', '**목도리**', '**책상**', '**사과**', '**고래**', '**김밥**'의 9개 단어를 소재로 1차 연상되는 이미지를 '국난 극복'과 연결하여 의미를 만들어냈다.

'**겨울**'을 소재로 한 팀은 다음과 같이 정리하였다. 지금 대한민국은 '**겨울**'이다. **겨울**의 싸늘하고 '**싸늘한 민심**'을 달래는 것이 국난 극복의 시작이다. 겨울은 무엇보다 '**크리스마스**'지만 이 국난이 끝나기 전에는 온전히 '**크리스마스**'와 연말을 즐길 수 없을 것이다. 겨울에는 '**눈사람**'이 떠오른다. 눈이 가루처럼 흩어져버리지만 잘 뭉치면 '**눈사람**'이 되듯이 뭉쳐서 힘을 모아 해결해 나가야 한다. 겨울은 '**끝이자 새로운 시작**'이다. 이 지긋한 어려움을 끝내고 '**새로운 봄**'을 맞이하자.

'**초콜릿**'을 소재로 한 팀은 '**쓰고**', '**달고**', '**어린이**' 등의 이미지를 떠올렸고, 이 개념의 '**청각적 연상**'을 통해 '**쓰다**'에는 '**시국선언문을 쓰다**', '**달다**'에는 "**국민들이 분노의 댓글을 달다**"를 제시하며 적극적 활동을 제안했다. 또 초콜릿을 좋아하는 '**어린이**'의 이미

지와 연결해 국난 극복에는 '**어린이에게 평안한 세상**'이라는 의미를 부여하였다.

'**돈**'을 소재로 한 팀은 돈 하면 1차로 떠오르는 연상 개념들을 '**월급**', '**환율**', '**외국**', '**국민**', '**시위**' 등으로 적었다. 그리고 2차로 연상된 국난 극복의 방안으로 계엄 해제에 참여 안 한 국회의원들 '**월급을 주지 마라**'거나, 불법 계엄령 내란에 '**환율**'이 떨어졌다거나 '**외국**'에서는 세계적 규탄 분위기가 형성되었다는 점을 떠올렸다.

'**이어폰**'을 소재로 한 팀에서 1차 연상되는 개념들은 '**소리**', '**귀**', '**연결**', '**노래**' 등이다. 이 개념으로 만들어낸 국난 극복의 방안은 이렇다. 국회의원들은 당론보다 우선하여 국민을 대표하는 '**소리**'를 내야 한다. 특히 국가 고위 공직자들일수록 국민들의 의견에 더 '**귀**'를 기울여야 하고, 국난을 극복하기 위해서는 서로 대립하는 것이 아니라. '**연결**'되어 힘을 합쳐야 한다. 학생들은 특히 '**노래**'가 집단적인 결속력을 강화시키는 힘이며 노래를 통해 의지를 다지는 것이 중요하다는 점을 제시했다.

나는 아마 계엄이 없었다면, <다만세>(다시 만난 세계)라는 곡을 듣도 보도 못했을 수 있다. 사실 나는 K-POP 일부 곡들은 그 리듬과 가사가 귀에 붙질 않아서, 유행하는 가요에 대해서는 잘 알지 못한다. 그저 <임을 위한 행진곡>, <농민가> 등에 익숙한 귀를 이번에 업그레이드시켰다고 할까.

'**목도리**'를 소재로 한 팀은 '**따뜻하다**', '**부드럽다**', '**다양하다**', '**멋있다**' 등의 개념을 떠올렸다. 이 느낌을 국난 극복과 연결하여 커피 선결제를 하고 시위참여자들에게 나눠주는 '**따뜻한 마음**'으로, '**부드럽다**'는 평화적인 방법으로 대응할 때 더 큰 힘을 발휘할 수 있다는 것으로 의미를 부여한다. '**다양하다**'는 시위에 **다양한** 사람들이 참여해서 **다양한** 목소리를 모으고 있고, 소셜네트워크, 인터넷 등 **다양한** 방법으로 국난을 극복해야 한다고 말한다. 그리고 서로 다른 사람들이 민주주의라는 이름 하나로 목소리를 모으는 것이 '**멋있다**'고 말한다.

'**책상**'을 키워드로 한 팀은 럭키세븐 7조였다. '**책상**'으로 연상되는 1차 개념들은 '**나무**', '**철**', '**공부**' 등이었다. 이 국난을 극복하기 위해서는 아낌없이 주는 나무 같은 희생정신과 강철과 같은 강한 시민의식이 요구된다, 이를 위해서는 정치 역사에 대한 공부가 국난 극복의 밑바탕이 될 수 있다고 말한다.

'**사과**'를 소재로 한 팀은 '**복숭아**', '**체리**', '**빨간색**' 등을 떠올렸다. '**복숭아**'에는 '물복(물복숭아)'과 '딱복(딱딱한 복숭아)'이 있지만, 지금 상황은 그런 거 따질 때가 아니라 모두 한데 모여서 연대를 이루어 극복해야 한다고 의미를 부여했고, **체리**처럼 작은 알맹이들이 모여 내는 목소리도 세상을 바꿀 만큼 강력한 힘이 된다. **빨간색**은 유구하게 혁명과 투쟁의 색이다, 촛불운동의 불이 빨간색이듯 열정으로 극복해야 한다고 의미를 담았다.

'**고래**'를 랜덤워드로 한 팀은 '**압박감**', '**무섭다**', '**우호적**', '**물줄기**' 등을 떠올렸다. 계엄령이 선포되었을 때 마치 잠수하는 고래처럼 커다란 **압박감**이 느껴졌고, 시국이 혼란하여 SNS에 자유롭게 의견 표현하기가 **무서웠다**. 고래와 사람이 우호적이고 평화의 상징으로 여겨지듯 고래처럼 평화적으로 해결해 나가야 한다. 아울러 고래가 '**물줄기**'를 내뿜듯이 촛불의 빛을 내뿜으며, 꾸준하게 요구해나갈 것을 제안한다.

'**김밥**'을 소재로 한 팀에서는 1차 연상되는 이미지를 '**빨리**', '**한국적**', '**정성**', '**다양성**' 등으로 뽑았다. 이 연상 개념을 통해 도출한 국난 극복의 방안은 "**빨리, 사안의 시급성**"을 고려해야 한다는 것이다. 아마 **김밥**은 한국적 패스트푸드라고 할 수 있을 것이다. 계엄 포고에서 계엄 해제 결의까지 불과 6시간밖에 안 걸릴 정도로 **빨리** 대처한 것은, **한국적** 특성일 수도 있을 것이다. 오죽하면 미국의 커뮤니티에서조차 "지구상에서 가장 **빠른 것**"이라는 제목으로 치타, 비행기, 광속도보다 빨리 계엄이 선포되고 해제되었다는 풍자화를 올려놓았다.

또 학생들은 계엄령의 역사를 겪어 본 어른들의 대처가 가히 **한국적**이라고 분석한다. 아울러 **해학의 민족답다**는 점을 강조하였는데, 계엄령 해제 직후 '서울의 봄'을 빗댄 '취했나 봄', '미쳤나 봄' 등 계엄 선포를 풍자한 SNS 게시물이 넘쳐났다. 아울러 **김밥**은 '**정성**'이다. 한국 근현대사에서 민주화를 위한 선배들의 노력과 **정성**은 세계적으로 받아들인다. 학생들은 국회의원들의 목숨을 건 **월담, 선결제 릴레이**를 김밥의 **정성**이라는 개념으로 연결했다. 학생들은 한강 작가의 '죽은 자가 산자를 구할 수 있는가'의 물음 속에서 5·18 광주에서의 **김밥**을 민감하게 포착하고 있었음을 알 수 있었다. 아울러 김밥이 또한 재료가 **다양**하듯이, 시위깃발도 **다양**하고, 의견 표출방식도 **다양**하다는 점을 강조한다. 학생들은 '**다양성**'이야 말로 극난 극복의 키워드라고 이야기하고 있다.

나는 이처럼 학생들이 다양한 생각들과 의미를 도출해 낼 것이라고 생각하지 못했다. 그러나 계엄 이후 청년 여성들이 온몸으로 국회를 둘러싸 출입문마다 지키고 밤을 새우는 것을 보면서, 그동안 MZ세대가 어떻고 하는 관념들이 얼마나 편견에 가득 찬 프레임이었는지 생각했다. 사무실이 광화문 근처인지라 각종 시위 현장을 가

보면서 "대체 젊은것들은 다 어디 가고, 6,70대들만 피켓을 들고 있단 말인가?" 하던 슬픈 감정이 이제는 깊은 우정과 연대의 마음으로 변해간다. 과연, 소춘 김기전 선생이 어른과 어린이의 관계에 대해 "낡은 것은 새것을 이길 수 없다"던 언명처럼 시대정신의 주체와 동력은 그들에게 있음을 새삼 느낀다.

내란 종식과 국난 극복을 위한 학생들의 참신한 생각에도 불구하고, 12월 7일 '윤석열 탄핵소추'는 국민의힘 의원들의 집단 퇴장과 의결 정족수 미달로 무산되었다. 이에 더욱더 가열차게 각계각층의 개인과 단체가 전 국민적으로 탄핵 촉구선언에 나섰고, "나라가 어두우면 집에서 가장 밝은 것을 들고나오는 대한민국 국민"이라는 외국 기자의 말처럼 응원봉의 빛은 점점 밝아졌다.

풀과 나무와 함께하는 시국선언

'숲해설가'는 나의 인생역정에서 가장 큰 비중을 차지한다. 지난 20여 년 사선을 넘나드는 투병의 와중에도 쉼 없이 해왔던 일이고, 박사학위 논문도 숲해설가를 주제로 썼을 만큼 애정이 있다. 숲해설가들은 다양하다. 학력과 경력, 연령 들이 고루 섞여 있다. 정치 성향도 다양해서 교육하는 입장에서는 조심스러울 때가 많다. 대체로 보수적인 경향이 많고 정치적인 의사를 잘 드러내지 않는다.

다양성은 존중하며 지향해야 할 가치이다. 내가 대표로 있는 풀빛문화연대를 굳이 '풀빛'이라고 한 것도 녹색의 이념과 가치를 지향하더라도, '녹색'의 단일성이 아니라, 중심이 푸르되 다양한 빛깔을 포섭하는 풀빛의 스펙트럼처럼 다양성을 존중하자는 취지이다.

'다양성을 파괴하는 것'은 '다양성의 적'이다. 자유를 파괴할 자유는 없는 것이다. 숲을 좋아하고 환경, 생태의 문제를 생각하는 사람들도 당연히 최소한의 이러한 '다양성의 원칙'은 가져야 한다. 때문에 대통령의 권력으로 모든 반대자와 반대할 권리를 짓밟아버리자는 내란 폭동은 다양성과 민주주의를 파괴하는 것으로서, 결코 토론이나 타협의 대상이 아니다. 여야의 문제로 좌우의 문제로 보수와 진보의 문제로 덮을 수 없는 문제이다. 중고등학생들도 나서는 판에 무슨 중립이란 말인가. 본회퍼의 말처럼 우리는 "말하지 않음으로써 말하는 것"이다. 침묵으로서 내란을 동조하고, 중립으로서 허용해서는 안 되는 일이었다.

그래서 난 숲해설가들과 함께 말하고 싶었다. 난 12월 14일 탄핵 의결 전에 단 한 사람이라도 더 탄핵 촉구 동참을 끌어내기 위해, <숲해설가 시국선언> 초안을 만들고, 긴급히 성명 발의자를 모았다.

대통령의 국회침탈 내란으로 대한민국 민주주의의 숲이 일거에 불타버릴 뻔한 역사적인 사건을 목도하고 있습니다. 그동안 피와 땀으로 키워온 민주주의의 숲을 불 지르려 한 방화범은 아직도 석유통과 라이터를 쥐고 자리에 앉아 있습니다. 이 방화범, 내란수괴를 그 자리에서 끌어내리는 일에 한시가 급합니다. 이제 대학생은 물론 중학생, 고등학생까지 나서서 응원봉을 들고 스티커를 붙이며 시국선언을 하고 있습니다. 개와 고양이도 탄핵을 말하고 있고, 조만간 쥐똥나무도 소나무도 나설 것입니다. 우리 숲해설가들은 숲으로 세상을 이야기합니다. 이에 숲해설가들이 '대통령의 탄핵을 촉구하는 시국선언문'을 발표하자는 제안을 드립니다. 아래 시국선언문을 보시고 이 선언문의 발표에 동참하고자 하는 분들은 아래 링크를 통해 참여의 의사를 표시하여 주시면 고맙겠습니다.

구글 신청 폼을 만들고, 카톡방에 공유하면서 250여 명이 긴급서명을 하였다. 서명 기간을 늘리면 더욱 늘어날 수 있었겠지만, 우리는 12월 13일 급한 대로 '윤석열 탄핵에 함께하는 숲해설가 일동'

명의의 성명서를 페이스북에 발표하였다. 물론, 어쩌면 이미 대세에 큰 영향이 없었을 것이고, 도도히 흐르는 강물 위에 합류한 물방울에 지나지 않았지만, 결국 한 방울 한 방울이 큰 강물을 이룬다는 생각으로 참여하였다. 이 250여 명의 이름은 역사의 타임라인 어딘가에 박제되어 있을 것이다.

2024년 12월 14일 오전, 서대문 안산의 숲에서 숲해설가들과 함께 "윤석열을 탄핵하라!"는 문구의 대지미술(Land Art) 퍼포먼스를 급하게 진행하였다. 여러 가지 낙엽과 나뭇가지, 돌멩이 등의 자연물로 피케팅 문구를 꾸미는 것이었다. 시위에서 활용하고 보도자료 사진으로 쓰기 위해서였지만, 결국 사용하지는 못했다. 당일에는 언론 배포보다 국회 앞으로 진출하는 게 우선이었고, 너무 많은 인파로 활용하기에 적절하지 않았기 때문이다. 그 대신, '숲er우맨'이라는 깃발을 만들어 국회로 향하였다. 숲을 가꾸고 숲에서 공부하고, 숲에서 놀고, 숲으로 살아가는 '숲-하는' 사람으로서 숲해설가, 산림치유지도사 등 숲 관련 활동가라는 의미로 쓴 말이다. 지금은 폐업하고 없어진 어느 편의점 간판, '숲er마켓'에서 따온 것이다.

많은 숲해설가 동료들이 참여했지만, 인파에 밀려서 여기저기 흩어져 있었다. 그렇지만 오후 5시경, 우리는 각자의 자리에서 수십만 인파와 함께 더불어 숲을 이루며 탄핵소추가 가결되었음을 함께 보고 들었다. 그렇게 우리는 작은 깃발 하나를 들고 내란 종식을 향한 작은 봉우리 하나를 함께 올랐다.

| 유영초

마음이 먼저 가고 몸은 늘 서너 걸음 뒤처져 따라온다. 여러 번 포맷된 낡은 사양의 가성비 없는 본체처럼 사지육신은 상처마저도 주름져 가지만, 생각이야 불끈불끈 철모르는 삶을 살아간다. 그래야 나의 지구본이 돈다.

영국에서 맞이한 계엄

장유진

나는 대학 생활 5년째를 맞이하며, 남들과는 다른 길을 걷고 있다. 주변 친구들은 취업 준비와 자격증 취득 등으로 분주한데, 나는 마치 내 일이 아닌 듯 먼 산을 바라보며 지내고 있다. 그렇다고 해서 미래의 생계를 전혀 신경 쓰지 않는 철없는 학생은 아니다. 입학이 2년 늦어진 만큼 조바심이 있었고, 좋은 성적을 받아야 한다는 압박감에 신입생 시절에는 조기 졸업까지 고민하며 묵묵히 공부에 매진했다. 이러한 조급함은 여전히 내 마음속에 남아 있다. 그런 내가 사람들 앞에서 당당하게 발언하고, 홍보물을 나누어 주며, 비판적인 의견에도 미소로 대응하는 사람이 되기까지는 크고 작은 우여곡절이 있었다.

내가 사회 현상에 대해 목소리를 내야겠다고 처음 생각한 것은 2014년, 중학교 2학년 때였다. 당시 내가 다니던 시골 중학교는 학습 분위기를 조성한다는 이유로 학생들의 휴대전화 사용을 금지했다. 외부 소식을 접하려면 신문을 읽는 수밖에 없었다. 그해 4월, 여러 언론사의 신문에 수학여행을 떠나는 고등학생들과 다양한 층의 승객을 태운 여객선이 침몰했다는 소식이 실렸다. 외부와 단절된 상황에서 나는 그저 안타까움을 느끼는 것 외에는 큰 감정을 가지지 못했다.

그러나 한 언론사에서 희생자들의 생전 사진과 사연을 연재하기 시작하면서, 숫자로만 보이던 사람들이 하나둘 내 마음속에 들어오기 시작했다. 특히 사촌 오빠와 동갑내기인 희생자들의 이야기를 읽으며, '이것이 내 가족의 이야기일 수도 있구나'라고 깨달았다. 사촌 오빠와는 친형제처럼 지내는 사이라 실감이 더 컸던 것이다. 이해할 수 없는 죽음이 왜 발생했을까 고민했다. 그 무렵 한 선생님이 수업 시작 전에 이렇게 말씀했다. "얘들아, 앞으로 너희가 어른이 되어 세상을 살아갈 때, 꼭 정치에 관심을 가져야 한다. 정치인들은 우리 같은 시민들이 정치에 관심을 잃는 순간 자신들 마음대로 나라를 운영하거든." 이 말씀은 10년이 지난 지금도 내 마음에 남아, 정치가 우리의 삶에 얼마나 중요한지를 계속 상기시켜 준다.

그 후로 나는 신문을 닥치는 대로 읽었다. 다른 언론사의 신문을 읽는 친구들에게도 얘기해 같은 사안을 다양한 관점에서 함께 곱씹기 시작했다. 이러한 신문 읽기 습관은 고등학교에 진학한 후에도 계속되었고, 나는 학교에서 '매일 아침 자습 시간에 공부는 안 하고 신문만 읽는 별난 이과생'으로 알려졌다. 또래에 비해 정치 이슈를 많이 접하다 보니 상대적으로 아는 것이 많았고, 사회 선생님은 내 별명을 '정치 소녀'라 부르기도 했다.

진로 문제로 이과에 진학했지만, 수학에 어려움을 겪으며 대학 입시를 2년 더 치르게 되었다. 이 시기에 나와 맞지 않는 입시제도에 큰 고통을 느꼈고, 나와 같은 사람들의 목소리가 반영되어 변화를 이끌어내길 바랐다. 또한 고등학교 시절 다양한 사회 의제를 접한 뒤, 교육 시스템뿐만 아니라 사회 전반에 존재하는 비주류의 목소리가 좀 더 크게 들리도록 노력해야겠다고 생각했다.

우여곡절 끝에 대학에 입학한 2021년에는 내가 있는 공간의 사회 문제를 내 손으로 해결하고 싶다는 마음은 잠시 접어두기로 생각했다. 남들보다 2년이나 늦었다는 조급함에 가능한 한 빨리 졸업해서 자리를 잡아야 한다고 생각했기 때문이다. 마침 코로나19로 모든 강의가 비대면으로 진행되던 시기였다. 이런 상황을 기회 삼아 방 안에 콕 박혀 공부만 하면 계획은 순조롭게 이룰 수 있으리라 생각했다. 하지만 사회적 거리두기가 완화된 다음 해, 캠퍼스에서의 생활은 눌러두었던 나의 갈급함을 기지개 켜게 했다. 대학생은 학교라는 공간을 바꿀 수 있고, 학교라는 공간을 바꾸기에 가장 좋은 곳은 총학생회라는 결론에 다다르고 나니, 어느 순간 총학생회 간부 지원서를 쓰고 있는 나 자신을 발견하게 되었다. 마침 학생회에는 인권 분야를 다루는 곳이 있었고, 내가 하고 싶던 것을 할 수 있다고 생각해 지원했다.

그곳에서 2년간 활동하며 많은 것을 배웠고, 좋은 사람들도 많이 만났다. 그러나 2023년 국장으로 일하면서 한계를 느꼈다. 자격도 되지 않으면서 그 자리에 있는 것처럼 느껴졌고, 광장에 나오는 사람들은 새로운 얼굴 없이 정체된 것만 같았다. 내가 하는 이야기에 공감하지 않을뿐더러 비난하는 것 같았다. 나와 내 친구들은 고여서 썩어버린 우물물이 된 것 아닌가 생각하면서, 내 안에 타오르던 열정은 화력을 잃고 소진되었다.

더는 못 하겠다고 생각한 때, 운 좋게 교환학생 프로그램에 합격해 영국으로 떠나게 되었다. 그곳에서는 자연스럽게 사회운동을 하던 사람들과 거리가 멀어질 것이라 생각하며, 그 기회에 연락을 끊고 잠시 쉬어가기로 마음먹었다. 2024년 하반기, 영국에 있으면서 전에는 느끼기 어렵던 여유와 걱정 없는 삶을 누렸다. 개인적으로는 평온한 나날을 보냈지만, 그 사이 우리나라와 세계에서는 큰 사건들이 일어났다. 10월에 한강 작가가 노벨문학상을 수상했고, 11월에는 트럼프가 재선에 성공했다. 한 달 간격으로 들려오는 이 소식들에, 한국에 없을 때 왜 이렇게 큰일이 일어나는지 친구들과 농담 섞인 푸념을 하기도 했다. 그러면서도 그때는 상상도 못 했다. 한 달 뒤, 한국이 정말로 큰 변화를 겪을 줄은.

나는 계엄령을 역사 속 사건으로만 여겼다. 광주민주화운동에서 민주화를 꿈꾸는 이들을 짓밟은 구실이었고, 박정희 대통령 피살 후 전두환이 권력을 잡기 위해 사용한 방법으로만 알고 있었다. 최근에는 박근혜 탄핵 정국 당시 계엄령을 맞을 뻔했다는 정도를 알고 있었달까. 그 당시 막 정치에 관심을 가지던 중학생이었고 계엄이라는 것이 무엇인지는 알았지만, 벌어지지 않은 일이다 보니 "우리 진짜 큰일 날 뻔했네?" 생각하고 지나갔던 기억이 난다.

비상계엄령이 선포되었다는 소식을 처음 접했을 때, 나는 9시간의 시차와 수천 킬로미터 떨어진 친구들이 나를 놀리려 장난을 친다고 생각했다. 아침 수업이 끝나고 점심을 먹었고 오후 계획을 세우던 중이었다. 단체 대화방에 "계엄이 선포됐다"는 메시지가 하나둘씩 올라오는 것을 보며 웃음을 터뜨렸다. '장난도 정도껏 해야지, 무슨 80년대로 돌아간 것도 아니고……'라는 생각이 스쳤지만, 곧 현실을 깨달았다. 단체 대화방의 분위기가 얼어붙는 것을 글 사이에서도 느낄 수 있었다.

휴대전화 화면을 멍하니 바라보던 나는, 눈앞의 상황이 믿기지 않아 얼어붙었다. 머릿속에서는 온갖 생각이 빠르게 교차하며 돌아갔다. '지금 이 일이 현실이라면, 내 가족과 친구들은 어떻게 되는 거지?' 속보가 연이어 올라오고, 그 속보마저도 다음 속보에 밀려 사라질 정도로 상황은 급박하게 진행되었다. 그 사이 몇몇 친구들이 국회 앞으로 향한다는 소식을 들었다. 나는 휴대폰으로 뉴스를 열어 속보를 예의주시했다. 얼마 후, 국회의원들이 국회의사당 담을 넘고 있다는 소식이 전해졌다. 정족수가 채워졌다는 말에, 내 노트북의 유튜브 화면에는 국회 앞 생중계와 국회 의원회관 내부 생중계가 각각 열려, 상황을 지켜보느라 정신이 없었다.

계엄 해제가 선포될 때까지 유튜브 영상을 지켜보는데 온갖 생각이 머리를 스쳤다. 국회 앞에 있는 내 친구들은 괜찮을까? 다친 데는 없을까? 얼마나 무서울까? 해제 표결은 언제 완료될까? 이렇게 주변 사람들의 안위가 걱정되는 가운데, 죄책감이 밀려왔다. 내가 한국에 있었다면 그 자리에 함께 있었을 텐데. 함께 해왔던 사람들과 함께할 수 있었을 텐데. 내가 거기 있어야 했는데. 이런 생각이 드니, 타국에 있으면서도 내 나라 상황을 누군가 알아주었으면 하는 마음이 들었다. 한국어로 시시각각 올라오는 속보를 대강 영어로 번역해 인스타그램 스토리에 올렸다. 계엄선포 소식은 해외 언론사에도 비교적 빠르게 보도되었지만, 급변하는 상황 속에서 계엄선포 이후의 소식들은 한국에서 계엄이 해제된 후에야 전해졌다.

다음 날 저녁, 영국의 친구들이 물었다. "너희 나라에서 무슨 일이 벌어지고 있는 거야?" 계엄의 역사가 존재하지 않는 나라의 친구들은 대통령이 쿠데타를 일으켰다는 소식이 신기하기만 한 듯 보였다. 제대로 설명하자니, 한국 현대사를 훑어보야 이해될 것이란 생각에 아득해졌다. 그래서 그냥 결론만 말했다. "대통령이 자기 권력을 유지해보겠다고 발악하다가 쿠데타를 일으킨 거다. 80년대에나 있었던 일이라던데 21세기에 이런 일이 벌어진 게 나도 어이 없다." 소규모로 이루어지는 다른 세미나 형식의 수업에서도 친구들에 이어 교수님들까지 나와 내 나라의 안위를 걱정했다. 다른 대답을 할 생각이 없어, 어이없다며 멋쩍게 웃었을 뿐이다. 정확한 원인이 밝혀지지 않은 계엄선포로 할 말도 없었기 때문이다.

이 경험 뒤 가장 강하게 느꼈던 감정은 의외로 외로움이었다. 허탈함과 분노가 함께 밀려왔지만, 특히 타지에서 이방인으로 살아가며, 내가 사랑하는 내 나라에서 벌어진 비상식적인 일이 그저 웃음거리처럼 여겨지는 것 같은 기분이 들었다. 11월, 내가 교환학생으로 있던 학교 학생회에서 올렸던 공지가 떠올랐다. 미국 대선 생중계를 캠퍼스 내 술집에서 함께 보자는 제안이었다. 술을 마시며 다른 나라의 대선을 지켜보는 일이 신기하고도 충격적이었다. 무엇보다도 정치와 관련된 논의를 총학생회가 자유롭게 주도하는 게 생경했다. 한 나라의 대통령 선거가 그저 오락거리로 여겨지는 분위기도 낯설고 어색했다. 내 나라에서 벌어지는 계엄 사태를 꼭 그렇게 보고 있는 것 같다는 기분이 들었다. 함께 돕는 사람은 없고, 제대로 된 관심도 없으면서 단순한 소문 혹은 이슈를 다루듯 괜찮냐는 말 한마디와 함께 '내 나라에서 일어나지 않아 참 다행이다'라고 생각하지 않을까 싶었다. 구경꾼들이 계엄이라는 현실을 겪고 있는 나를 바라보는 것 같았다.

이전에는 결코 경험하지 못한 감정을 느끼면서, 나 자신도 세계 곳곳에서 일어나는 수많은 분쟁을 피상적 인식과 연민의 눈으로 멀리서 지켜보고만 있었던 것은 아닌지 생각하게 되었다. 팔레스타인, 우크라이나, 미얀마, 수단 등, 그곳에서 실제로 무슨 사건이 일어나는지 제대로 알지도 못하면서, "연대하겠다", "함께하겠다" 하는 말이 얼마나 무책임하고 경솔한 것인지 깨달았다. 그 말에는 '내 나라에서는 그런 일이 일어나지 않겠지, 나와는 아무 상관도 없어'라는 오만이 숨어있는 것은 아닌가 생각했다. 그동안 국제 뉴스에 한숨지으며, 몇 줄의 기사를 읽고는 돌아서던 나의 모습이 떠올랐다. 그럴 때마다 과연 내가 진정으로 고민하고, 진정으로 연대했는지 다시금 깊이 고민하게 되었다.

내 옆에 함께하면서 연대하는 사람이 없다는 외로움은 아이러니 하게도 한국에 있는 내 친구들과 선배들, 수많은 동료, 시민들을 통해 해소되었다. 자기의 삶과 죽음이 걸린 상황에서도 국회의사당 앞에서 반헌법적인 계엄령에 맞서 싸운 이들, 농민들의 생존권을 지키기 위해 남태령에서 밤을 새우며 종일 함께한 이들은 "비를 맞는 사람에게 우산을 씌워주는 것이 아니라, 비를 함께 맞아주는 것"이라는 연대의 의미를 몸소 보여주었다. 나도 교환학생을 마치고 12월 말에 돌아와 이 대열에 합류했고 연대에 작은 힘이나마 보탰다. 이것이 끝이 아니었다. 윤석열의 체포가 미뤄져 한강진 대통령 관저 앞에서 무박 3일 낮밤을 함께할 때는 우리가 상상만 하던 공동체를 실현하고 있었다. 이러한 마음들은 새로운 세상을 꿈꾸며 다 함께 다짐하는 광화문 앞에서도 이어진다. 나는 교환학생을 마치고 12월 말에 돌아왔고 이 대열에 합류했다.

　변화된 세상을 만들려는 사람들의 마음은 어디에서 비롯되었을지 곰곰이 생각해 본 적 있다. 2017년, 박근혜 대통령의 파면 이후 세상이 바뀔 것이라 믿었지만, 현실은 여전히 약하고 힘없는 사람들에게 가혹했다. 폭력과 억압은 계속되었고, 윤석열이 당선된 후에도 세상의 고통 속에서 아파하던 사람들은 더 큰 괴로움에 시달렸다. 그럼에도 불구하고, 억눌린 사람들은 더 이상 이렇게 살 수 없다는 절박한 마음으로, 내 삶을 위해서라도 이제는 반드시 변화를 이끌어야겠다고 다짐한 것 아닐까. 남태령이라는 공간은, 전봉준 투쟁단의 트랙터가 서 있는 동안, 다양한 사회적 억압을 겪은 이들이 모여 서로 얼굴을 맞대고 배워가는 장소였다. 농민과 노동자들은 젊은 여성과 성 소수자들이 어떤 사람들인지, 그들이 어떤 경험을 하며 세상을 살아가는지 알게 되었고, 반대로 여성과 성 소수자 청년들은 농민과 노동자들이 무엇을 위해 싸우고 있는지 이해하게 되었다. 자신이 모르던 사회의 퍼즐 조각을 하나씩 맞춰가는 거대한 배움의 장이었다.

그곳에 모인 사람들은, 그들의 이야기를 들은 사람들은, 다시는 그 이전으로 돌아가지 않겠다고 굳게 다짐했을 것이다.

나는 우리가 연대의 과정에서 배운 것들이 단지 경험으로만 남지 않기를 바란다. 배움은 실천을 통해 가치를 얻듯, 우리가 얻은 교훈과 그 과정에서 고민해온 결과들이 사회에서 실제로 실현되기를 간절히 소망한다. 우리가 저질렀던 이전의 실수를 깊이 새기며, 다시는 그 길로 돌아가지 않는 세상을 만들고, 약하고 힘없는 사람들도 인간답게 살아갈 수 있는 세상이 이루어진다면, 그것이 바로 우리의 치열한 싸움이 이루어낸 결실이 될 것이라고 믿는다. 그런 세상을 내가 두 눈으로 볼 수 있을 때까지, 나는 계속해서 고민하고 싸우며 나아갈 것이다.

| 장유진

멈추지 않고 세상을 보고 읽고 쓰며 고민하고자 한다. 하기 싫지만 해야 하는 일에서 발 빼고 싶을 때마다 한숨을 쉬며 '그래도 해야지…….' 라는 마음으로 산다. 이렇게 만들어낸 작고 느린 차이가 나중에는 거대한 폭풍처럼 변모할 것이라 믿으며 오늘도 한 발짝 나아가고 있다.

주민들의 안녕과 새들의 평화

윤설현

접경지역의 그날 밤

2024년 12월 3일 밤. 오보겠지? SNS에서 계엄 소식을 접하고 몇 번이나 다시 확인했다. 영상을 보고서야 이게 현실이라는 걸 인정할 수밖에 없었다.

바로 대문 밖으로 뛰어나갔다. 탱크 소리는 들리지 않는지, 포성이나 총성이 울리지 않는지 가만히 귀를 기울였다. 유튜브 속보를 보며 실시간으로 국회에서 계엄군과 대치 중인 시민들을 응원하고 상황을 지켜봤다. 그리고 마침내, 계엄 해제안이 가결되는 순간 안도의 한숨을 내쉬었다. 하지만 접경지역이라 전쟁이 터질지도 모른다는 불안감은 쉽게 가라앉지 않았다. 군사분계선에서 이상 징후는 없는지, 평소와 다른 군 차량 이동은 없는지 조마조마한 마음으로 집 안팎을 들락거리며 밤새 긴장 속에서 시간을 보냈다. 그날 밤, 내란의 우두머리 윤석열이 퇴진해야만 이 공포와 불안이 끝날 거라고 확신했다. 탄핵소추안 가결을 위해 여의도로 향했다. 그리고 매주 광화문에서 시민들과 함께 윤석열 파면을 외치고 있다.

너희가 지난여름부터 한 일을 기억한다

계엄이 실패한 후, 윤석열과 김용현을 비롯한 내란 주도자들의 음모가 하나둘씩 드러나기 시작했다. 비상계엄을 정당화하려고 평양에 무인기를 침투시키고, '오물 풍선' 원점을 타격하라고 지시하는 등 한반도에서 무력 충돌을 일으키려 했다는 증언이 속속 나오고 있었다. 그중에서도 가장 충격적인 건 민간인이던 노상원의 수첩에서 나온 메모였다. 거기엔 '북방한계선(NLL)에서 북의 공격을 유도'하겠다는 내용이 적혀 있었다. 정치적 이득을 위해 국지전까지 일으켜 한반도를 위기에 빠뜨리려 한 정황들이 속속 드러나고 있었다. 만약 이 지시들이 실제로 실행되었다면, 접경지역을 비롯한 한반도 곳곳에서 군사 충돌이 벌어지고, 그 여파로 확전될 가능성도 충분했다. 단순한 권력욕이 아니라, 전쟁까지 도발하려 했던 자들이 아직도 권력을 쥐고 있다는 사실이 소름 끼쳤다.

DMZ에서 피어난 평화의 순간들

틈날 때마다 가족과 함께 찾아오는 동문이 있었다. 강민신 선배는 아내와 두 딸과 함께 내가 운영하는 게스트하우스 DMZ STAY를 종종 방문했다. 두 아이에게 생태 감수성을 키워주려는 목적도 있었지만, 그게 아니더라도 한 번 다녀간 사람들은 이곳의 매력에 빠져 계속 찾아오곤 했다. 풀과 나무, 새들이 어우러진 풍경은 언제나 사람들을 끌어당기는 힘이 있었다. 선배네 가족이 겨울에 왔을 때는 함께 밖으로 나가 두루미와 재두루미를 탐조했다. 들판 어디에서나 볼 수 있는 새 떼는 그야말로 장관이었다. 가늘고 긴 다리로도 전혀 흔들림 없이 우아하게 걷는 모습, 서로 그루밍하며 한참을 머무는 모습은 지켜보는 것만으로도 마음이 편안해졌다. 논과 하천으로 한꺼번에 날아오르거나 내려앉을 때면, 아이들은 신이 나서 소리를 질렀다. 새들이 신호를 주고받는 소리와 아이들의 웃음소리는 참 잘 어울렸다. 어느새 이 새들이 있는 풍경이 이 지역의 평화를 상징하는 시그니처가 되었다. 새들이 자유롭게 노니는 모습을 보고 있으면, 남북이 대치하고 있다는 사실이 실감 나지 않았다. 자연 속에서 살아 있는 평화 교육이 저절로 이루어졌다. 지난봄에는 DMZ(비무장지대) 야생화로 꽃차를 만들면서 선배네와 더 자주 만났다. 선배가 이곳에 자꾸 발걸음하던 계기가 있었다. 우연이라고 하기엔 운명의 장난 같았던, 웃지 못할 사연이었다.

대북전단 살포 베이스캠프 교회

2018년 남북 정상회담 이후 상호 왕래와 교류로 희망찼던 접경지역은 2024년, 전쟁 공포가 커지면서 불안정한 지역으로 변했다. 2024년 일부 탈북자 단체들이 접경지역에서 대북전단 살포를 재개하자 북한은 5월부터 쓰레기 풍선을 남쪽으로 보냈다. 우리 정부는 6월 대북 확성기 방송을 시작했고 이에 질세라 북한은 7월부터 기계 소리, 귀신 소리와 같은 소음을 남쪽으로 송출했다.

"평화를 위협하는 세력에 대항해 파주 시민들이 뭐라도 해야 하지 않나?"라며 농민, 자영업자, 종교인, 정당인 등이 '평화위기 파주 비상행동'(이하 비상행동)이라는 네트워크를 구축하고 6월부터 매주 주말 임진각에서 대북전단과 대북확성기에 반대하며 평화행동을 진행했다.

6월부터 시작한 비상행동의 활약으로 임진각 대북전단 반대 릴레이 평화행동은 북적거렸다. 민신 선배의 가족이 서울에서 달려와 이 일을 도왔다. 먼저 영어 피켓을 만들어 방문하는 외국인에게 널리 알렸다. 당시만 해도 윤석열의 깊은 흉계를 알아챈 사람은 많지 않았다. 여론은 접경지역 일부 주민들 생활이 불편하다는 정도로 미미하게 형성되었을 뿐이다.

여론이야 어떻든 민신 선배는 가족과 함께 주말 실천 행동에 참여했고 8월 15일에는 임진각에서 열린 한반도 평화행동에도 함께했다. 이러한 지지와 연대는 비상행동에 큰 힘이 되었다.

그러던 중 알게 된 사실이 있었다. 민신 선배가 어느 날 파주가 익숙하다며 월롱면에 소재한 한 교회를 언급했다. 선배네 가족이 다니는 교회는 서울에 있는데 마침 그 교회에서 해마다 파주에 있는 교회로 수년간 봉사를 다닌 적이 있었단다. 그 말을 듣자마자 나는 "그 교회가 대북전단 살포하는 탈북단체의 베이스캠프입니다"라는 사실을 알려주었다. 지역에선 탈북단체들이 전단 살포 장비를 보관하고 협조하는 교회로 널리 알려진 교회였다. 지난여름에도 그 교회에서 시도했던 대북전단 살포를 저지하려고 마을 주민들이 길을 막고 농성을 했다. 저지 과정에서 시장과 탈북단체의 충돌이 있었다는 뉴스가 방송된 적이 있었다.

대북전단을 살포하는 파주의 교회가 마침, 선배가 다니는 교회에서 봉사하러 오는 교회였다. 믿지 못할 우연의 일치에 선배는 당황했다. 선배의 가족이 파주까지 원정을 오면서 평화행동에 적극 나선 데는 그런 이유도 있다고 생각한다.

출발은 대북 전단 살포

10월에는 평양 상공에서 무인기를 이용한 대북 전단 살포가 있었다. 10월 15일에는 급기야 군사분계선 총격으로 민통선(민간인 출입통제선) 내 농부들을 비상 소개하는 일촉즉발의 상황까지 이르렀다. 접경지 긴장 고조로 지역 경제는 휘청거렸고 주민들은 전쟁 발발의 공포를 느끼기 시작했다.

이 상황을 외부에 알리고자 파주시청 앞 기자회견, 대통령실 앞 기자회견, 광화문 정부청사 앞 기자회견을 했다. 비상행동은 지푸라기 같은 가능성이라도 보이면 기자회견이란 기자회견을 닥치는 대로 진행했다. 다행히 언론사들의 관심이 높아져서 4개의 외신과 5개의 국내 언론사 인터뷰도 진행했다.

그 와중에 납북자 단체와 탈북자 단체가 임진각에서 대북전단을 공개 살포하겠다고 나섰다. 하지만 10월 31일, 트랙터를 몰고 나온 농민들과 주민들, 지자체가 힘을 합쳐 이들의 전단 살포를 저지했다. 여름부터 이어 온 평화 실천 행동의 성과였다. 그런데 11월 17일, 북한의 김여정이 대북전단의 증거를 내밀며 "쓰레기들은 대가를 치르게 될 것"이라는 성명을 발표했고, 같은 날 31번째 오물 풍선을 날려 보냈다. 국방부는 "우리의 인내심을 더 이상 시험하지 말라"고 경고했다.

서로 주고받는 말 폭탄이 언젠가는 진짜 폭탄으로 휴전선을 넘나들까 걱정하는 주민들이 많아졌다. 평양 상공에서 무인기를 이용한 대북전단 살포가 있었다는 뉴스가 나왔고, 북한에 들켰다는 소식이 전해졌을 때 '최악의 상황이 올 수도 있겠구나' 싶었다. 그때 우리 마을의 안전과 일상의 평화를 지키기 위해 할 수 있는 일은, 대북전단을 막아내는 것뿐이었다.

70대 사과 농부의 혜안
"윤석열이 화근이야. 윤석열을 끌어 내리든가 해야지……."

파주시 민간인 출입통제 구역 안에서 사과를 재배하는 70대 농부의 탄식이었다. 그날은 2024년 10월 15일 오후였다. 70대 농부는 파주 민통선 지역에서 20년째 사과 농사를 짓는 어르신이었다.

평양 상공에 무인기로 대북 전단을 살포했다는 발표가 나오며 충돌을 눈앞에 둔 상황이었다. 그날 오전, 북한은 경의선 연결 도로를 폭파하고 남한은 군사분계선에서 총격으로 이에 응사하는 바람에 DMZ 관광은 전면 중단되었다. 민간인 통제구역 내의 공무원, 주민,

농부에게 소개령이 내려왔다.

윤석열이 문제라고 하던 어르신의 농장은 '6.15 사과농원'이었다. 농장 이름을 이렇게 지을 정도니 이 어르신의 남북평화에 대한 열정이 어느 정도인지는 말할 필요 없을 것이다. 나는 다만 존경하고 따를 뿐이었다. 최초의 남북정상회담 성과로 김대중 대통령과 북한의 김정일 위원장이 2000년 6월 15일 평양에서 공동 발표한 6.15 선언을 실천하는 사과 농장이었다.

10월 15일 작업 중 읍내에 나간 어르신은 농장으로 다시 돌아갈 수 없었다. 12시경, 농장으로 가려는 어르신을 군 검문소에서 막았다. 군사분계선 위기로 민통선 내부 출입을 금지한 것이다. 농장에서 아내가 홀로 작업하고 있다고 군인들에게 말해봤자 소용없었다. 한참을 실랑이하고서야 어르신은 아내를 구출해 나올 수 있었다. 시간이 꽤 지난 늦은 오후에야 검문소 통과는 정상으로 돌아갔다.

내가 함께한 언론사 인터뷰에서 그날 사연을 얘기하시며 "윤석열이 문제야, 윤석열을 끌어내려야 해"를 몇 번이나 되풀이했지만 그날 방송에서 이 말은 들을 수 없었다.

남북 충돌을 우려한 주민들은 파주에서, 서울에서 기자회견을 하고 언론 인터뷰도 하면서 접경지의 군사 긴장을 알렸다. 어르신의 말씀 수위는 접경지대인 우리 마을의 긴장만큼이나 높아졌다. 그때는 어르신의 말씀이 좀 지나친 것 아닌가 했는데 내란의 진상이 밝혀지면서 그분 말씀이 맞았다는 것을 인정해야 했다.

70대 농부는 나와 동지가 되어 남태령으로, 한남동으로, 광화문으로 윤석열 탄핵의 광장에 함께 섰다. 광장에서 농민과 청년, 시민들의 연대는 가장 큰 무기였고 손에 쥔 응원봉은 최신 병기가 되었다. 늙은 농부의 노래는 5천만을 깨우는 진군가였다.

접경의 땅, 흔들리는 평화

접경지역 주민들 삶은 특별할 게 없다. 농부들은 여느 농부와 마찬가지로 봄에는 모내기하고 초여름이면 콩을 심고 가을에 추수한다. 농사가 끝난 겨울 벌판에는 기러기 떼와 두루미, 재두루미까지 여유롭게 낙곡을 주워 먹으며 한가로운 시간을 보낸다. 숭어를 낚아채는 흰꼬리수리의 비상도, 파란 하늘을 빙빙 도는 독수리의 활공도 농로 옆 강가에서 늘상 벌어지는 일일 뿐이다. 때때로 공중에서 벌이는 먹이 쟁탈전은 살벌하지만 그들은 상대를 죽이자고 끝까지 몰아붙이지는 않는다. 싸움의 기세가 기울면 물러나는 것이 이들의 약속 대련이고 이들이 평화를 유지하는 방법이다.

그러나 이번 겨울, 벌판의 평화가 위협받았고 마을의 일상은 무너졌다. 새들은 여전히 약속을 지키며 생명의 터전을 누리는데 이곳에 살지도 않는 자들이 외부에서 평화의 땅을 온통 쥐고 뒤흔들었다. 내란의 진상을 밝히는 과정에서 대북전단으로, 무인기로 끊임없이 북한을 자극하고 국지전을 시도했다는 뉴스를 듣고 나는 분노하게 되고 허탈감에 빠졌다. 수십만 접경지역 주민의 목숨을 담보로 국지전 도발을 시도하다니 국가 지도자이기 전에 윤리와 도덕의식이 아예 없는 자다.

내란은 진행 중이고 접경지역도 바뀐 것 없이 긴장의 불씨가 여전하다. 주민들이 소음 피해를 호소해도 대북 확성기는 송출 중이고 북한의 대응도 지속되고 있다. 북한과 대치하는 최전선, 특별할 것 없는 이곳 주민과 새들의 터전에 언제쯤 평화가 다시 깃들까? 답은 자명하다. 70대 사과 농부의 말대로 이루어지길 바라며 오늘도 평화행동에 나선다.

| 윤설현

분단의 대치점 그 끄트머리에서 변방이야말로 창조적 공간이라고 생각하면
서 주류에 맞서는 혁신을 꿈꾼다. 자기 변화 한 걸음, 타인과의 소통 두 걸
음 뚜벅뚜벅 내디디며 어떤 이의 그림자를 쫓아가는 사람.

이토록 사적인 계엄

김경은

아침 운동 삼아 집 앞 승기천을 나가곤 했다. 1월엔 덜 추운 날을 골라 사나흘 만에 한 번씩 나갈 때가 많았다. 누런 들판을 열심히 쪼며 종종거리는 새들을 보면 마음이 절로 한가해졌다. 지지난해부터 였나? 새들이 부쩍 늘었고 최근 들어 하천은 붐비기조차 했다. 무리를 이룬 큰기러기 떼와 승기천의 텃새가 된 두어 마리의 백로를 주로 봤는데 그날따라 다양한 새들이 물에서 놀고 있었다. 알록달록 머리 색깔로 구분되는 비슷한 실루엣의 고만고만한 새들이 물 위를 떠다녔다. 다음날이 이삿날이라 승기천 아침 산책은 이날이 마지막이었다.

붐비지만 고요해서 극한의 평화가 물결 따라 흐르는 곳이다. 누구라고 저곳에 돌을 던질까. 나는 방심한 채 바라보고 있었다. 나사 풀린 것 같은 이런 자세가 허락되는 평화를 하마터면 누리지 못할 뻔했다.

12월 3일 이후 생긴 습관이 있다. 상상하는 것이다. 한가롭고 평온한 광경을 볼 때마다 돌발적인 한 컷이 끼어들며 잠깐잠깐 움찔한다. 누군가 당기는 방아쇠, 울리는 한 방의 총성을 신호로 일대는 뒤집히며 아수라장으로 변하고…… 더는 나아가지 않고 머리를 턴다. 전혀 어울리지 않는 광경이지만 벌어질 뻔했다.

계엄의 밤이 지나고

12월 들어서며 기온이 확 떨어졌다. 4일엔 한파 주의보가 발효돼 도로 위에 생길 빙판과 살얼음을 조심하라는 문자가 여러 번 도착했다. 간밤 어지러운 소동에도 아랑곳없이 식전 댓바람부터 울리는 '안전 안내문자'에 괜히 치미는 아침이었다. 불면의 밤을 보낸 온 국민에게 "교량, 터널, 고가도로 등"의 단어가 아니라 '심심한 위로'의 문구를 넣은 안내문이라도 보내줘야 하는 것 아닌가?

간밤은 정말이지 끔찍했다. 덕분에 아침 운동을 건너고 잠을 보충하려 했으나 잠이 올 리 없었다. 얼토당토않은 계엄의 변을 지켜보던 사람들을 아연하게 만들고 국회의사당 앞으로 달려가게 했던 '12.3계엄 사태'. 역사적 사건이 될 소란이 일어난 게 불과 몇 시간 전이라는(24시간도 안 지난) 현실이 비현실적으로 느껴졌다.

천만다행히도 반란 시도는 진압되었다. 계엄 해제안 통과로 국회는 살아 있음을 보여주었으나 그 어름에는 극적인 변곡점이 지뢰처럼 깔린 밤이라는 걸 다들 몰랐다. 엄청난 광역의 음모가 꼼꼼하게 숨어 있다는 걸 상상할 수조차 없었지만 여전히 껄끄러운 감정을 가셔내지 못한 시간이 흐르고 있었다. 보도와 논평과 무의식이 뒤엉켜 꿈자리는 뒤숭숭했다.

언니, 계엄이래

뭐야, 그러니까 부정선거로 당선된 야당 국회의원들이 정부 예산을 다 깎아서 그랬다고? 그런 이유로 우리들의 밤을 이렇게 뒤흔들어 놓았다고?

동생의 전화를 받은 뒤 나는 뒤가 까마득해지는 기분에 빠졌다.

"언니, 뉴스 좀 봐봐."
"왜?"

"글쎄 좀 보래두."

그날은 내키지 않는 글을 쓰고 있었다. 인천의 단체에서 해마다 발행하는 소설집 편집이 내게 떨어져 마지막 작업으로 보도기사를 쓰던 중이었다. 쓰던 중이 아니라 써야 하는 상황이었고 8인의 소설을 뚫는 키워드가 선뜻 추려지지 않아 노트북을 켜놓고 뭉개던 참이다. 정말 쓰기 싫을 때면 멀쩡한 책상 놔두고 침대 앞에 간이 책상을 펴서 시절을 낚던 평소처럼 그날도 그랬다.

그러고 보니 12월 3일은 멘탈이 너덜너덜해진 날이었다. 공모전에 응모한다고 에세이 몇 편 새로 쓰면서 열흘 정도 편집한 산문집 인디자인(ADOBE의 편집 어플)이 틀어져버린 것이다. 시간은 세 시간 남았는데 어디서부터 잘못됐는지 몰라 손을 댈 수 없었고 결국 마감 시간을 넘겼다. 밤은 밤대로 꼬박 이틀을 새우고 공모전은 공모전대로 날아간 상황에서 보도기사를 쓴답시고 그러고 있었다. 이틀이 뭔가. 표지를 만들고 편집하던 열흘 넘게 각성 상태로 살았다.

그랬는데 세상에, 난 이 일을 까마득히 잊고 있었다(이 글을 쓰는 기간 후반에 그날 일이 불쑥 떠올라 중간에 끼워 넣고 있다). 아주 새카맣게 날아간 기억이었다. 윤석열의 계엄만 아니었다면 12월 3일을 떠올리는 족족 마감 시간을 맞추지 못해 졸린 줄도, 배고픈 줄도 모르고 책상 앞을 지키던 일이 제일 먼저 떠올랐을 텐데. 그만큼 충격의 밤이었고 그런 만큼 윤석열이 다시 괘씸해진다. 자꾸 떠올려서 좋을 일 없으나 계엄보다는 공모 실패 충격이 좀 낫지 않나.

"언니, 윤석열이 말이야……."

유튜브를 실행하는 동안 동생이 전하는 말이 믿기지 않았다. "아니 무슨……" 다음 말이 안 나왔다. 아무 말이라도 해야 할 것 아닌가. 의사들을 이기적이라고 할 수는 있어도 계엄으로 다스릴 반체제 집단인가? 이건 아니지. 시대착오적 행위는 성공할 수 없다거나 우리나라가 미얀마나 어디처럼 불거진 싱크홀로 빠지듯 기연시 곤두박질치고 말 거라든가, 그럴듯한 말이 아니더라도 말이다.

야간투시경을 더듬이처럼 머리에 달고 창문을 깨는 계엄군은 부조리해 보였다. 요란한 그 물건을 보는 순간 기기묘묘한 감정에 휩싸였다. 연미복을 차려입고 락페스티벌 무대에 오른 광대랄까. 우스꽝스러우면서도 외계인처럼 낯설고 무섭고도 경악스러운 상황극 같았다.

이제부터 길을 가다 가방을 보여 달라면 보여주고, 서까지 동행하자면 끌려가고, 주먹을 쥐고 구호라도 외치면 머리끄덩이 잡혀 바닥에 패대기쳐지는 건가? 사회 불만을 고조시키는 가사라고 금지곡이 되고 상영금지 영화 딱지가 붙고 작품은 출판 금지되고, 보도지침과 블랙리스트가 작성되고, 임금을 올려 달랬다고 빨갱이가 되고…….

많이 놀라고 답답해서 전화한 동생은 내 입에서 무슨 말이라도 떨어지길 기다렸을 것이다. 뭔 말이라도 나눠야 진정될 테니까. 이럴 때면 나는 어느 편을 확신할 정도로 흔들림 없는 역사의식을, 그게 아니라면 최소한의 혜안이나마 가진 사람은 아니라는 걸 느끼곤 한다. 나이가 들수록 점점 소심해지면서 쪼그라들고 있다.

그때부터 나의 카톡에 있는 단체톡방들이 소란스러워졌고 간단한 작업이건만 내 일은 도무지 진도가 안 나갔다. 뭣이 중헌디? 시민권이고 책임이고 간에 평화로운 '시절 낚기'가 송두리째 날아갈 상황이잖아. 그렇지만 나한테는 그 밤에 넘겨야 하는 보도기사도 중요했다.

오마이TV에는 국회의사당 앞의 상황이 떴다. 사람들이 점점 늘어나면서 나도 조금씩 진정하고 있었다. 계엄은 국회에서 거부되고 대통령 직위에 있던 자는 여섯 시간 만에 국회의 계엄 해제를 받아들였다.

무슨 계엄을 저렇게 허투루 도모해서 친위쿠데타마저 실패하고 있냐? 뭐 하나 제대로 하는 게 없던 대통령이 기분 내키는 대로 설치다가 임기를 재촉했네.

처음엔 그렇게 생각했다.
이토록 하찮은 계엄이라니.

계획이 다 있었구나

상상이나 했을까? 사람들이 그렇게나 많이 의사당 앞으로 몰려올 것이라고? 국회의원들이 속속 월담할 거라고? 안귀령 앵커(이제는 정치인)가 군인의 총구를 뿌리치며 용감하지만 처연하게 질책할 것을? 현장의 군인들이 시민들의 저항을 묵묵히 견디며 항명할 거라고?

그들은 어느 시대를 사는 걸까? 여론에 신경 쓰지 않는다고 큰소리치며 디올 백부터 양평 도로까지 온갖 게이트가 터져 나와도 뻔뻔하게 버틸 수 있던 게 다 이러려고 그런 거네. 절대권력을 좇는 건 알았지만 설마 쿠데타를 시도할 줄은 몰랐다. 그런 말을 하는 사람들에게는 너무 나가지 말라고 말하곤 했는데 지금이 어떤 시대라고 그런…… 너흰 무슨 왕당파라도 되는 거야?

그래서 그랬구나. 그들 왕당파가 믿는 것은 왕정복고를 꾀하는 쿠데타였어.

그 밤에 달려간 시민들이 나라를 살렸다. 무자비하게 돌리려던 시곗바늘을 맞잡아 시간을 지켰다. 그날 밤 내가 보도기사를 무사히 넘길 수 있던 것도, 나의 하루하루를 단절 없이 연속시킨 것도 국회 앞에서 계엄을 몸으로 막아선 사람들이 있어서 가능했다.

한 치 앞을 내다볼 수 없는 상황에서 새로운 소식에 매달렸고 날이 밝았다. 이 년 가까이 멀리했던 아침 뉴스와 시사 프로를 나는 찾아보고 있었다. 그날 몫의 산책은 아침 승기천 대신 저녁 광화문으로 시간과 장소를 바꿨다. 함께 산책하는 동네 친구를 오후에 만났고 우리들의 광장으로 향했다. 사람들이 모인 광장에, 행진하는 거리에 앳된 얼굴들이 많아서 놀랐다. 이제는 12.3계엄 반대의 상징이 된 응원봉이 여기저기서 보이며 눈길을 사로잡았다.

내란 정국의 후유증

탄핵의 시간은 더디게 흘렀고 나는 나에게 닥친 일과를 해치우면서 이런저런 생각을 정리하고 있었다. 제일 큰일은 '조세희 선생의 2주기 추모 행사' 준비와 산문집 발간이었고 사소한 일이라면 이사 준비와 다음 해(다음 해가 올 수 있다면)에 있을 강의 제안서 작성이었다. 공적인 일 두 가지와 사적인 일 세 가지 정도였다. 산문집 발간이 공적인 이유는 인천시와 인천문화재단의 기금을 받아 2024년까지 발간할 의무가 있었기 때문이다. 공모전 날짜는 못 맞췄지만 마음을 추스르고 다시 편집한 책은 인쇄소에 넘긴 상태였다.

일정대로 『난장이가 쏘아올린 작은 공』(이하 난쏘공)의 무대 답사에서 조세희 선생의 작품을 말하고 장소를 안내했다. 이어서 경인 일보에 추모 릴레이 기고를 했다. 이사를 대비해 틈틈이 물건들을 버렸다. 아주 찔끔찔끔.

　내가 무용해진 물건들을 못 버리는 것은 과감하지 못한 성격 때문이기도 하지만 뭉텅뭉텅 버리는 일이 께름칙했기 때문이다. 버렸다가 나중에 필요해서 다시 사면 이게 무슨 공해인가 싶어서 죄짓는 기분이 들었다. 그러면서도 과감하지 못한 습성이 늘 불만이었는데 과감해서 뭐하나 하는 반발심리가 그즈음 고개를 쳐들었다. '싹 다 쓸어버리'는 것은 너무 폭력적이고 전횡이고 독재의 DNA고……

　내 생각이 이렇게 흘러가는 것은 다 윤석열과 그 일당 때문이었다. 포악하고 공적 마인드라곤 전혀 없으며 인격체라고 쳐줄 수 없는 괴물, 욕망으로만 똘똘 뭉친 살덩어리, 그러니까 단백질 뭉치. 윤석열이 TV 화면에 잡힐 때마다, 일국의 대통령이라는 자의 말이 방송을 탈 때마다 소름 끼치고 후유증 깊은 내란과 탄핵의 정국이 몸서리쳐졌다.

　어느새 유튜브 알고리즘을 타고 뉴스와 정치시사 채널이 내 스마트폰을 점령했다. 윤석열이 대통령에 당선된 뒤 멀리했던 채널들이 폰으로 귀환하고 있었다. 그 사이 축구와 과학 채널들, 사람과 대화하는 앵무새 채널이 날아갔고 〈이토록 친밀한 배신자〉에 빠지며 시청의 물꼬를 튼 주말드라마 관련 쇼츠가 사라져갔다.

　겨울을 건너며 두세 번 된통 체하는 나의 통과의례는 여전했다. 올 겨울이 더 심했다. 온갖 국밥과 본죽, 홈메이드 흰죽을 먹으며 속을 달래고 있었다. 이게 다 윤석열 때문이라고 해두자. 자꾸 나이 탓하는 게 그렇지만 나 같은 사람을 위해서는 겨울잠 기간이라도 선포해주어야 하는 것 아닌가 생각할 때가 있는데, 아닌 밤중에 계엄령? 하면서 불뚝불뚝 치밀곤 했다. 한여름과 한겨울 기온 차가 섭씨 40도를 넘는 반도의 매몰찬 날씨에도 탄핵과 구속 촉구 시위는 멈추지 않았다.

키세스 군단과 바리데기

조세희 선생 추모원고를 어떻게 시작하고 맺을지 구상하는 동안 남태령 시위 소식이 SNS에 올라왔다. 응원봉을 들고 탄핵시위에 나온 MZ세대에 『난쏘공』의 영희가 겹쳤다. '키세스 군단'은 K-POP 아이돌의 팬덤이거나 팬덤이었고 그 열정을 확장해 시위에 참여하고 있었다. 『난쏘공』을 여러 번 읽으면서 느낀 것은 여성서사가 소설을 이끌어가는 주요 축이라는 점이었고 이들 여성은 다름 아닌 '바리데기'였으며 키세스 군단으로 이어지고 있었다.

공장에 다니며 가계를 책임지던 딸들은 경제가 발전하면서 집안의 희생양에서 벗어났다. 사회가 변하며 십대 때는 아이돌을 덕질했고 대학에 진학할 수 있었다. 그렇지만 이들은 팬이 되어서도 어머니 세대가 어릴 때 집안을 돌봤듯 자신의 가수를 돌보는 특징을 보였다. 그러더니 죽어가는 사회를 돌보자고 남태령에 모여 농민들과 연대했다.

키세스 군단을 처음 봤을 때는 야간투시경만큼 낯설었고 전혀 다른 의미로 기이했다. 방사능 방어복을 입고 혹한의 밤을 견던 나무처럼 저마다 우뚝 선 모습, 디스토피아(Dystopia)를 그린 SF의 시민 방위대 모습이 저럴까. 1차로 비주얼 쇼크가 오고 내용을 알게 되는 2차에 목이 메며 눈시울이 뜨거워지는 장면이었다.

시간이 흐를수록 고마운 마음이 커지는 존재들도 있는데 총을 들고 국회의사당 앞에 진을 쳤던 군인들이다. 12월 7일 한강 작가가 스톡홀름 콘서트홀 수락 강연에서 한 말에 군인들은 미리 답하고 있었다. "과거가 현재를 도울 수 있는가? 죽은 자가 산 자를 살릴 수 있는가?" 키세스 군단도 군인들과 그들의 현장 지휘관도 새로운 세대, 새 부대에 담긴 신선한 술이었다.

아직도 당신의 작품이 읽히는 시대가 가슴 아프다고 했던 생전의 조세희 선생 말씀이 파고드는 추모 기간은 준비한 것보다 더 뜨거운 결과를 냈다.

만약에, 만약에
'만약에 저들의 음모가 성공했더라면' 떠올릴 때마다 꼭뒤가 서늘하다. 새로 밝혀지는 사실에 자꾸만 돌아보게 된다. 만약에 그날 국회 의결정족수가 한 명이라도 모자랐더라면, 만약에 그날 돌발사태가 일어나서 오발탄이라도 발사됐더라면, 만약에 그날 시민이 한 사람이라도 흥분해서 군인과 불미스러운 일이 일어났더라면, 만약에 그날 단 5분이라도 일찍 정전되었더라면.

알고 보니 정전은 한 번 있었다. 계엄을 해제한다는 윤의 발표가 나온 뒤 벌어진 일이었다. 알고 보면 그리 허술한 계엄이 아니었다. 성공했더라면 세상 끔찍한 계엄이 될 뻔했다.

고작 마누라가 잠 못 자고 밥도 제대로 못 먹는 게 안타까워서, 국회에 가면 박수조차 치지 않는 국회의원들이 괘씸해서 계엄령을 때렸단다. 이유는 구구절절하고 만연체다. 발언권을 얻을 때마다 살덩어리에서 살비듬처럼 쏟아지는 무용한 소음들. 어떻게 떠벌여도 명분은 없었다.

마누라를 위해 결단한 계엄, 개인의 이익을 위해 법 위에서 범죄를 저지르는 인물들, 그들에겐 한계선이 없었다. 이토록 사적이고 파렴치한 계엄이라니.

사적이면서 공적인 군중

그런데 저들은 왜, 어째서, 번번이, 겨울이면, 시민들을 광장으로 거리로 끌어내지 못해 안달일까. 문득 촛불집회 때 문예지 서문을 쓰며 인용했던 엘리아스 카네티의 말(『군중과 권력』)이 떠올랐다. "가장 중요한 사건"인 "방전(entaldung, 폭발, 방출, 해방)"을 겪으며 비로소 인간은 "아무도 남보다 위대할 것도 나을 것도 없는, 이 축복의 순간을 맛보기 위해 군중을 형성"한다. 내게 이 말은 겨울이라 실감이 더 큰지도 모르겠다. 나는 이 말을 이성이 아니라 육체로 실감했다. 광장에 모였을 때 이웃의 체온으로 내 체온을 유지하며 경험했다.

'너희의 사적 계엄'이 파렴치한 것은, 무해하게 살아가는 우리의 일상을 온통 위협하기 때문이다. 물 위에서 유유자적하는 새들의 평화가 눈물겹기 때문이다.

| 김경은

게을러서 꼭 필요할 때가 아니면 움직이지 않는다. 그런 주제에 쓸데없는 디테일을 못 끊어서 더디고 그래서 더 게으르다. 게으른 만큼 운동을 해야 버틴다. 부지런했다고 해서 이런저런 잡글을 쓰는 나한테 도움이 됐을 것 같지도 않다.

241203 어제, 오늘 그리고

정석원

어제, 날은 추웠고 밤은 짙었다

집으로 가는 늦은 밤, 핸드폰에 뜬 느자구없는 단어, '계엄', 황급히 들어온 집에서 거실의 TV는 잠자고 있었다. 무작정 리모컨을 눌렀다. TV는 급한 내 마음을 모르는지 더디게 화면을 띄웠다. 주요 채널은 모두 긴박한 국회를 비추고, 그리고 사악한 욕망의 포고를 거듭 되돌려 보여주고 있었다.

나는 현실 속의 비현실을 보고 있었다. 군인들이 국회로 밀려들었다. 군인들이 도청으로 밀려들었다. 군인들은 총을 들고 있었다.

어린 날 아버지와 같이 신문을 보며 광주에서 무엇인가 잘못되었다는 인상을 받았었다. 중고등학교 시절 사회과학서적과 시사평론지를 찾아보며 느낀 독재와 계엄, 광주의 진실. 대학생 누나의 책장에서 찾은 『죽음을 넘어 시대의 어둠을 넘어』라는 책에서 본 장면들은 끔찍했다. 복중에 아이를 품은 채 대검에 찔려 죽은 임산부, 대검에 가슴이 잘려나가 죽은 여고생을 보며 펑펑 울던 일이 떠오른다. 대학시절 본 사진과 영상은 또 어땠나. 그때 광주에서 얼굴 반이 없어진 시신, 훼손되어 수레에 실린 시신들은 참혹했다. 시신에서 나온 피가 길바닥을 흘렀다. 그 많은 관들, 아버지의 영정을 든 아이의 눈망울 등 겪지 않아도 겪은 듯한 파괴적인 광경이 지금도 눈에 선하다. 대학에 들어가 광주 거리에서 쫓기고 망월동의 묘지들 앞에서 숙연해진 그날. 지난해 5·18 때 광주에 가서 다시 본 전일빌딩의 총탄자국, 도청 앞 거리에 다시 섰던 소회. 대학 시절 그 많던 집회와 시위, 죽어가고 잡혀간 많은 이들. 어두웠던 시대의 혼돈과 폭력이 파동처럼 밀려왔다.

그날 국회의사당도, 그날 전남도청도 군인들은 다른 군복에 다른 총을 들었지만 역사를 가두고 시대를 총살하기 위해 밀려들고 있었다. 빨간 피가 화면에 흘렀다. 도청에 낭자하게 흐르던 피가 다시 흘러 화면에 흩뿌려지고 있었다. 사람들이 국회로 밀려오고 있었다. 도청을 지키던 그 마지막 밤의 사람들에게 닥쳤던 두려움이 나의 목덜미를 움켜쥐었다. 그날 도청의 군인들은 자비를 베풀지 않았다. 그날 국회의 군인들도 자비를 베풀지 말라 명을 받았을 것이다.

화면이라는 창 너머에서 역사의 수레바퀴는 궤도를 벗어나 미친 말처럼 짓밟고 있었다, 우리가 이룬 것들을…… 민주, 인권, 자유, 평등, 진보 그리고……

사람을 짓밟고 있었다.

계엄사령부 포고령 제1호가 화면에 올라왔다. 계엄은 현실이었다. 나는 무서웠다. 떨렸다. 몸은 사라져 감각은 소멸되고 정신만 남아 비현실의 현실을 보며 공간 안에 떠 있었다.

사람들은 맨몸으로 군인들의 총 앞에 나아가고 빈손으로 군인들을 밀어내고 있었다. 나는 염원했다. 부디 총성이 울리지 않기를 간절히 염원했다. 한 발의 총성은 도청의 총성이 되어 난사하는 총탄이 되고, 국회는 피에 잠겨 사람들은 그 피의 강에 익사할 것이었다. 그렇게 도청을 빼앗겼고 민주를 빼앗겼고 이제 국회를 빼앗기고 우리는 민주를 빼앗길 것이다. 시간은 멈추었고 사실들의 진행만이 눈앞에 보였다. 이제 조금만 더 의원들이 들어오면 된다. 군인들이 다가온다. 마음은 가뭄의 논물 마냥 졸고 계엄 해제의결 정족수는 여전히 모자랐다. 군인들이 문 앞으로 다가온다. 야만의 시대로 가는 문이 그들에 의해 다시 열리려 한다.

군인들이 문 앞에 이르렀다. 사람들은 격렬하게 저항하였다. 기어코 총성이 울렸다. 군인들은 도청 본회의장의 육중한 문을 향해 난사했다. 문을 지키던 이들은 총탄에 쓰러졌다. 피에 젖은 문은 거칠게 열리고 군인들이 쏟아져 들어갔다. 모인 의원들은 손이 묶여서, 저지하는 이는 군홧발에 차이고 개머리판으로 머리를 맞으며 끌려 나갔다. 저항하는 사람들에게는 총탄이 찾아가 몸을 꿰뚫었다. 도청의 피는 국회로 흘러 화면을 넘어 나에게 밀려들었다.

"너는 어이하여 거기에 서 있는가." 눈앞의 장면은 나를 꾸짖고 있었다.

나는 차마 볼 수 없어서 감았던 눈을 떴다. 의원이 의사당에 들어오기 위해 담을 넘었다. 제집에 들기 위해 담을 넘었다. 의결 정족수를 채운 본회의장은 뜨거운 반란을 끄기 위해 차갑게 이성을 지켰다. 문밖의 군인들은 다가오고 있었다. 계엄해제 과정은 의사진행 절차대로 지나가고 있었다. 운명의 신호등은 여전히 빨간불이었다. 쫓는 이들을 뒤에 두고 파란불을 기다려야 하는 것이 안타까웠다.

이 절박한 순간에도 지켜야 할 것을 지키려 하는 이들과 그 무엇도 지키지 않는 자들이 한 공간 안에서 싸우고 있었다. 나의 목덜미를 움켜쥐고 있던 두려움은 이제 숨통을 끊으려 하였다. 질식할 것 같았다.

계엄해제는 가결되었다. 조여오던 숨통이 틔었다.

그제서야 나의 두려움은 분노로 변했고 감히 우리가 이룬 것들을 밟는 자들을 향했다. 사악한 욕망은 계엄해제를 바로 선포하지 않았다. 운명의 신호등은 다시 빨간불이 되었다. 짙은 밤, 잠은 오지 않았다.

오늘, 또 다른 하루들

아침에 깨어나 씻고 양치를 하고 거울을 보았다. 어제와 별반 다르지 않은 내가 있었다. TV는 밤사이 일을 요란하게 전했다. 그것은 분명 현실이었다. 변함없이 집을 나선 나는 전철을 타지 않았다. 지하로 내려가고 싶지 않았다. 버스를 탔다. 길은 막히지만 거기엔 빛이 들고 있었다. 차창 밖 거리에는 사람들이 어제처럼 지나고 있었다. 바쁜 아침의 여정은 여전히 그들을 몰아댔고 나도 거기에 떠밀려가고 있었다.

사람들은 말하지 않았다. 너무 큰 충격은 기억을 소멸시켜 스스로를 지키려 한다. 모두 망각하고 싶은 것처럼 일상에 말없이 머무르고 있었다. 공간은 무거웠고 안색들은 어제와 달랐다. 차마 말할 수 없는 비밀을 안고 있는 듯 사람들은 전전긍긍했다. 너무 큰 현실은 비현실이 되어 그렇게 지나가고 있었다.

시간이 흐른다. 지나간 듯하였던 그 시간이 다시 나를 찾아왔다. "나는 왜 여의도로 가지 않았을까. 갔어야 하는데……." 전쟁터에서 도망친 군인같은 후회의 시간은 길었다. 그래서 나는 나를 위로하였다. "나는 살고 싶었다. 나는 그저 일상을 살고 싶었다."

내가 살고 싶었던 일상은 어떤 것일까. 퇴근길에 소주 한 잔을 넘기며 반복되는 매일을 푸념하는 그 지루한 일상을 너무나도 지키고 싶었다.

지키고 싶던 일상을 도청을 지킨 이들이 찾아주었고 그날 여의도로 갔던 이들이 지켜냈다. 내가 소중히 여기는 것을 나는 스스로 지키려 하지 않은 것이었다. 후회가 거듭 밀려왔다. 변명이 밀려왔다.

변한 것 없는 듯하던 일상은 변하고 있었다. 지나갔다고 생각한 사건에 사람들은 일상을 빼앗기고 있었다. 연말연시면 들뜨던 내 마음과 분위기는 일순간 가라앉았다. 한해 끝에 사람들을 간만에 만나 회포를 풀어 보려해도 무거운 공기에 싸여 엄두를 내지 못했다. 엄두를 내서 모이면 흥은 났지만 이전의 흥이 아니었다. 무엇인가에 잔뜩 눌려 나는, 사람들은 주눅 들었다.

나를 누르는 정체는 불안이었다. 꺼지지 않은 불씨에 대한 불안이었다. 이 엄중한 시간에 즐기면 비난받을지 모른다는 불안이었다. 상갓집에서 송년회를 하듯이 나는 금단의 선을 넘어 불경을 저지르는 자괴감으로 불안했다. 대목을 맞은 식당들에 넘쳐야 할 사람들은 넘치지 않았고 차올라야 할 흥은 차오르지 않았으며 힘든 자영업자들은 더 힘들어졌다. 한 해를 마무리하는 사람들이 찾는 여행지는 텅텅 비었고 세밑의 연회 공간은 한가했다. 거리에는 '임대'라고 써 붙인 공실이 늘었다. 계엄 직후 신용카드 사용액이 30%나 줄었다고 뉴스는 전한다. 불안이라는 유령은 사람들의 마음을 벗어나 세상을 휘젓고 있었다.

그 안의 나는 모든 것이 귀찮아졌다. 이따금씩 짜증이 났다. 술 몇 잔 들어가면 흥이 오르던 몇몇 송년회 자리도 전과 같지 않았다. 술 맛은 씁쓸했고 얘기는 겉돌았다. 모처럼 본 사람들을 위해 흥겨움을 연기해야 했다. 연기력은 어설펐고 NG는 거듭났다. 술을 들이부어 기껏 올린 흥도 잠시 뒤면 그날의 후회가 밀려와 가라앉았다. 우울했다. 무기력해져갔다. 마냥 좋아하던 초등학교 불알친구들과의 송년회도 이런저런 핑계로 잡지 않았다.

그렇게 전쟁터에서 도망친 군인의 삶은 행복하지 않았다.

나는 광장으로 나갔다. 도망친 전쟁터로 나갔다. 교문 앞에서 처음 돌을 쥐고 두려워하던 그날의 내가 다시 길 위에 서 있었다. 밀가루처럼 쏟아지던 최루탄에 눈도 못 뜨고 악쓰던 우리가 다시 그때의 세상으로 돌아갈까 두려워하며 광장에 서 있었다. 엄혹한 시대의 강을 앞서거니 뒤서거니 건넌 선후배가 시대를 공감하며 서 있었다. 누구는 다시 광장에 나와야 할 세상이 올지 몰랐다며 놀라워하고 어떤 이는 추운 광장에 나오게 되었다고 투덜대겠지만 모두의 마음은 아무리 고되어도 때가 되면 정성스레 식구들의 밥을 짓는 어머니의 그것이었다.

시간을 되돌려 그 시절 앳되던 청년들은 홍조 띤 얼굴로 구호를 외쳤다. 행진을 했다. 작은 불씨로 태산을 태웠던 이들이 다시 모이니 나는 두렵지 않았다. 나의 우울함과 무기력은 그 안에서 위로받고 치유되어 갔다. 그날의 후회를 나는 그렇게 용서하고 있었다.

광장에는 그 시절의 우리만 있지 않았다. 젊은 함성이 광장을 울렸다. 처절하고 비장하던 <임을 위한 행진곡>은 소녀시대의 <다시 만난 세계>가 되어 울렸다. 치열하던 구호는 힙합 리듬을 타고 울렸다. 돌을 쥐었던 손에는 응원봉이 쥐어져 있었다.

낯설었다. 식당엔 그 시절 진압복에 무쇠 방패를 들고 우리를 쫓던

경찰들이 들어와 저녁밥을 먹었다. 아무 일 없는 듯 서로는 의식하지 않았다. 비현실의 현실은 광장에도 있었다. 세상은 변하였다. 그래서 나는 이런 세상을 앗아가려 한 그자가, 그자들이 더욱 미워졌다.

그리고 탄핵 가결의 날, 그날 밤 가지 못했던 여의도 국회 앞에 나는 서 있었다. 내 눈은 울지 않았지만 내 마음은 울고 있었다.

나는 무엇을 원하는 것일까. 나는 왜 그날을 후회한 것일까. 내 우울은 어디에서 온 것이었을까. 젊은 날 나는 왜 길 위에 섰던 것일까. 그리고 왜 또 이 추운 길 위에 서 있는 것일까.

광장에서 나는 생각하였다. 민주, 자유, 인권, 진보, 역사…… 거대한 담론들. 내가 원하는 것이 그런 것들인가. 왜 그런 것들을 원하는 것일까. 나는 나에게 묻고 되물었다. 하지만 내가 원하는 것들은 그런 거대한 것들이 아니었다.

내가 진정으로 원하는 것은 결국은 그렇게 지키고 싶었던 일상이었다. 소소한 하루. 자장면을 먹으면 '짬뽕을 먹을걸……' 하며 늘상 후회하는 일상. 돌고 도는 별 볼 일 없는 나의 일상. 하지만 그것은 민주와 자유, 인권과 진보, 역사, 그런 거대한 담론들이 가져다주는 것이었다.

그래서 그것들을 원하는 것이 아니라 그것들이 필요했던 것이었다. 강물에서 작디작은 사금을 찾아내듯 시대의 강물 안에서 작디작은 일상을 지키기 위해 찾아야 하는 것들이었다.

다시는 교문 앞에서 최루탄에 맞아 꽃 같은 청춘을 잃고 열사가 되는 세상, 민간인 사찰 리스트를 들고 두려움에 떨며 보안사를 탈

영한 투사가 나오는 세상에서 살고 싶지 않다. 나의 우울은, 나의 두려움은 다시는 열리지 않을 것이라 믿었던 그런 과거의 세상으로 회귀하는 문이 열리고 있기 때문이었다. 그 문을 지키러 가지 못했기에 오는 후회였다.

사람들 모두가 퇴근길 삼겹살집에서 직장상사를 안줏거리로 동료들과 소주 한잔하는 월급쟁이 이한열이, 학교 앞 호프집에서 복학할 생각에 들떠 친구들과 만취한 말년병장 윤석양이 되었으면 좋겠다. 나는 모두가 그렇게 살았으면 좋겠다. 그래서 내 아이들이 어제의 우리처럼, 오늘의 우리처럼 다시 추운 광장에 서지 않는 세상이 계속되기를 바라는 것이었다.

그리고

깃발과 사람들로 가득 찬 광장에도 늘 밤은 찾아왔다. 추운 겨울은 밤이 오면 더욱 춥다. 하지만 사람들은 흩어지지 않았다. 눈이 오고 혹독한 바람이 불어도 도리어 길 위에서 밤을 새웠다. 그 광장에 어둠이 내리면 사람들 손에는 소망을 담은 작은 불빛들이 켜졌다. 작은 불빛들이지만 모이고 모이니 물결을 이룬다.

해가 사라지면, 그믐밤이면 더욱 빛나는 별처럼 불빛들이 시대의 어둠에 별이 되어 거대한 강물을 이룬다. 그 별들의 강물에서 시나브로 나도 하나의 작은 별이 되어 소망의 우주를 유영한다. 작은 것들을 지키기 위해 거대한 것들을 외친다.

어두운 밤에도 희망이 있는 것은, 길을 잃지 않는 것은 별이 있기 때문이다. 그 작은 불빛들이 별이고 우리이다.

본디 별은 하늘에 뜨는 것이다. 우리 시대의 밤에는 그 별이 땅 위에 뜬다.

별이 땅위에 뜨다.

어제는 그믐이 되었다.

밝게 빛나던 만월이
느작없이 그믐이 되었다.

사람은 해를 보고, 달을 보고, 별을 본다.
가장 큰 별은 해이고, 가장 가까운 별은 달이다.
별은 작지만 빛난다.
별은 멀지만 빛난다.

해와 달보다 빛나지 않지만
무수히 많은 빛이기에
우주를 채우고도 넘쳐
은하수가 되어 흐른다.

그 빛이 너무나 많아
해보다 힘은 없어도
달보다 서늘하지 않아도

더 아름답다.

별은 그믐에 더 빛난다.
해도 없고 달도 없으니
제힘을 내어 더 빛을 내니

더 찬란하다.

어제 그믐에는
땅 위에 별이 떴다.
하늘의 별이 땅 위에 떴다.

우리는 별이다.

| 정석원

소소한 일상日常을 사는 상식인常識人이고 생활인生活人입니다. 상식의 눈으로 세상을 보니 세상이 보입니다. 생활이라는 삶을 살아야 답을 구할 수 있습니다. 그렇게 보이는 것을 구실로 삼아 살아왔고 더 보고 더 답하고자 하는 사람입니다.

4

다 함께
살아갈
세상

그림 4. 빛의 혁명

광장의 목소리

　나는 쌍둥이로 태어나, 엄마의 배려로 초등학교 6년 중학교 5년을 내 쌍둥이와 같은 반에서 보냈다. 책을 읽다가도 교실 곳곳에서 들려오는 소리에 귀를 기울이곤 했다. 뒷문 근처에서 장난치는 소리, 앞문에서 옆 반 친구를 부르는 소리, 3분단에서의 수다, 1분단 에어컨 앞에서의 갑작스러운 싸움 소리까지. 싸움이 일어나면, 집에 돌아와 쌍둥이와 함께 방에서 밤을 새워가며 서로의 이야기를 나눴다. "얘는 이런데 걔 입장은 뭐래?"라며. 대부분의 경우 우리는 각자 다른 이야기를 들으며 싸우는 친구들의 모습을 보았다. 사람들은 자기 눈으로 세상을 바라보며 경험하기에 인식이 다를 수밖에 없다는 것을, 나는 그때 깨달았다. 그래서일까, 친구들은 상대의 인식을 이해하기 위해 그렇게 열심히 싸우는구나 싶었다. 결국 그 모든 소란은 서로의 마음을 알아가려는 외침이었음을 느꼈다.

　내가 가장 두려운 것은 무응답에, 무표정한 사람이다. 익숙했던 이가 마치 전혀 다른 사람이 된 듯 예상치 못한 반응을 보일 때, 당혹스럽다. 그 순간, 나는 스스로를 돌아보며 내가 무슨 잘못된 말을 했는지 끊임없이 검열하게 된다. 차라리 대화를 나눌 수 있다면 좋겠지만, 대화 자체를 단절하는 태도는 앞으로 나아갈 길을 보이지 않게 만든다. 모든 이가 자신의 이야기를 자유롭게 나누고, 오해 없이 존중받는 세상을 꿈꿨다. 아무리 큰 목소리로 외쳐도 응답이 없다면 지치고 상처받게 된다. 그러한 고립과 침묵 속에서 억울함을 호소할 때조차 돌아오는 적막에 지쳐 쓰러지는 이들이 없는 사회를 바랐다. 세상의 끝자락에 서서 외로움을 느낄 때, 그 마지막 순간에도 귀 기울여 응답해주는 사람이 되고 싶었다.

세월호 참사를 목격하며 언론의 역할에 깊은 관심을 가지게 되었다. 그 과정에서 성급한 보도와 세심하지 못한 취재로 상처받는 이들을 보았다. 왜 언론은 아프고 절실한 사람들의 곁에 없을까 궁금해졌다. 대학에 진학한 후, 광장을 여는 사람들을 만났다. 그들을 통해 저널리즘과 공론의 장이 반드시 언론사에 국한되지 않는다는 것을 깨달았다. 진정으로 우리가 배우고 공유해야 할 이야기는 신문 지면이 아니라 광장에 있다는 것을 알게 되었다. 그래서 나는 우리 대학교에서부터 광장을 만들어내고, 목소리를 내는 이들의 곁에 있어야겠다고 결심했다.

윤석열은 '반국가세력 척결'을 주장하며 12월 3일 계엄을 선포했다. 대통령 선거 기간 동안 자신을 지지하지 않는 야당 세력을 적으로 간주하고 몰아붙이더니, 심지어 반국가세력으로 규정하고 척결하겠다고 했다. 나라를 대표하는 대통령으로 윤석열을 뽑았더니, 어느새 윤석열의 나라가 되어 있었고, 그에게 반대하는 사람들은 반국가세력이 되었다. 그에게는 대화로 서로의 생각을 나누고, 타인의 말을 들으며 자신의 사고를 바꾸려는 의지나 능력이 없어 보였다.

윤석열 대통령의 당선 순간이 떠오른다. 그의 당선으로 인해 막막하지만, 동시에 진보 정치의 필요성이 부각될 수 있겠다는 생각도 들었다. 초기의 윤석열 대통령은 아마추어 같았고 뭔가에 쫓기는 듯한 모습, 다혈질적인 성격을 보였다. '준비되지 못해 당황하고, 힘에 겨운' 측면이 있겠다고 생각했다. 나는 언제나 인간은 변화하고 발전하는 존재라고 믿었다. 한 나라의 대통령이 갖는 영향력이 크기 때문에 그의 부족함과 무심함이 간과되어서는 안 되지만, 대체 무엇이 문제일까, 어떤 변화와 작용이 그에게 필요할까를 고민했다. 그러나 이태원 참사로 수많은 생명이 희생되고, 유가족들을 향한 그의 태도를 보며 나의 모든 순진한 생각을 후회했다. 이번 계엄 선포를 보면서는 한국 사회에서 결코 용인될 수 없는 정치적 행보의 끝을 보는구나 생각했다.

매년 5월, 광주를 찾는 나는 안다. 우리의 역사는 결코 반민주주의 세력의 독재 시도를 허용하지 않는다는 것을. 12월 3일, 비상계엄이 선포되자, 수많은 시민이 국회로 몰려갔다. 몸이 아파 움직일 수 없던 나는 가지 못했지만, 학교 후배들이 각자의 결심을 안고 국회를 찾았다. 어떤 이는 맨몸으로 탱크를 막았고, 어떤 이는 국회의 문을 지켰으며, 또 다른 이는 헬기의 움직임을 목격했다. 국회 앞 광장은 <임을 위한 행진곡>으로 가득 찼다. 그렇게 그날의 내란을 막아냈다.

그날 이후, 우리는 매주 집회에 나갔다. 12월 7일, 국회에서 부결 소식이 전해지던 날, 시민들은 국회 주변을 떠나지 않고 자리를 지키며 함께 노래를 불렀다. 분노했지만, 결코 포기하지 않았다. 집회에서는 다채로운 응원봉이 활기를 더했다. 마치 록 페스티벌에 온 듯한 20~30대의 열정적인 모습과 그들을 신기하게 바라보는 50~60대의 모습이 따뜻했다. 매주 광장에서 만나 서로의 이야기에 귀 기울이며, 우리는 비로소 서로를 이해하게 되었다. 이러한 연대의 가능성은 매주 확장되고 있다.

절대 고립되게 놔두지 않겠다는 사람들의 마음은 남태령으로 한강진으로 이어졌다. 농민들을, 노동자들을 결코 고립시키지 않겠다는 마음이었다. 집회가 끝나고 뒤풀이까지 마친 뒤 집으로 향하는

데, 남태령에 다시 사람들이 모인다는 이야기를 들었다. 가족들이 기다리고 있어 차마 남태령으로 향하지 못한 그날 새벽, 농민학생연대활동에서 만난 농민회 삼촌들을 생각하며 가슴이 무거웠다. 그다음 날 집회로 달려갔다. 남태령에 도착해서 아는 얼굴들을 마주하자 비로소 마음이 편안해졌다. 내 할 도리를 다했다는 마음이었다. 그래도 와서 함께했다는 따뜻한 기분, 광장에서 서로를 마주하며 벅차던 기분, 우리가 한목소리를 내고 있다는 마음을 확인할 때의 연대감. 한강진을 찾은 것은 당연한 수순이었다. 학교 후배들이 함께 한강진을 지켰다. 난방버스에서조차 오래 앉아 있기 죄스러워하는 마음들과 함께하며, 3일 내내 한강진에 출석 도장을 찍었다. 밖에서 잠든 동료시민들의 안위를 서로 걱정하고, 몰랐던 수많은 정체성을 알아가고, 순번을 정해 난방버스에서 휴식을 취하며 공동체가 되어갔다.

연대로 세상을 넓히고, 몰랐던 삶을 이해하는 광장이 열렸다. 동시에, 자기 세계를 더욱 굳건히 하며 타인의 삶을 부정하는 또 다른 광장도 열렸다. 우리는 참 모순된 시대를 살아가고 있다. 상식과 비상식, 진실과 왜곡의 싸움이 정치적 대립으로 포장되며, 마치 그것이 단순한 진보와 보수의 차이인 것처럼 여겨지곤 한다. 내란 세력을 결집시키는 부정선거론, 윤석열 대통령 탄핵 시 중국 공산 세력이 대한민국을 장악할 것이라는 주장 등 근거 없는 이야기들이 점차 확산해, 일부 사람들은 그것을 진실로 받아들인다. 이러한 상황에서 진실을 말하는 것이 정치 편향으로 여겨지고, 근거 없는 주장이 정치적 표현으로 용인되는 사회가 되었다. 이로 인해 서로 다른 세계관을 가진 집단이 형성되고, 우리는 이렇게 분열된 사회에서 살아가고 있다.

우리는 어떻게 다시 같은 세계에서 만날 수 있을까? 어떻게 함께 부딪히며 살아갈 수 있을까? 사회적 대화를 통한 합의는 어떻게 가능할까? 태극기 집회와 촛불집회를 구성하는 사람들은 함께 더 나은 사회에서 살아갈 수 있을까? 양분된 대한민국의 정치 지형을 보며 수많은 물음표를 마주한다. 우리가 바라는 더 나은 사회, 사회 대개혁 이후의 세상에서는 그들도 더 나은 모습으로 살아가야 할 텐데 어떻게 가능할까?

이미 너무 다른 세계에 사는 것처럼 느껴지는 사람들과 우리는 어떻게 대화할 수 있을까? 대화라는 것은 공통된 인식이 있을 때 가능한데, 돌이킬 수 없을 정도로 다른 세계에 사는 것은 아닐까? 혐중과 반공을 소리 내어 반복적으로 외치며 나를 손가락질하는 모습들을 보면 대화라는 것은 사실 불가능한 게 아닐까 생각한다.

공통된 인식의 기반을 다시 만들기 위해 가장 중요한 것은 내란 세력을 철저히 청산하는 일이다. 우리의 역사는 제대로 청산하지 못한 과거가 결국 역청산으로 이어진 아픔, 그리고 그 아픔을 극복하려는 민중의 저항으로 점철된다. 친일세력이 친미세력으로, 친미세력이 독재정권으로, 독재정권이 보수권력으로 전화하고, 마침내 내란 세력으로 변모한 지금, 우리는 잘못된 타협과 오판을 반복해 왔다. 하지만 이번만큼은 결코 타협해서는 안 된다. 내란 세력이 또 다른 모습으로 변신해 우리 앞에 다시 나타나도록 두어서는 안 된다. 이 내란이 결코 용납될 수 없음을 분명히 하는 정치적 선언이 필요하다. 또한 내란 세력이 뿌리내릴 수 있었던 그릇된 인식을 바로잡는 사회적 청산이 반드시 이루어져야 한다. 내란을 조장한 핵심 세력과 선동자들은 반드시 법적 책임을 져야 하며, 이 과정에서 어떤 정치적 타협도 있어서는 안 된다.

마치 지금의 세력들만이 정치를 할 수 있는 것처럼, 정치적 타협을 하는 기성 정치인들을 보면 환멸스럽다. 나는 초등학교 때 반장 선거에 떨어진 순간을 지금도 기억한다. 내 친구는 항상 반장을 도맡아 하는 친구였다. 나의 역할은 추천을 하는 사람. 어느 순간 선거도 하기 전에 반장이 정해진 것 같아 답답했다. 반장을 추천하는 시간 나는 손을 들고 모두의 기대와 다른 말을 외쳤다. "저는 저를 추천합니다." 당연히 재청은 없었고 나는 후보 등록조차 하지 못한 채 내 친구가 반장이 되었다. 사전에 아무런 이야기도 하지 않았기 때문에 모두들 당황했을 것이다. 교실 안 적막에 머쓱해지며 화끈거렸던 얼굴의 온도를 내 몸은 지금도 기억한다. 하지만 아직도 생각한다. 아니 왜 쟤네만 해야 해?

우리는 스스로 자신의 목소리를 찾아야 한다. 그동안 '하던 사람이 잘하겠지', '정치는 불편하다', '손에 때 묻히기 싫다', '내가 할 수 있는 일이 아니다'라는 생각으로 우리는 점점 정치에서 멀어져 갔다. 그렇게 정치권에 새로운 인물은 사라졌고, 윤석열이라는 대통령이 탄생했다. 정치에서 우리 스스로를 소외시키면, 다가오는 대선, 5년 뒤, 혹은 10년 뒤 대선에서 우리는 어떤 정치인들과 마주하게 될까? 각자의 요구가 있고, 그 요구를 모아 어떻게 사회적인 목소리로 만들지 고민해야 한다. 간절하고 중요한 요구일수록 거절당할까 봐 두려워 쉽게 입 밖에 내기 어렵다. "이 문제를 해결해줘"라고 외치기 이전에 "나만 어렵고 아픈 게 아닌데 말해도 될까"를 고민해야 하는 사회다. 하지만 누군가 나서서 "모두가 문제라고 생각하고 있으니 해결해보자", "혼자 끙끙 앓지 않아도 되는 문제다"라고 이야기해준다면 어떻게 달라질까? 내 삶이 그렇게 바뀌었다.

대학에서 학생들의 요구를 해결하고 싶었다. 겨울철, 보일러 가스가 터지는 소리에 놀라 수업에 집중하기 어렵던 강의실과 학과방을 고치고 싶었고, 불편한 일체형 책상을 교체하고 싶었다. 무엇보다 내가 사랑하던 사회과학대학의 행사들이 코로나19로 끊어지지 않도록 문화를 이어가고 싶었다. 처음엔 내가 무슨 자격으로 출마하나 생각했지만, 나에게 출마를 권유하는 사람들이 생겼다. 누군가 내 마음을 알아주고 지지해주는 게 벅차게 행복했다. 그 마음에 보답해야 했다. 코로나19로 등교가 중단되자, 많은 학우가 등록금 반환을 요구했다. 이를 해결하기 위해 중앙운영위원회를 설득하고 실천단을 만들었으며, 삼보일배도 했다. 그 결과, 총학생회와 협력하여 서울과 용인의 양 캠퍼스에 각각 1억 원씩의 특별장학금을 마련할 수 있었다. 대통령 선거와 총장 선거에 대응하며 외대 학생들의 요구안을 만드는 대중운동도 책임졌다. 요구안을 결의하는 총회에서 끝까지 자리를 지켜준 사회대 학우들을 비롯한 외대생들을 보며, 나는 확신을 얻었다. "학우들은 결코 자신의 목소리를 외면하지 않는다."

학우들의 요구 앞에서 절대 물러서지 않겠다고 다짐하며 총학생회장에 출마했다. 우리 대학은 여러 단과대학이 같은 공간을 공유하고 예산이 제한돼 있어, 총학생회 차원에서 요구하고 양 캠퍼스가 연대하는 게 매우 중요했다. 일방적 학사제도 개편에 반대하며 노숙 농성을 진행했고, 학칙 개정 과정에서 학생들의 의견이 반영되도록 요구했다. 이 과정에서 다양한 입장과 관점을 고려하는 게 중요하다는 것을 배웠다. "학생은 잘 모르니까 빠져있어라"는 말을 들을 때마다, 나는 적극적으로 저항해야겠다고 다짐했다. 신임 총장과 많은 학생이 만나 요구안을 바탕으로 대화를 나누는 '총장과의 대화'에서 학생들의 요구를 전달했다. 그 결과, 라디에이터 개선 예산이 편성되었고, 낡은 화장실 시설이 개선되었다. 또한, 하반기에는 성적평가방식 개선을 위해 활동하여, 그다음 해에 실제로 그 내용이 반영되는 성과를 이끌어냈다.

총학생회 차원에서 해결할 수 없는, 정부 정책과 관련된 많은 문제가 있었다. 그 목소리를 더 강하게 전하기 위해 전국대학학생회네트워크 의장으로 활동했다. 대학생들의 의견을 모으기 위해 설문을 진행했고, 그 요구를 바탕으로 수십 차례의 기자회견을 열었다. 교통비 정책, 천원의 아침밥 같은 정책들이 현실화하는 모습을 보며, 이 사회에 대학생과 청년 들의 목소리가 필요하다는 것을 깨달았다. 그 과정에서 국가교육위원회 비상임위원으로 활동할 기회도 얻었다. 대학에 와서 여러 경험을 하면서 비로소 내 목소리를 찾았고, 나의 요구를 사회적 변화로 발전시키는 방법을 배웠다. 그렇게, 세상을 바꾸는 길을 알게 되었다.

우리 모두 자신의 목소리를 찾고, 그 목소리로 사회와 소통하며, 결국 세상을 바꿀 가능성을 발견하는 것. 이것이 내가 배운 가장 중요한 가치다. 그러한 믿음을 잃어버리면, 삶이 어렵고 고통스러운 원인을 타인에게 돌리게 된다. 하지만 혐오와 배제로는 결코 건강한 소통이 이루어질 수 없다. 듣지 않는 사회에서 외치는 목소리는 결국 소음으로 들릴 뿐이다. 민주주의는 내 요구가 무조건 관철될 때까지 주장하는 것이 아니다. 요구에 대한 합당한 설명과 신뢰할 결정 과정이 있을 때, 비로소 민주주의는 유지될 수 있다. 지금 우리는 시스템이 내 삶을 지켜줄 것이라는 믿음이 무너진 시대를 살아가고 있다. 각자도생을 최선이라 여기는 현실을 바꿔야 한다. 나는 모두의 목소리에 사회가 응답하는 세상을 꿈꾼다. 서로가 소통하며 변화를 만들어가는 사회, 그런 미래를 함께 만들어가길 바란다.

｜이민지

누구나 자신의 이야기를 할 수 있고, 함부로 오해받지 않는 세상을 바랍니다. 대학에서 유유자적 돌아다니며, 이것저것 기획하면서 살아가고 있습니다.

학생들도 참지않아요

김민지

"넌 꿈이 뭐야?" "앞으로 뭐 하고 살 거야?"

많은 이들이 내게 묻는다. 올해로 스물일곱, 대부분이 대학을 졸업하고 취업하는 시기이기에 주변의 궁금증은 어쩌면 당연하다. 동기와 후배들은 하나둘씩 캠퍼스를 떠나고, 취업에 성공한 지인들도 점점 늘어간다. 나 또한 한때는 좋은 직장에 들어가 많은 돈을 벌고, 안정적인 삶을 살고 싶다고 생각하던 평범한 대학생이었다. 하지만 지금의 나는 '세상을 바꾸겠다'는 다짐으로, 내가 할 수 있는 일들에 최선을 다하며 하루를 살아가고 있다. 때때로 스스로도 버겁다고 느낄 때가 있지만, 더 나은 사회를 만들겠다는 사명감과 책임감이 나를 지탱해준다. 그 믿음 하나로, 나는 오늘도 나아간다.

어릴 때부터 뉴스 보는 것을 좋아했다. 세상이 어떻게 돌아가는지에 대한 관심도 컸지만, 다른 친구들이 만화영화나 개그 프로그램을 볼 때 뉴스를 본다고 하면 왠지 모르게 똑똑한 사람이 되는 것만 같았다. 뉴스에 반복해서 보도되는 국가 간의 갈등과 전쟁, 독도 영유권을 부당하게 주장하는 일본의 행태를 보며 수없이 분노했고, 때로는 깊은 슬픔을 느끼기도 했다. 뉴스를 즐겨 보던 나는 자연스럽게 역사에 관심이 많은 학생으로 성장했다. 한국사를 공부하며, 일제강점기 당시의 인권 유린과 민주화 운동 시기의 탄압에 특히 분노했다. 기득권의 이익을 위해 왜 그렇게 많은 사람이 권리를 짓밟히고 목숨을 잃어야 했는지 도무지 이해할 수 없었다. 그런 마음으로, 중학교 전교부회장 시절 4·19혁명을 재현하는 플래시몹(Flash Mob)

을 기획하고, 다양한 역사 프로그램을 준비하며 역사를 기억하고 알리는 일에 힘썼다. 언젠가는 방송 PD나 기자가 되어 이러한 역사적 문제들을 더 많은 이들에게 전하고 싶다는 꿈도 품게 되었다.

고등학생 시절, 나는 일본군 성노예제 문제에 더욱 깊은 관심을 갖고 활동하게 되었다. '2015 한일합의'가 졸속으로 이루어졌다는 뉴스를 접했을 때, 정부가 보호해야 할 사람들을 지키기는커녕 오히려 더 큰 상처와 고통을 주고 있다는 사실이 도무지 이해되지 않았다. 그런 마음으로 처음 참여했던 수요시위. 그 자리는 '평화나비네트워크'라는 대학생 연합 동아리가 주관한 것이었다. 그곳에서 나는, 부당한 현실에 맞서 목소리를 내는 이들의 모습을 보며 강한 울림이 있었다. 그리고 결심했다. 나도 대학생이 되면, 이렇게 사회적 문제에 주저 없이 목소리를 내는 사람이 되어야겠다고.

2018년, 대학에 입학한 나는 새내기가 된 기쁨에 들떠 한 해를 신나게 보냈다. 그러던 2019년 초, 평화나비네트워크에서 '평화나비 RUN(마라톤)' 서포터즈를 모집한다는 글을 보게 되었다. 그 순간, 고등학생 시절의 내가 다시 깨어나는 듯했다. '맞다. 나는 역사 문제 해결을 외치는 사람이 되고 싶었지.' 하지만 당시 내가 다니던 한국외대에는 평화나비네트워크 지부가 없었다. 그래도 포기할 수 없었다. 동아리 SNS에 여러 차례 연락을 보내며 꼭 함께하고 싶다는 마음을 전했다. 가족들과 스케이트를 타러 간 날에도 휴대폰을 손에서 놓지 못한 채, 연락이 오기만을 간절히 기다렸다. 그리고 마침내, 평화나비네트워크 활동을 시작할 수 있었다. 그곳에서 나는 일본군 성노예제 문제가 단순히 '할머니들의 인권을 침해한 안타까운 사건'이 아니라, 여성혐오와 민족주의, 제국주의가 얽혀 만들어낸 구조적 문제라는 사실을 배웠다. 그리고 깨달았다. 역사의 인권 유린을 바로잡는 일은, 결국 그러한 비극을 반복하는 사회 구조를 바꾸는 일과 맞닿아 있다는 것을. 그렇게 나의 문제의식은 더 깊어졌고, 단순한 관심을 넘어 반드시 변화를 만들어내겠다는 다짐으로 진화했다.

그런 마음으로, 나는 평화나비네트워크 한국외대 지부를 만들겠다고 결심했다. 지부장으로서 학교 안에서 일본군 성노예제 문제 해결을 위한 목소리를 모으고, 더 많은 이들에게 이 문제의 본질을 알리고자 했다. 그러나 곧 예상치 못한 현실과 마주했다. 코로나19의 확산으로 오프라인 활동이 위축되었고, 매번 모이는 사람들은 손에 꼽을 정도였다. 활동이 쉽지 않았지만, 그럴수록 더 간절해졌다. 단지 소수의 관심에 머무는 것이 아니라, 한국외대 전체 학우들과 사회 구조에 대한 깊이 있는 대화를 나누고 싶다는 마음이 더욱 커져갔다.

그래서 3년간의 평화나비네트워크 활동을 마친 후, 나는 총학생회에 들어가기로 결심했다. 더 많은 학우들과 인권을 비롯한 사회 의제에 대해 이야기하고, 건강한 공론장을 만들어 보고 싶었다. 동아리 활동과는 또 다른 경험이었다. 다양한 의견 속에서 나와 생각이 다른 사람들을 마주할 때도 많았다. 하지만 그 속에서도 발견한 공통점이 있었다. 결국, 누구나 자신의 정체성과 권리가 온전히 보장되는 사회를 원한다는 사실이었다. 인권연대국장으로서, 나는 더 많은 사람과 서로의 삶을 나누고 연대하는 과정을 만들어야겠다고 다짐했다. 그 결심으로, 이전까지 한 번도 가본 적 없던 농민학생연대활동을 기획하며 추진위원장을 맡았다. 약 200명의 학생과 함께 충청남도 논산으로 1주일간 떠났다. MT를 가는 기분으로 가볍게 참여했던 학생들은, 농민들과 함께 노동하며 점차 깊은 대화를 나누기 시작했다. 하루하루, 그들은 연대의 의미를 배워갔다. "서로의 삶을 이해하고, 함께한다는 것이 이런 것이구나." 돌아오는 길, 학생들이 나눠준 소감에서 나는 그 변화를 분명히 느낄 수 있었다.

학생들의 의견이 반영되지 않은 채 일방적으로 진행되는 학사제도 개편에 맞서, 학우들은 앞장서 연서명에 참여하고, 기자회견과 집회에 나서며 목소리를 냈다. 그 모습을 보며 나는 깊이 생각했다. 사회 구성원들의 목소리가 묵살되는 이 세상에서, 우리의 힘을 모아 함께 외치는 과정이 반드시 쌓여야 한다고. 사람들이 모이고, 연대하는 과정 자체가 결국 우리를 옥죄는 수많은 사회적 문제들을 깨부수는 첫걸음이 될 것이라고. 그 시작은 멀리 있지 않았다. 작은 사회라 불리는 대학에서부터, 우리는 변화를 만들어갈 수 있었다.

총학생회에서 2년간 활동하며, 나는 한 가지를 절실히 깨달았다. 학생들의 요구를 실현하기 위해서는 외대를 넘어 대학 사회 전체가 힘을 모아야 한다는 것이었다. 학생들의 의견을 배제한 채 반복되는 학사제도 개편, 외국인 유학생과 대학원생을 대상으로 시작된 등록금 인상, 물가가 오르며 더욱 깊어지는 생활고. 이러한 문제들은 결코 한 학교의 목소리만으로 해결할 수 없었다. 여러 대학이 연대하여 함께 문제를 제기하고 변화를 요구할 때 비로소 바꿀 수 있는 것들이었다. 그 깨달음 속에서, 나는 전국대학학생회네트워크의 기획국장으로 활동하며 대학 사회 전반의 연대를 더욱 단단히 만들어 나가고자 했다.

대학생은 결국 사회의 한 구성원이며, 대학생들의 요구는 특정한 영역에 국한되지 않고 거미줄처럼 얽혀들며 사회 전반으로 확장된다. 그러나 윤석열 정권의 정책은 단 한순간도 대학생들을 보호하지 않았다. 오히려 그들의 삶을 더욱 어렵게 만들었다. 대학 자율성 확대라는 명목 아래 방관이 이어지면서, 학생들의 경제적 부담에도 불구하고 수많은 대학에서 등록금이 인상되었다. R&D 예산 삭감은 학생들의 연구 기회를 위축시켰고, 학과 쏠림 현상과 같은 현실을 고려하지 않은 채 도입된 무전공 입학 제도는 많은 학생을 혼란에 빠뜨렸다. 이처럼 대학생들의 삶은 계속해서 위협받았고, 우리는 이러한 문제를 외면할 수 없었다.

윤석열 정권은 반복되는 사회 참사를 외면했다. 나는 아직도 중학교 3학년 과학 시간에 처음으로 세월호 참사를 접했던 순간을 잊지 못한다. 온 나라가 충격과 슬픔에 빠졌던 그날, 우리는 가라앉은 배와 구조되지 못한 사람들을 바라보며 무력감을 느껴야 했다. 그리고 몇 년이 흘러, 유난히 피곤했던 어느 가을날, 일찍 잠들었다가 눈을 뜬 아침. 습관처럼 인터넷을 열었을 때, 내가 자주 찾던 이태원에서 100명이 넘는 사람들이 사망했다는 기사를 보았다. 충격과 비통함이 온몸을 휘감았다. 그러나 윤석열 정권은 이러한 참사와 청년들의 죽음을 애도하기는커녕 외면했다. 해병대 채 모 상병 사건 당시에는 진상 규명을 거부하는 것을 넘어 외압까지 자행했다. 반복되는 비극에도 정부의 무책임한 태도는 변함 없었고, 피해자들은 철저히 외면당했다.

그렇기에 윤석열 정권에 대한 불만과 문제의식이 커지는 것은 당연한 일이었다. 수많은 대학에서는 시국선언과 기자회견 등을 통해 윤석열 정권을 비판하고, 대학생들의 삶과 권리를 보장할 것을 요구했다. 그러나 윤석열은 대학생들의 절박한 외침에 귀를 기울이지 않았다. 대신, 그는 12.3 비상계엄 선포라는 조치를 취하며 그들의 목소리에 응답했다.

12월 3일 밤, 따뜻한 전기장판을 켜고 간만에 휴식을 취하고 있었다. 별생각 없이 휴대폰을 들여다보던 중, 계엄이 선포되었다는 기사를 보았다. 내가 알고 있던 계엄은 독재정권 아래에서 국민을 탄압하기 위해 선포되던 것이었는데, 그 단어가 역사책에서가 아니라 내 일상에 등장하다니. 그 기사를 처음 접한 순간, 말로 표현할 수 없는 무력감이 밀려왔다. 모른 척하고 침대에 계속 누워있고 싶은 마음도 들었지만, 국회로 와달라는 처절한 호소가 메시지로 계속해서 들어왔다. 대통령의 독단으로 민주주의가 무너져 가는 이 순간, 계엄을 막기 위해 달려간 많은 사람의 모습이 떠올랐다. 무엇보다, 나를 비롯한 대학생들의 삶을 송두리째 파괴해온 윤석열 정권의 비상계엄에 제동을 걸어야겠다고 다짐했다. 나는 포근한 이불을 박차고 일어났고 택시를 타고 국회로 향했다.

여의도에 도착한 순간, 내 머리 위로 헬기가 국회 방향으로 날아갔다. 그 장면을 보며 5·18 광주항쟁 당시, 국민을 지켜야 할 군인들이 광주 시민들에게 총과 곤봉을 휘두르던 순간이 떠올랐다. 그때까지 윤석열 정권의 퇴행적인 정책을 비판하며 목소리를 내온 나는, 계엄이 선포된 지금 이 순간 내가 안전할 수 있을지 불안감이 스쳤다. 그러나 그런 공포감을 느끼면서도, 시민들은 여전히 모여들고 연대하며 민주주의를 지키기 위해 목소리를 내왔다. 나는 결심했다. 두려움에 절대 무너지지 말아야겠다고. 그리고 국회에 모인 많은 대학생이 내 곁에 있다는 사실이 큰 힘이 되었다. 처음 느꼈던 공포는 점차 결의로 바뀌어갔고, 우리는 함께 민주주의를 지키기 위한 길을 걸어가고 있었다. 그렇게 늦은 시간, 수많은 시민이 국회 앞에서 처절한 규탄의 목소리를 내고 있었지만, 윤석열은 뻔뻔한 태도로 계엄 해제를 미루고 있었다. 허리가 아파서 먼저 집에 가야만 했지만, 그때까지도 계엄은 해제되지 않았고, 집으로 돌아가던 새벽은 유난히 차가웠다.

비상계엄 선포 이후 첫 주말, 12월 7일 토요일, 윤석열 퇴진 1차 대학생 시국대회가 열렸다. 전날 사회자를 맡아달라는 제안을 받아, 오랜만에 학교 점퍼를 꺼내 입고 여의도로 향했다. 좁은 차도 위로,

수많은 대학생이 깃발을 들고 자리를 잡고 있었다. 여의도의 도로에 2,000명이 넘는 대학생이 모여 윤석열 퇴진을 외쳤다. 전국 각지의 대학생들이 윤석열을 규탄하는 발언을 하고, 그들이 신청한 노래를 함께 부르며 목소리를 모았다.

시국대회가 끝나고, 본 집회에 참여하기 위해 대학생들을 비롯한 수많은 인파가 국회를 향했다. 나는 내 삶에서 이렇게 많은 사람이 여의도를 꽉 채우는 모습을 보게 될 줄 몰랐다. 끝도 없이 모여드는 사람들 속에서 국회로 가지는 못했지만, 그들 중 일부는 시국대회 무대로 사용된 트럭 위에서 몇 시간 동안 윤석열을 규탄하고, 탄핵안 가결을 염원했다. 하지만 국민의힘 의원들은 내란범을 비호하며, 탄핵안 표결을 앞두고 집단 퇴장을 했다. 그렇게 많은 시민이 국회 앞을 가득 메우고 탄핵안을 가결할 것을 외쳤지만, 국민이 선출한 대표자들이 부끄러움도 모르고 뻔뻔하게 탄핵안을 부결시킨 그 순간, 나는 괴로울 정도로 분노를 느꼈다.

세상은 결국 주권자의 힘으로 만들어져야 한다는 확신이 들었다. 한 명의 주권자이자 대학생으로서, 윤석열 정권이 파괴한 많은 사람의 삶과 민주주의를 지키려면, 전국 곳곳에서 울려 퍼지는 대학생들의 목소리를 하나로 모아야 한다는 생각이 절실히 들었다. 그렇게 '윤석열 퇴진 전국 대학생 시국회의'라는 전국 대학생 연대체를 만들어 활동하기로 했다.

12월 14일, 대학생 시국회의로서 처음으로 진행한 대학생 시국대회에는 5,000명이 넘는 대학생들이 모였다. 그 대회의 사회를 맡고, 이어지는 본 집회에 참여한 수많은 인파를 통제하며 체력적으로 지치기도 했고, 다치는 사람이 생길까 걱정도 되었다. 특히 집회는 공간이 넓은 광화문이 아니라 도로가 좁은 여의도에서 진행되었기 때문에 더욱 힘들게 느껴졌다. 잠깐 휴식을 취하기 위해 여의도공원 쪽으로 갔을 때, 그곳은 풀밭인지 사람 밭인지 구별할 수 없을 정도로 많은 사람이 앉아 함께 윤석열을 규탄하는 목소리를 내고 있었다. 여의도는 온통 사람들로 가득 차 있었다. 통제가 어려울 정도로 국회 앞에 모인 수많은 사람은 결국, 내란범 윤석열이 더 이상 정권을 잡아서는 안 된다는 너무나도 확실한 증거였다.

대학생과 시민들의 목소리는 끝없이 국회로 울려 퍼졌고, 결국 국회에서 탄핵안이 가결되었다. 그 순간, 민주주의는 우리의 힘으로 만들어가는 것임을 확신했다. 탄핵안의 가결을 시작으로, 민주주의를 파괴한 내란수괴 윤석열의 탄핵까지 반드시 이뤄내야겠다는 다짐을 했다. 하지만 탄핵안이 가결된 후에도 윤석열은 뻔뻔하게 한남동 관저에 버티며 내란 범죄를 부정하고 증거를 인멸했다. 지지자들의 선물은 수령하면서, 탄핵 심판 접수 통지서와 출석요청서 등은 수취를 거부했다. 크리스마스를 앞두고, 대학생들은 윤석열에게 '크리스마스카드' 500여 장을 써서 한남동 관저에 보냈다. 그 카드에는 "행복한 연말"을 보내라는 메시지가 담긴 등기 봉투가 있었지만, 그 안에는 윤석열의 내란죄를 규탄하는 대학생들의 목소리가 가득했다. 대학생들의 행복한 연말은 윤석열을 탄핵해야만 가능했기 때문이다.

12월부터 지금까지, 석 달이 넘는 시간 동안 나는 윤석열 퇴진을 위해 대학생으로서 할 수 있는 모든 것을 해왔다. 그때부터 내 토요일은 더 이상 여유로운 주말이 아니었다. 대신, '대학생 시국대회를 진행하고 본 집회에 참여하는 날'로 바뀌었다. 토요일뿐만 아니라 평일에도 매일 윤석열 퇴진을 위해 대학생들이 무엇을 할 수 있을지 고민하며 시간을 보냈다.

윤석열의 담화를 규탄하는 긴급 기자회견을 진행하고, 현재의 정세를 보다 잘 이해할 수 있도록 시국강연도 열었다. 또한, 남태령에서 농민들과 연대하며, 한강진에서는 키세스 초콜릿이 되어 윤석열의 체포를 외치기도 했다. 이 모든 활동은 단지 한 사람의 정치적 퇴진을 요구하는 것이 아니라, 우리 사회의 정의와 민주주의를 지키려는 나의 다짐에서 비롯되었다.

체력적으로 지칠 때도 많았고, 적당히 하고 싶다는 마음이 스멀스멀 올라올 때도 있었다. 그럼에도 불구하고, 매주 토요일을 반납하며 15주가 넘도록 대학생들을 모아 광장에 나오는 이유는, 더 이상 대통령이 '국민의 대표자'라는 탈을 쓰고 국민의 삶을 파괴해서는 안 되기 때문이다. 대학생과 시민들은 해방 이래 지금까지, 권력을 휘두르며 군인과 경찰을 앞세워 탄압하는 대통령에 맞서 끝까지 저항하며 민주주의를 지켜왔다. 대한민국은 민주공화국이라는 너무나 당연한 명제를, 우리의 힘으로 지켜내고자 한다. 나는 물론, 나와 함께하는 대학생들은 수많은 평일과 주말, 밤과 새벽을 바쳐 윤석열 퇴진의 길을 만들어가고 있다. 무엇보다 시국선언, 학생총회, 기자회견, 서명운동 등 다양한 방법으로 각 대학에서 윤석열 퇴진의 목소리를 모으는 동지들이 있었기에, 나는 지금까지 이 길을 계속 걸어올 수 있었다.

대학생의 힘을 믿으며, 나는 끝까지 학교와 광장에서 윤석열 퇴진을 외치고, 함께 '다시 만들 세계'를 그려나갈 것이다. 그 길은 결코 순탄치 않을 것이다. 하지만 민주주의를 지키겠다는 다짐과, 함께하는 대학생 동지들에 대한 신뢰와 애정을 바탕으로, 나는 끝까지 이 길을 걸어갈 것이다.

세상을 바꾸고 싶은 사람으로서, 앞으로도 매일 의미 있는 하루하루를 살아가고자 한다. 이 하루하루가 쌓여, 결국 모두의 삶과 권리가 보장되는 세상을 만드는 데 일조하기를 진심으로 바란다.

| 김민지

앞으로 어떤 사람이 되고 싶냐는 질문에, 특정 명사가 아닌 '세상을 바꾼다'는 동사로 대답하고 있다. 함께하는 사람들을 믿고, 대학생들이 할 수 있는 것들을 고민하고 해내고 있다.

길을 여는 노동자

허영호

민주노총이 길을 열겠습니다.

2024년 12월 7일, 국회 앞은 윤석열 대통령 탄핵을 촉구하는 수많은 시민으로 가득 찼다. 인파에 비해 공간은 턱없이 부족했지만, 경찰은 국회 앞 도로를 개방하지 않았다. 이태원 참사의 아픔이 여전히 남아 있었기에, 밀집된 인파로 인한 위험이 우려되었다. 주최 측은 경찰에 집회 공간을 더 확보해달라고 요청했지만, 상황은 쉽게 나아지지 않았다. 그때, 민주노총 양경수 위원장이 연단에 올라 단호한 목소리로 "민주노총이 길을 열겠습니다"라고 선언했다. 그의 지시에 따라 민주노총은 경찰의 저지선을 밀어내고 공간을 확보했다. 시민들은 환호했고, 이후 '민주노총이 길을 열겠습니다'라는 표현은 민주노총을 상징하는 말이 되었다.

이후, 민주노총의 위상은 이전과 비교할 수 없을 정도로 높아졌다. SNS에는 "멋있다", "기개가 드높다", "소름" 등의 표현으로 민주노총을 칭찬하는 글들이 넘쳐났다. 또한, "집회 도중 위험한 순간이 오면 민주노총 옆에 가면 된다", "노동조합 깃발만 따라가면 된다"는 말이 퍼지며, 민주노총에 신뢰를 보냈다. 8년 전 박근혜 대통령 탄핵 당시에도 민주노총은 광장에 함께했지만, 시민들의 시선을 우려해 민주노총과 노동조합 깃발을 최대한 들지 않았다. 그러나 이번에는 상황이 완전히 달라졌다. 이러한 변화는 민주노총의 헌신과 노력,

시민들과의 신뢰가 만들어낸 값진 결과였다.

처음에는 서로에게 낯설었던 사람들이 시간이 흐르면서 연대의 감정으로 하나가 되어가는 모습을 보게 된다. 발언대에서 "투쟁으로 인사드리겠습니다"라는 표현은 과거에는 운동권에서만 사용되던 것이었지만, 이제는 누구나 자연스럽게 사용하며 낯설어하지 않는다. 붉은 머리띠도 마찬가지다. 과거에는 노동자들조차 잘 하지 않던 것을 이제는 집회에서 많은 사람이 착용하고 있다. 반대로, 민주노총 집회나 행사에서 K-POP이 나오는 것도 이제는 전혀 어색하지 않다. 예전에는 상상하기 어렵던 <다시 만난 세계>나 <아파트> 같은 노래가 노동가처럼 자연스럽게 나오고 있다. 이제 깃발들은 거의 한 몸처럼 움직인다. 예전에는 깃발에 쓰인 특이한 이름을 구경하는 재미가 있었다면, 이제는 수많은 깃발이 군무를 추듯 한 방향으로 움직이는 모습이 장관이다. 이 겨울 동안 모이고 모여 쌓인 마음들이 하나 된 깃발의 움직임으로 나타나고 있는 것 같다.

12월 3일, 내 기억 속에서는 특별할 것 없는 평범한 날이었다. 회의 준비로 잠이 부족했지만, 아이를 등교시키고 윤석열 퇴진을 위한 출근 선전전을 진행하며 일상을 보냈다. 낮에는 긴 회의에 참석하고, 퇴근 후에는 아이들과 시간을 보내다 일찍 잠자리에 들었다. 그날 밤, 윤석열 대통령이 비상계엄을 선포한 시각, 나는 아이들과 깊은 잠에 빠져 있었다. 아마도 누군가는 술잔을 기울이며, 또 다른 누군가는 하루를 마무리하며 뉴스를 접하고 놀라 뛰쳐나왔을 것이다. 그러나 나는 깊은 잠에 빠져 있어 뉴스를 보지도 못했다. 아내가 나를 깨운 것은 밤 11시가 채 되지 않은 시간이었다. 나를 깨우며 아내는 어이가 없는지 막 웃었다. 윤석열이 비상계엄을 선포했다고, 드디어 미쳤다고 말했다. 잠에서 깨어 어리둥절한 상태로 '계엄'이라는 단어를 듣고도 무슨 상황인지 파악하는 데 시간이 좀 걸렸다.

핸드폰을 확인하니 부재중 전화와 카카오톡, 텔레그램에 수백 개의 메시지가 쌓여 있었다. 메시지를 하나하나 확인하며 뉴스 속보와 포고령을 접하며 그제야 정신이 번쩍 들었다. 국회로 모이라는 지침을 확인한 후, 아내에게 일단 나가봐야겠다고 말했다. 옷을 주섬주섬 챙겨 입으면서 온갖 생각이 머릿속을 스쳤다. 나갔다가 집에 돌아올 수 있을까. 돌아온다면 오늘 밤 안에 올 수 있을까. 국회 앞에는 사람들이 많을 텐데, 운전해서 갈 수 있을까. 내가 차를 가져가면 내일 아이들 학교와 유치원은 어떻게 하지. 이런 생각들을 하며 사무실로 가는 버스에 몸을 실었다. 버스 밖 풍경은 평소와 다를 바 없었지만, 핸드폰으로 기사를 보며 이게 현실인지 실감이 나지 않아 계속 의문이 들었다.

가는 도중, 사무실에 남아 있으라는 지침을 받았다. 조합원들에게 상황을 전달해야 했고, 선전물도 만들어야 했기 때문이다. 나는 사무실에서 모니터로만 국회를 지켜봐야 했다. 마침 4일은 우리 노조의 주요회의가 있던 날이라, 전날부터 와 있던 간부들은 국회로 달려갔다. 방송에서 우리 노동조합의 깃발이 선명하게 등장하고 있었다. 모두가 현장에 있는데 혼자 사무실에 있는 기분은 그리 유쾌하지 않았다. 따뜻한 곳에 홀로 있는 미안함과 상황을 알 수 없는 답답함이 교차했다.

상황은 매우 급박하게 전개되고 있었다. 다행히 국회에서 해제 결의안이 통과되었지만, 계엄 해제가 공식적으로 발표되기 전까지 모두 마음을 놓을 수 없었다. 시간이 2시간이 훌쩍 지나고, 드디어 계엄해제가 발표되고 그제서야 좀 안도했다. 그동안 내가 만든 선전물은 상황에 따라 '불법 비상계엄 해제하라'에서 '민주주의 파괴 윤석열을 탄핵하라' 또는 '내란음모 윤석열을 체포하라'로 내용이 변경되었지만, 결국 아무것도 사용하지 못했다. 민주노총은 총파업을 선언하고, 아침 9시에 모이라는 지침을 내렸다. 거의 이틀 밤을 새워서, 잠시라도 눈을 붙이려고 자리에 누웠지만 잠이 오지 않았다. 평소 머리만 대면 잠에 빠지는 편인데, 이날만큼은 윤석열 대통령에 대한 분노로 눈을 감을 수 없었다. '국민들을 얼마나 무시하면 계엄을 일으킬까'라는 생각에 분노가 치밀어 올랐다.

새벽이 밝자, 윤석열 탄핵 투쟁이 본격적으로 시작되었다. 아침 기자회견을 시작으로, 우리 노동조합은 윤석열 탄핵에 모든 힘을 다하겠다고 일찌감치 결론냈다. 저녁에는 촛불행진이 이어졌고, 이러한 일정은 며칠 동안 반복되었다. 우리 노동조합에서는 '72시간 긴급지침'을 내려, 매장 안팎에서 윤석열 탄핵 선전전을 진행하도록 했다. 중앙에서 선전물을 제작해줄 수 없는 상황이었지만, 조합원들은 자발적으로 종이박스에 글씨를 써서 피케팅을 진행했다. 그 모습들을 담은 사진을 보며, 정말 훌륭한 조합원들을 두었다는 자부심이 들었다. 많은 시민이 보내주는 격려와 함께 핫팩과 따뜻한 음료수도 받아가며 투쟁을 이어갔다. 이러한 지지는 우리 모두에게 큰 힘이 되었다.

12월 7일은 원래 윤석열 퇴진을 위한 3차 총궐기가 예정되어 있었고, 노조에서도 중요한 날로 생각했다. 그러나 내란 사태가 발생하면서 집회의 초점은 윤석열 탄핵 촉구로 바뀌었고, 탄핵 표결이 다가오면서 촛불집회 장소도 광화문에서 여의도로 변경되었다. 나는 매일 촛불집회에 참여했지만, 특히 탄핵 투표를 앞둔 6일 밤이 기억에 남는다. 집회가 끝난 후에도 많은 시민이 자리를 지키고 있었다. 그들이 왜 집에 가지 않는지 궁금하여 나도 조금 더 머물렀고, 어느새 한 시간이 흘렀다. 그 사이에 재미있고 감동적인 이야기들을 들으며 사람들이 계속 남아 있는 이유를 알 것 같았다. 그날이 특히 기억에 남는 이유는 '응원봉' 때문이었다. 당시에는 그것을 응원봉이라고 부르는지도 몰랐지만, 노래와 구호에 맞춰 흔들리던 형형색색의 불빛은 너무나 아름다웠고, 어디서 나온 것인지 매우 궁금했다. 다음 날부터 뉴스에서 응원봉 이야기가 나오면서 그 정체를 알게 되었다.

12월 7일, 딸의 생일이었다. 아침부터 들뜬 아이는 원하는 선물을 받고 환하게 웃었다. 그 모습을 보며 문득 나도 오늘 '탄핵'이라는 선물을 받을 수 있을까 하는 생각이 스쳤다. 탄핵이 이루어지면 일찍 집에 돌아와 아이와 더 많은 시간을 보낼 수 있을 테니까. 집을 나서며 그런 상상을 해보았다.

오후가 되자 예상대로 수많은 사람이 여의도로 몰려들기 시작했다. 정말 발 디딜 틈도 없이 붐볐다. 이러다 여의도가 무너지는 것 아니냐는 우스갯소리도 들렸다. 집회는 3시 예정이었지만, 그 전에 이미 자리는 꽉 차서 앉을 곳조차 없었다. 전화 신호마저 잡히지 않아 늦게 온 사람들과 연락하기도 어려웠다. 그날의 열기와 사람들의 간절함이 아직도 생생하다. 모두가 한마음으로 변화를 염원하며 그 자리에 모였다.

그날, 양경수 위원장의 "민주노총이 길을 만들겠습니다"라는 발언은 많은 이들의 가슴에 새겨졌다. 수많은 인파로 인해 우리는 자리를 지키며 목이 터져라 외쳤지만, 국힘 의원들의 불참으로 탄핵 표결 결과를 직접 확인하지 못한 채로 그 자리를 떠야 했다. 실망스러웠지만, 누구도 좌절하거나 포기하는 기색은 없었다. 한 선배는 "다음에 꼭 하자"며 우리를 격려했고, 그것은 모두의 결심이 되었다. 표결은 무산되었지만, 사람들은 신나는 음악에 맞춰 함께 노래하고 춤추고 구호를 외치며 콘서트장 못지않은 열기를 만들어냈다. 그 순간, 이 싸움에서 절대 지지 않을 것이라는 강한 결의를 온몸으로 느껐다. 사람들은 실망하지 않고 집회를 이어 나갔다. 일요일에도 많은 이들이 모여 촛불집회를 이어갔고, 국회 앞은 형형색색의 응원봉으로 가득 찼다. 음악과 함께 '윤석열 탄핵', '국민의힘 해체'라는 구호가 울려 퍼지며, 마치 콘서트장 같은 분위기가 연출되었다. 남아 있는 이들은 다시금 집회를 이어갔다.

12월 12일 아침, 윤석열의 기자회견이 진행되었다. 그러나 그 자리에서 사과의 말은 찾아볼 수 없었고, 이는 많은 이들의 분노를 자아냈다. 이에 민주노총은 당초 계획을 변경하여 용산과 한남동으로 향하기로 결정했다. 1차로 시청 앞에서 집회를 진행한 후, 용산으로 이동하려 했지만 경찰의 저지로 남영삼거리에서 더 이상 나아갈 수 없었다. 이어 한남동 관저를 목표로 집회를 이어갔고, 한강진역에서 시작한 행진은 경찰의 예기치 못한 대응으로 차벽이 열리며 비교적 순조롭게 진행되었다. 마침내 민주노총은 한남동 관저 앞에 도달하여, 윤석열 대통령의 탄핵과 구속을 촉구하는 구호를 외쳤다. 민주노총의 강한 의지를 보여주는 순간이었다. 이처럼 민주노총은 다양한 장소에서 투쟁의 불씨를 지피고 있었다.

12월 14일, 두 번째 탄핵 표결이 예정된 날, 광장은 이전보다 더 많은 사람으로 가득 찼다. 모두가 한마음으로 화면을 지켜보던 중 드디어 탄핵안이 가결되었다.

국회의장이 '찬성 204표'를 선언하는 순간, 우리는 마침내 해냈다는 벅찬 감정을 느꼈다. 2년 반 동안 윤석열 퇴진을 외쳐왔던 한 조합원은 그 자리에서 눈물을 흘렸다.

그러나 우리의 기대와 달리, 탄핵 가결이 모든 것을 끝내지는 않았다. 헌법재판소의 최종 결정을 조용히 기다려도 모자랄 내란 세력들은 더욱 활발하게 움직이기 시작했다. 윤석열은 여전히 그 자리에 있었고, 검찰, 경찰, 공수처의 수사에도 불구하고 체포되지 않았다. 이에 촛불은 다시 광화문으로 옮겨갔고, 시민들은 헌법재판소에 신속한 탄핵 인용을 촉구하며 목소리를 높였다. 광장은 연일 '윤석열 탄핵', '국민의힘 해체' 등의 구호와 음악으로 가득 찼고, 사람들은 계속해서 집회를 이어갔다. 이러한 우리의 노력과 열망이 헌법재판소에 닿기를 간절히 바랐다.

2024년이 저물어갔지만, 윤석열은 여전히 체포되지 않았다. 12월 말, 윤석열 체포영장이 발부되었지만, 공수처는 이를 집행하지 못하고 있었다. 답답한 날들이 이어지는 가운데, 민주노총은 1월 3일에 윤석열 체포를 위한 1박 2일 투쟁을 예고했다. 한겨울에 1박 2일 투쟁이라니……. 내심 1월 3일이 되기 전에 공수처가 윤석열을 체포하길 바라고 있었다. 1월 2일부터 관련 뉴스가 나오기 시작했고, 1월 3일 새벽, 마침내 공수처가 움직였다. 이제 공권력이 움직였으니 체포하면 오늘은 농성 안 해도 될 것 같다는 희망이 피어올랐다. 지방에서 올라오겠다던 간부는 공수처의 움직임에 기차표를 취소하기도 했다. 그러나, 겨우 5시간 만에 공수처는 철수하고 말았다. 노동자들을 탄압할 때처럼만 해도 윤석열을 체포하는 건 일도 아닐 텐데, 공권력의 선별적 탄압과 무기력에 실망이 컸다.

'그럼 그렇지, 우리가 나서야지' 하고 마음을 다잡았지만, 공수처에 대한 아쉬움은 여전했다. 예정된 오후 3시가 되자, 한강진역에 모인 민주노총 대오는 한남동까지 행진했다. 상가들을 지날 때, 쉬고 있거나 장사를 준비 중인 사람들, 병원 간호사들은 우리를 보며 손을 흔들어 응원해주었다. 대오는 큰길로 나아가 곧바로 반대편 차로를 넘어 한남대로에 도착했다. 처음에는 민주노총 대오뿐이었지만, 점차 시민들이 합류하기 시작했고, 곧 한남대로는 수많은 사람으로 가득 찼다. 그렇게 윤석열 체포 투쟁, 한남대첩은 시작되었다.

한겨울의 매서운 추위 속에서도 시민들의 온정은 투쟁 기간 내내 우리를 감싸주었다. 김밥 배달을 기다리던 중, 한 학생이 다가와 사탕을 건네주었고, 배달 기사님은 수고한다며 따뜻한 인사를 전했다. 매 끼니를 어떻게 해결할지 걱정했지만, 그런 염려는 기우에 불과했다. 집회에 참여하는 분들은 빈손으로 오지 않고, 음식을 싸와 주변 사람들과 나누었다. 자원봉사자들뿐만 아니라 사람들이 다니며 김밥, 과자, 사탕 등을 나눠주었고, 우리가 가져간 컵라면 몇 박스는 오히려 더 늘어나는 신기한 경험을 했다. 모두에게 나눠주는 데만도 한참이 걸렸다. 핫팩 같은 물품들도 어디서 나오는지 모르게 쌓여갔다. 누군가 80년 광주와 닮았다고 했는데, 나도 비슷한 생각이었다. 직접 경험해보진 않았지만, 모든 것을 나누고 연대하는 모습에서 광주가 떠올랐고, 우리가 만들고자 하는 공동체의 모습이 이런 게 아닐까 하는 생각이 들었다.

참가한 시민들만 따뜻한 것이 아니었다. 수많은 사람이 몰렸기에 화장실이 부족할 수밖에 없었는데, 한남대로에 있는 일신홀과 꼰벤뚜알프란치스코 수도원에서 화장실을 사용하라며 기꺼이 건물을 내주셨다. 그 많은 사람이 화장실을 사용하면 관리하는 입장에서 불만도 생길 법하지만, 그 누구도 불평을 드러내지 않고 편안히 사용할 수 있도록 해주셨다. 화장실뿐만 아니라 쉴 수 있는 공간도 내주셨다. 의자에 기대 평온하게 쉬는 모습을 보면 이곳이 종교 공간이라는 실감이 났고 그래선지 그 앞에 서 계신 신부님이 그렇게 인자해 보일 수가 없었다. 비록 나는 종교가 없지만, 이렇게 사람들을 따뜻하게 품어주는 것이 종교가 아닐까 하고 생각했고, 이름도 낯선 수도회에 너무나 감사했다. 한겨울에 아스팔트 위에서 온종일 농성을 하는 건 매우 힘든 일이다. 따뜻한 곳에서 잠깐이라도 몸을 녹일 수 있는 것만으로도 사람들에게 큰 도움이 되었다. 2박 3일의 투쟁을 버틸 수 있는 힘이 되었다. 처음 4대에서 14대까지 난방버스도 늘어났다. 난방버스에 자리가 없으면 서로 양보해주었다. 2박 3일 동안 한남동은 어딜 가도 감동이 빠지지 않았다.

1월 초의 매서운 추위 속에서도, 한남동 아스팔트 위의 투쟁은 시민들의 따뜻한 연대로 더욱 빛났다. 민주노총에서 준비한 대형 스티로폼 깔개와 은박 롤은 차가운 바닥을 견디는 데 큰 도움이 되었고, 시민들과 함께 이겨낼 힘이 되었다. 1박 2일 동안의 집회가 끝났지만, 투쟁은 쉽게 끝나지 않았다. 민주노총의 농성 소식을 듣고 많은 시민이 한남동으로 모여들었고, 그들을 두고 우리만 철수할 수는 없었다. 결국 추가로 1박 2일을 더 하기로 결심했고, 나 역시 집에 갈 수 없었다.

다행히 둘째 날 밤은 첫날보다 따뜻해서 견딜 만했다. 비 예보가 있어 두꺼운 비닐을 준비했는데, 밤까지 비가 오지 않아 피곤한 몸을 잠시나마 눕힐 수 있었다. 새벽이 되자 간간이 눈발이 날리기 시작했다. 우리는 가져온 비닐로 조합원들과 주변 시민들을 덮어주었고, 그들은 SNS에 "민주노총이 거대한 비닐로 포장해줬다"며 우리의 작은 배려를 칭찬해주었다. 함께하는 마음으로 비닐을 같이 덮어줬을 뿐인데, 이렇게 큰 반응을 얻을 줄은 몰랐다. 아마 모두가 같은 마음으로 이곳에 모였기 때문일 것이다.

밤새 자유발언이 이어졌다. 이야기를 경청하는 사람, 잠을 청하는 사람, 무언가를 먹는 사람, 책을 읽는 사람 등 다양한 모습이 펼쳐졌지만, 모두가 한남동을 지키며 민주주의를 수호하고 있었다. 이 장면을 놓치고 싶지 않아 주변을 둘러보았다. 음악이 흐르자 차가운 몸을 녹이기 위해 열심히 몸을 움직였다. 눈발이 오락가락하던 밤이 지나고, 아침이 다가오자 눈송이가 점점 굵어졌다. 잠시 집에 다녀오기 위해 지하철역으로 내려갔다가 얼마 지나지 않아 다시 올라오니, 세상은 함박눈으로 하얗게 변해 있었다. 그 눈을 맞으며 버티는 조합원들의 모습을 보니 영화의 한 장면 같았다. 폭설에도 돌아가는 사람은 없었고, 은박담요를 덮고 집회를 이어나가며 '키세스 초콜릿 시위대'가 되었다. 이 '키세스 시위대'는 한남대첩의 상징이 되었다. 은박담요는 체온을 보존해줄 뿐만 아니라, 보는 이들에게도 따뜻함을 전달했다. 한겨울이었지만, 2박 3일 동안 추위에 떤 기억은 거의 없다. 그만큼 사람들의 마음에 감동하고 따뜻함을 느꼈던 것 같다. 화가 복이 된다고 했던가. 윤석열로 인해 우리 사회가 큰 위험에 빠질 뻔했지만, 민주주의를 지키기 위해 함께 싸우는 시민들을 보며 이 싸움이 우리만의 것이 아님을 깨달았고, 점점 더 희망이 커져갔다.

　1월 15일, 마침내 윤석열이 구속되었다. 그러나 극우 세력의 난동은 더욱 거세졌다. 1월 말 설 연휴 동안, 우리 노조와 조합원을 공격하는 사건이 발생했다. 우리 노조는 12월 13일부터 윤석열 탄핵 버튼을 달고 근무해왔다. 우리 노조는 박근혜 탄핵 때도 근무복에 버튼을 달고 일한 적이 있고, 이후에도 사회 문제를 외면하지 않고 'NO 재팬', '후쿠시마 오염수 반대' 버튼을 달고 일해왔다. 그래서 이번에도 민주 질서의 회복을 위해 당연히 윤석열 탄핵 버튼을 만들어 부착해왔다. 그러나 극우 세력이 이를 문제 삼기 시작했다. 누군가 우연히 목격하고 이를 극우 게시판에 올리자, 해당 매장 고객센터로 전화해 욕설을 퍼붓고 해고하라는 부당한 요구를 하며 진상을 부렸다. 그들은 매장으로 찾아와 버튼을 부착한 조합원과 간부를 찾았고, 사진을 돌리며 근거 없는 비방과 모욕을 일삼았다. 이들은 약한 여성 노동자들을 조직적으로 괴롭히는 잘못된 방식으로 자신들의 주장을 내세우고, 다른 이들의 자유를 억압하려 했다. 더 심한 경우, 이름과 근무 스케줄까지 공유하며 신상을 털었다. 노동조합이 나서 병가 처리를 하고 쉬게 했지만, 해당 조합원과 가족은 불안에 떨어야 했다. 여전히 매장을 다니며 버튼을 단 조합원을 찾는 이들이 있다. 그러나 버튼을 단 조합원들은 만만한 상대가 아니다. 회사의 압력에도 버텨낸 조합원들이라, 함부로 대할 수 없을 것이다.

12월 3일부터 3개월이 지났다. 우리는 여전히 내란 세력과의 투쟁을 이어가고 있다. 진전이 더디게 느껴질 수 있지만, 나는 우리가 승리를 향해 나아가고 있다고 믿는다. 지난 10월부터 조합원들에게 윤석열 퇴진의 필요성을 교육해왔고, 11월 명태균 게이트가 터졌을 때 "윤석열은 이번 겨울을 넘기기 힘들 것"이라고 농담처럼 말한 적이 있었다. 하지만 이렇게 빨리 탄핵이 이루어질 줄은 예상하지 못했다. 이러한 성과는 누군가의 끊임없는 투쟁이 있었기에 가능했을 것이다.

이제 끝이 보이지만, 끝날 때까지 끝난 것이 아니다. 윤석열이 파면되면 우리는 다시 싸워야 하고, 내란 세력을 완전히 눌러놓지 않는 한 투쟁은 계속될 것이다. 현재 모두에게 힘든 시기이지만, 우리는 위기를 기회로 바꾸는 힘을 가지고 있다. 우리의 일상을 회복하고, 내란의 겨울을 넘어 도약의 봄은 노동자들이 열어갈 것이다.

| 허영호

2000년, 서울로 올라와 그동안 반듯하게 살아오던 삶을 청산하기 시작하였다. 세상에 대해 조금씩 깨닫다 보니 어느새 투쟁하는 노동자들과 함께하는 삶을 살고 있다.

추천사

"민주동문회가 존재하는 한!"

쿠바 하바나 대학교 중앙 계단 정면에는 "Alma Mater"(젖먹이는 어머니) 여신상이 우뚝 서 있습니다. 라틴어인 Alma Mater은 모교(母校)라는 뜻입니다. 우리는 조국을 모국(母國)이라 부릅니다. 그렇습니다. 어머니는 자녀를 위해 목숨까지 내놓는 분입니다. 그 어머님을 위해 자녀도 마땅히 목숨을 바쳐야 합니다.

1958년 미국에 종속된 불의한 바티스타 정권을 축출한 쿠바 민중항쟁의 중심에 하바나 대학이 있습니다. 피델 카스트로는 "하바나 대학이 존재하는 한, 미국 등 그 어떤 외세도 다 물리치고 쿠바는 영원하리라!"라고 선언했습니다.

그렇습니다. "한국외국어대학교 민주동문회가 존재하는 한", 우리는 친일, 친미, 반민족, 반민주, 반민중, 반통일 등 그 어떤 세력과 무리도 다 물리칠 수 있습니다.

이 책은 바로 1970년대부터 2020년대를 살면서 투신한 "외대 민주동문회원"들의 내란극복, 내란퇴치 체험수기입니다. 이 증언집이 바로 우리 민족사의 귀중한 원자료입니다.

이분들이 여의도에 난입한 계엄군의 총부리를 막아서고 그 후 남태령으로 달려가 응원봉의 젊은이, 응원봉의 여성들과 함께 경찰의 벽을 깨고 넘어선 주역들입니다.

2025년 을사년 올해는 뱀의 해입니다. "뱀같이 슬기롭고 비둘기처럼 양순하라"는 복음 말씀과 외대 민주동문회원들의 열정을 마음에 간직하며 온 세상 만백성을 위한 정의와 평화, 평등의 기도를 올립니다.

올해는 1905년, 일본에 나라를 빼앗긴 을사늑약의 120년을 맞는 해,

1945년, 일본 침략 지배로부터 해방이 되었지만 사실은 남북 각각 미국과 소련의 지배를 받고 분단된 아픔의 80년을 맞는 해,

1965년, 비굴한 독재자 박정희의 한일 굴욕외교 60년을 맞는 해,

이 세 주제와 사건을 마음에 깊이 되새기며 모든 민주동문회원들과 함께 민족사적 재생의 기도, 환골탈태의 기도를 올립니다.

그리고 바로 2025년 을사년 올해 3월 우리는 민족사의 마지막 괴물이며 암덩이인 윤석열을 파면하고 있습니다. 참으로 어처구니없는 사람, 어처구니없는 시절을 만났습니다. 윤석열의 3년은 바로 모욕의 민족사를 압축한 단련과 시련의 시기였습니다.

이제는 민주동문회원들과 함께 손잡고 일어나 민족의 일치와 화해를 이룩하고 평등평화, 민주공화 공동체를 재창조할 은총의 때입니다. 앞서서 가십시오! 저희 모두 따르겠습니다.

영육간 건강과 건승, 민족의 일치와 평화를 지향하며 기도합니다. 고맙습니다.

함세웅
신부

대격변의 시대를 우리는 겪어내고 있습니다. 윤석열을 수괴로 하는 내란의 소용돌이 속에서 이 땅의 역사는 새로운 전환점을 만들어내고 있는 중입니다. 이 글을 쓰는 순간까지 헌재의 판결은 아직 나지 않았으나, 시대적 결론은 이미 확정적입니다. 더는 친일매국, 전쟁과 독재 그리고 쿠데타라는 정변은 용납할 수 없다는 것이다. 주권자 국민의 존엄한 선언입니다.

이 거대한 함성과 집결, 그리고 행군의 목표는 명확합니다. 지난 80년, 그러니까 해방정국과 점령체제의 모순된 동거로 공격받은 자주와 민주의 공간 위에 지배권력이 된 세력들을 철저하게 청산하는 임무를 수행하라는 것입니다. 단지 윤석열 체제의 타파로 그치지 않습니다. 우리의 투쟁은 거기서 멈추지 않습니다.

<땅에 내린 별, 내란을 넘다>는 따라서 정확한 제목입니다. 새로운 세상에 대한 뜨거운 갈망과 투쟁의 의지를 모아 살아온 외민동의 동지들이 그 결의를 모아 펴냈습니다. 자랑스럽고 감격스럽습니다. 이로써 우리는 청춘의 시절에 세대를 이어 함께 꿈꾸었던 혁명의 역사를 새로 쓰는 기쁨에 취할 것입니다. 그 어떤 난관이 와도 우리는 끝까지 갑니다. 투쟁의 힘은 우리를 웅혼하게 사로잡을 것입니다.

이 책은 그 혁명의 투지를 더욱 뜨겁고 굳건히 하는 우리 모두의 깃발입니다.

김민웅
촛불행동 상임대표

한국외국어대학교 민주동문회가 비상계엄 이후 100일의 기록, 투쟁, 삶을 내용으로 책을 냈습니다. 옆에서 외대 민주동문회 활동을 지켜본 나는 그 열정과 활동이 경이롭기까지 합니다. 12.3. 비상계엄 이후, 남태령, 한남동, 그리고 광화문, 외대에서 극우 유튜버들의 난동에 맞서 싸우던 외민동의 활동들이 눈에 선합니다. 외대 민동! 당신들은 진정한 이 땅 어둠을 뚫고 날으는 미네르바의 후예들입니다. 이 책 추천을 부탁받아 민동 활동을 소개하게 되어 개인적으로도 영광입니다. 박완서 선생의 문장이 떠올라 추천사에 가름하고자 합니다. "사람도 너무 눈독이나 손독이 들면 아무리 좋은 자질을 가지고 태어나도 제대로 꽃피기 어렵다는 생각을 요즘 종종 하게 됩니다. (중략) 어느 틈에 자랄 수 있는 돌파구랄까, 자유로운 통로를 마련해 주는 것"이 외대 민주동문회였습니다.

김남수
전국대학민주동문회협의회 상임대표